ふたつ星

出直し神社たね銭貸し

櫻部由美子

時代小説文庫

JN152177

角川春樹事務所

本文イラスト　丹地陽子
本文デザイン　アルビレオ

目次

●主な登場人物●

おけい
天涯孤独の十八歳の娘。八歳で養父母に死に別れ、あちこちで下働きをしたあげく、下谷・出直し神社の手伝いをすることに。小柄で器量はよくないが、目端の利く働き者。

うしろ戸《ど》の婆《ばば》
貧乏神を祀る出直し神社に仕える老女。千里眼の左目を持ち、参拝者の身の上を聞いて壊れた琵琶を振り、たね銭《せん》を貸す。

お妙《たえ》
お蔵茶屋〈くら姫〉の女店主。出直し神社から遣わされたおけいを相談役に、たね銭で立て直した店が評判となった。もと御殿女中の才媛で美貌の持ち主。

蝸牛斎《かぎゅうさい》
〈くら姫〉の隣にある骨董店〈昧々堂《まいまいどう》〉店主。西国で茶坊主をしていたと噂の博識で、妻のおもんはかつてお妙の実家の女中頭だった。

おしの
木戸番小屋で駄菓子を商っていたが夫を亡くし、菓子の露天商商いを経て〈志乃屋〉を開き、〈くら姫〉に菓子を納め人気店に。菓子職人だった亡父・喜久蔵《きくぞう》の勤めていた名店〈吉祥堂〉の元店主・吉右衛門を助け、吉祥堂の旧店で店を営む。

狂骨《きょうこつ》
小石川の竹林に住む老人。同じく竹林に住みついている物乞いたちから先生と慕われ尊敬されている。揉み療治の技をもつ。

ふたつ星

出直し神社たね銭貸し

第一話

古物を買った男へ——たね銭貸し銀三粒也

開け放された唐戸《からと》から、ふわりと南風が吹き込んだ。

社殿《しやでん》の中で向き合う老婆と老爺《ろうや》は、ともに扉の外へと顔を向け、若い夏草がゆるやかに波打つ境内《けいだい》を眺めたのち、互いの顔に視線を戻した。

「よい、時候でございますな」

老爺がぽつりとつぶやいた。つるつるに剃《そ》り上げた頭は大きく、丸く、朽葉《くちば》色の茶羽織をつけた体軀《たいく》も福々しくて座りがよい。

「あんたがここを訪ねるのは、いつも四月の今ごろだよ」

「ほう、そうでしたか」

今はじめて気がついたふうに、老爺が軽く驚いてみせる。

「真夏の暑さも、真冬の寒さも身にこたえます。齢《よわい》六十八ともなりますと——」

　ふいに言葉が途切れたのは、目の前にいるしわくちゃの老婆が、自分よりも遥《はる》かに年経ていることを思い出したからだろう。

　老婆は小さな身体《からだ》に生成りの帷子《かたびら》をまとい、残り少ない髪を頭のてっぺんで結わえていた。上下一本ずつしか前歯がなく、右目は白く濁っている。少なくとも八十には手が届くものと思われるが、確かな歳《とし》も、本当の名前すら知る者はない。神社を訪れる参拝客には、自らを〈うしろ戸《ど》の婆《ばば》〉と称している。

　おけいが出直し神社の手伝いとして仕え、ともに暮らしはじめて一年半が過ぎた今でも、この不思議な老婆について知ることは少ないのである。

「では、うしろ戸さま。先ほどの件、よしなに」

「わざわざご足労だったね」

　老人たちの話が終わった。社殿の隅に控えていたおけいは、先に立ち上がって階段を駆け下り、客の履物《はきもの》をそろえて待った。

「本当に、よい時候になった」

　草履《ぞうり》に足を入れながら、老爺が空を見上げて噛《か》みしめるように繰り返した。

　四月の空は青く澄みわたり、揚げ雲雀《ひばり》のさえずりが遠くに聞こえる。

　老爺は枯れ木を組み合わせた質素な鳥居をくぐり、こんもり茂った笹藪《ささやぶ》の手前まできて、はたと立ち止まった。

「勝手なことを頼んだが、迷惑ではなかったかね」

めっそうもございません、と、おけいは両手を横に振った。

「いつも蝸牛斎《かぎゅうさい》さまのご親切に甘えるばかりです。わたしでお役に立てることでしたら、何なりとお申しつけくください」

柔和な顔でうなずく蝸牛斎は、内神田《うちかんだ》の紺屋町《こんやちょう》で〈昧々堂《まいまいどう》〉という骨董屋《こっとう》を営んでいる。うしろ戸の婆とは古い知り合いらしく、氏子《うじこ》がいない出直し神社への寄進のほか、天涯孤独のおけいに衣類や手まわりの品を届けるなどして、心にかけてくれている。

「さっき話したとおり、明日は丸一日あんたの手を借りたい。お妙《たえ》さんが出ていったあとの離れ座敷で、さっそく茶会を開きたいのだよ」

「承知いたしました。朝の早い時刻におうかがいします」

茶人としても知られる蝸牛斎は、本物の蝸牛《かたつむり》を思わせる足運びで、境内の外へと通じる笹藪の小道の中へ消えていった。

◉

住む人のいなくなった昧々堂の離れ座敷は、がらんとして少し寒々しい。

つい昨日まで、お蔵茶屋《くらぢゃや》〈くら姫《ひめ》〉の女店主がここで寝起きしていたのだが、朝のうちに荷物はすべて運び出された。心をこめて拭《ふ》き清めた畳の上に、風に運ばれた柳の若葉を一枚見つけ、おけいはそっとつまみ上げて袂《たもと》に入れた。

美貌《びぼう》で聞こえた女店主の名はお妙という。

味々堂が建っているのは、かつてお妙の生家が隆盛を誇った場所だ。柳の木に囲まれた風雅な佇《たたず》まいと味のよさで知られた料理屋だったが、一人娘のお妙が大名家の御殿《ごてん》女中として奉公しているあいだに火事で焼け落ち、店主夫婦も店と運命をともにした。

それから十年以上が過ぎて町場に戻ったお妙は、生家の跡地に建った味々堂の離れ座敷に寄宿しながら、自分に遺《のこ》された古蔵で茶屋を開こうと思い立った。御殿奉公で得た金子《きんす》と、出直し神社で借りたたね銭《せん》、それに持ち前の才を活《い》かして、お蔵茶屋〈くら姫〉を江戸で知らぬ者のない流行《はや》り店にしたのである。

むろん一朝一夕にうまくいったわけではない。手痛い失敗と客を呼び込むための工夫を重ね、その際の相談相手となったおけいを、今でも妹分として親しんでくれている。

「どうだい。こっちは片づきそうかい」

母屋から続く廊下を渡って、味々堂のおかみが顔を出した。

「はい、おもんさん。雑巾《ぞうきん》がけまで終わりました」

「相変わらず手早いね。向こうの家に簞笥《たんす》やら何やらが届いたそうだから、すぐお嬢さまが使えるようにしておくれ」

いつも奉公人たちに厳しい目を光らせているおもんだが、かつてはお妙の実家で女中頭《がしら》として働く身だった。蝸牛斎の妻となった今も、前の雇い主の忘れ形見を『お嬢さま』と呼んで、かいがいしく世話を続けている。

新しい雑巾を受け取ると、おけいは裏庭に下りて高歯《たかば》の下駄《げた》を履いた。

生垣を抜けたすぐ先に、〈くら姫〉の真っ白い店蔵が見える。ちょうど茶屋が混み合う昼過ぎとあって、入店の順番を待つ客たちの笑い声が聞こえてくる。今ごろ店の中では、豪華な装いのお妙が亭主席に座り、白魚のような指で茶を点《た》てていることだろう。

裏庭伝いに北へ歩くと、おけいが懇意にしている女師匠の手習い処《どころ》がある。その隣には上絵師の仕事場と染物屋が棟続きで並び、細い路地を挟んで奥に建つ一軒家が、今夜からお妙が寝起きすることになる新しい住処《すみか》だった。

おけいは裏口の戸を開け、ひっそりとした家の中に入った。

間口二間《けん》（約三・六メートル）と聞けば狭いように思われるが、通りに面した店土間の次に四畳半と六畳の畳座敷、最後に台所の板座敷と土間があり、ひとり暮らしのお妙には十分な広さと言える。しかも梯子《はしご》を使って屋根裏に上がることもできた。

梁《はり》や筋かいが剝《む》き出しになっている屋根裏部屋は、物置として使う分には重宝しそうだ。実際、今朝のうちに掃除しておいた床の上に、お妙の衣装を収めた行李《こうり》や予備の布団などが、味々堂の奉公人たちの手で運び込まれてある。

ただひとつ、気になるものがあった。片隅に寄せられ、白い布を掛けられた木箱や紙箱などの荷物だ。今から二か月ほど前にあわただしく越していった前の住人の忘れものだが、いつ引き取りに来るとも限らないので、もうしばらくはそのままにしておいてほしいと、貸家の管理をする差配に頼まれたらしい。

（せっかくなら、ここもきれいにしたいのだけど……）

荷物のまわりには、うっすら埃《ほこり》が積もっていた。いったんどかせて隅々まで拭いてしまいたいが、人さまのものをむやみに触ってはいけないことくらい承知している。

我慢して階下に戻ると、真新しい桐《きり》の箪笥を乾拭《からぶ》きし、お妙が普段着にしている着物を引き出しに仕舞った。続いて水屋《みずや》の中に急須と湯飲みを並べ、客用の煙草盆《たばこぼん》を磨いていたとき、黒いものが畳の縁を這《は》った気がして、おけいは怖気立《おぞけだ》った。

見間違いであることを祈りつつ、恐る恐る顔を向けた先に、やはり一番見たくなかったものがいた。黒くて長い身体と、うごめく無数の赤い足――。ムカデである。

へビも、油虫も、幽霊すら怖がらないおけいが、この世でただひとつ苦手とするもの、それがムカデだった。なぜ怖いのか自分でもわからない。とにかく子供のころからムカデが嫌いで、咬《か》まれたことはないはずなのに、見ると身体がすくんでしまう。

（困ったわ。どうしよう）

今夜からお妙が寝起きすることを考えれば、怖いからといって見過ごすわけにもいかない。なけなしの勇気を振り絞り、台所にあった火箸《ひばし》で挟んでみようと試みた。

（ああ、お願い。暴れないで！）

敵の動きは意外に素早い。百本近くはありそうな足を動かし、右へ、左へ、身をくねらせて逃げようとするところを、どうにか火箸で挟みつける。そのままそっと、ムカデから放たれる独特の臭いに耐えながら、台所の土間に下りた。

悠長に下駄など履いている余裕はない。途中で落とさぬよう細心を払い、素足で裏庭の植え込みの奥を目指す。

たとえ大嫌いなムカデでも、おけいに殺生《せっしょう》をするつもりはなかった。油虫などを退治してくれるよい生きものだから殺してはいけない、見つけても家の外へ逃がすだけにしなさいと、自分を育ててくれた里親に教わっていたからだ。

でも、火箸の先でうねうねと波打つ無数の足は、叫びたくなるほど気色悪い。

（二度と戻ってきちゃダメよ！）

ポイッと草むらへムカデを放り出すや否や、あとはもう振り返りもせず、家の中へ逃げ戻ったのだった。

◉

東を向いた火頭窓《かとうまど》に、四月の満月が浮かんでいる。

月明かりの下で見るお妙の横顔は、ため息が出るほど美しかった。

白く張りのある頰《ほお》に、濃いまつ毛に縁取られた切れ長の大きな目。かたちのよい鼻と、口角の上がった赤い唇――。来月の節句に向けてあつらえたという鯉《こい》の滝登りが描かれた勇壮な小袖《こそで》も、見かけによらず大胆な気性とよく合っている。

「おけいちゃん、お菓子をもうひとつおあがり。濃茶《こいちゃ》は苦かっただろう」

亭主席にいる蝸牛斎が、杉板にのせた菓子を勧めてくれた。

今夜の茶会のために用意されたのは、鍋町《なべちょう》の〈志乃屋《しのや》〉で売り出されたばかりの鯉の州浜《すはま》だった。滝を登る鯉ではない。端午《たんご》の節句用に鯉のぼりをかたどったものだ。

お茶の前にも緋鯉《ひごい》の州浜をいただいたが、おけいは勧められるまま、今度は緑の真鯉《まごい》を懐紙《かいし》に取り、半分に割って口に入れた。店主のおしのが得意とする州浜は、きな粉と水飴《みずあめ》の割合が絶妙で、何度食べても飽きがこない。まだ露店で商いをしていたころから、今も変わらぬ志乃屋の名物なのである。

「最後のひとつは私がいただいてもよろしいでしょうね、お嬢さん」

正客《しょうきゃく》として招かれている〈茜屋《あかねや》〉の茂兵衛《もへえ》が、いつになく浮かれた調子で次客のお妙にうかがいを立てた。

「どうぞご遠慮なく。食いしん坊の私が、先に二つ食べてしまうところを、しっかりご覧になっていたのでしょう」

つんと尖《とが》った顎《あご》を上げてみせるお妙は、三十路《みそじ》と思えぬ愛らしさだ。

とはいえ、奥方以外の女に目移りするなど考えられない堅物の茂兵衛が、今夜にかぎって浮かれて見えるのは、お妙の美貌のせいだけではなかった。

「さて、これ以上、茜屋さんをじらすのはよくありませんな」

正客がしきりと水指《みずさし》の横を盗み見ることに、蝸牛斎は気づいていた。

「そろそろ、お待ちかねの品をご覧にいれましょう」

今宵《こよい》、味々堂の離れ座敷で、あわただしく茶会が開かれたのには理由があった。

近ごろ蝸牛斎が、御用菓子屋の筆頭である大久保主水《おおくぼもんと》から譲り受けたことで話題になっている茶道具を、ぜひこの目で見てみたいと茂兵衛がせがんだのだ。

「ご所望の〈棚機《たなばた》〉です。作法にとらわれず、存分にご覧ください」

「拝見いたします」

茂兵衛がうやうやしく、象牙《ぞうげ》の蓋《ふた》がついた黒っぽい陶器の茶入《ちゃいれ》を引き寄せた。

ちなみに茶入とは、濃茶を入れておくための容器のことで、異国から渡ってきた唐物《からもの》と、日本の美濃窯《みのがま》で焼かれた和物とに大別される。

「これは和物の瀬戸《せと》茶入ですね。たいへん結構なお品でございます」

ひととおり眺めたあと、茂兵衛は意外にあっさりと、隣のお妙に拝見を譲った。

「ほっそりして、肩衝《かたつき》らしい品のよい姿ですこと」

自分の前にきた茶入を、お妙も如才なくさらりと褒める。

次は末席にいるおけいの番だが、台所にある水瓶《みずがめ》を縮めたような小さくて地味な壺《つぼ》の、どこをどう褒めればいいか見当がつかない。

「ご覧、おけいちゃん。器の肩のあたりから裾《すそ》の近くまで、釉薬《ゆうやく》が滝のように流れ落ちているだろう。茶の湯では〈頽《なだ》れ〉と呼んで、景色として楽しむものだよ」

茶道具について何も知らない娘のため、蝸牛斎が見どころを教えてくれる。

「その両側にひとつずつ、小さな丸い斑《まだら》が浮いているのがわかるかね。このふたつの斑を天上の星に見立てたことから、〈棚機〉の銘がついたそうだ」

なるほど、釉薬の流れを天《あま》の川《がわ》にたとえるなら、川に隔てられたふたつの星は、牽牛星《けんぎゅうせい》と織女星《しょくじょせい》になるわけだ。

「とても夢のある、よい御銘です」

おけいが手ごろな言葉を探せないとみて、お妙が代わりに褒めてくれる。

「それにしても、よく大久保さまがお気に入りの茶入を手放す気になりましたこと」

「なに、相応の品を用意しただけだよ」

茶入を譲り受ける代わりに、蝸牛斎が以前から自慢していた雪舟《せっしゅう》の掛け軸を献上したと聞いて、お妙が目を丸くした。

美濃で焼かれた〈棚機〉の茶入は、いわゆる名物茶器ではない。大久保主水が七月七日の茶会でしばしば用いたことから、江戸の茶人たちのあいだで名を知られるようになったというだけで、雪舟の掛け軸とはくらぶるすべもないのである。

　あからさまに呆《あき》れるお妙の横では、茂兵衛が縞《しま》模様の小さな袋を手に取り、先刻までと打って変わった真剣な面持ちで見入っていた。

　茜屋は袋物問屋である。店主の茂兵衛の目当ては茶入そのものではなく、それを収めていた袋もの――仕覆《しふく》のほうだったらしく、表裏はもちろん、底の造りも、左右の布を縫い合わせた繋《つな》ぎ目も、緒を通すための丸い輪も、息をするのも忘れたかのように見入ったあと、深いため息をついて礼を言った。

「ありがとうございます。ようやく先々代の遺作を見ることが叶《かな》いました」

　ようございましたな、と、蝸牛斎も満足そうにうなずいた。

　今から二十三年前、名人と呼ばれた茜屋の先々代が大久保主水の依頼を受け、この仕覆を縫い上げたらしい。

「大久保さまからお預かりした端切れを使い、たいそう素晴らしいものに仕上がったと、何度も義父《ちち》から聞かされておりました」

　お針子の身分から茜屋の婿養子となった茂兵衛は、いつか見たいと思っていた先々代の仕覆が味々堂の手に渡ったと知って、一番に拝見を願い出たのだった。

「そうだ。あれからもう、二十三年……」

　拝見の終わった仕覆を自分の前に引き寄せ、感慨深げに蝸牛斎がつぶやいた。

「あのころ、わしは江戸にきたばかりだった。四十五歳にもなって一文無し。頼れる親類縁者もいない町で、今後どうやって暮らしを立てるか――。これといった考えもないまま、毎日ふらふらとさまよっていた」

この恰幅《かっぷく》のよい骨董屋の店主が、かつて西国《さいごく》の小藩に茶事をつかさどる茶頭《さどう》として仕えていたことを、おけいは前に聞いていた。ただし『一文無し』などという心細い身の上で江戸に出てきたとは知らなかった。

「ねえ、蝸牛斎さま。どうして茶頭のお役を辞されたのですか」

忖度《そんたく》なしに訊《たず》ねたのは、自身も御殿女中として大名家に奉公していたお妙である。

「立ち入ったことだとわかっています。けど、私はこんな気性ですから、何度はぐらかされようと、知りたいものは知りたいのです」

自分の気持ちに正直なお妙のこと。きっとこれまでにも、西国にいたころの話を聞かせてくれろと、何度も当人にねだっていたのだろう。

そっと、労《いたわ》るかのように、蝸牛斎は丸い指先で古裂《こぎれ》の仕覆をなでていたが、そのうちおけいのほうを見て言った。

「すまんが、窓を閉めてくれるかね」

「かしこまりました」

いつの間にか満月は、火頭窓の枠の中から姿を消している。

「今ごろになって〈棚機〉がわしのもとへ巡ってきた。そこにどのような意味があるのかは凡人ゆえわからんが、炉じまい前の最後の夜話《よばなし》として、過ぎた日の思い出など話してみるのも一興だろう」

あからさまに嬉《うれ》しそうな顔をしたお妙と、痩せた顎をわずかに引く茂兵衛、そして末席に戻った巫女《みこ》姿の娘を前に、蝸牛斎が語りはじめる。

部屋の中には蠟燭《ろうそく》の明かりがゆらゆらと揺らめき、亭主席に座る福々しい老爺の顔に、かすかな翳《かげ》りを映しだしていた。

「わしが西国の出であることは、ご一同も知ってのとおりだ。正しくは大坂の堺《さかい》という町の外れで、線香屋の倅《せがれ》として生まれた」

当時の蝸牛斎は名を与三郎《よさぶろう》といった。男兄弟の末子だったことから十一歳で生家を離れ、本家筋にあたる〈濱屋《はまや》〉の丁稚《でっち》小僧になった。

堺の目抜き通りに店を構える濱屋は、線香問屋として大きな商いをする傍ら、利休居士《りきゅうこじ》とも親交のあった先祖の教えを守って、奉公人に茶の湯を学ばせていた。与三郎も初歩の点前《てまえ》を教わったが、子供ながらに落ち着いた所作が大人たちの目を引いたという。

「ちょうどそのころ、店主の弟にあたる濱屋宗仁《そうじん》さまが、茶坊主として大名家にお仕えすることが決まった。わしも内弟子となって付き従うよう命じられたのさ」

濱屋宗仁が向かった楢山《ならやま》藩は、草深い大和《やまと》の山間《やまあい》にあった。四万石にも満たない小藩ながら、当主の高須《たかす》典清《のりきよ》は関ヶ原《せきがはら》以前から続く譜代《ふだい》の家柄で、大名のたしなみとして茶の湯にもよく通じていた。

「わしの師匠の宗仁さまは、今は新参の平茶坊主でも、いずれ茶頭として殿さまにお茶を差し上げるのだと言って、早朝から夜遅くまでお城に詰めておられた」

宗仁が勤めに出ているあいだ、まだ子供の与三郎は、言いつかった用を片づけてしまうと、もうほかにやることがなかった。港町の堺とは気風が違い、四方を山に囲まれた楢山藩は、のどかそうに見えて余所者《よそもの》に冷たかった。

「まして茶坊主は嫌われた。低い身分でありながら、殿のお側《そば》にはべって偉そうにするのだから当然だろう。茶の湯に専念するしかなかったわしは、十五歳で〈宗牛《そうぎゅう》〉の名を授かり、見習いとして城へあがった。友と呼べる仲間ができたのもそのころだ」

宗牛を仲間に入れたのは、冷や飯食いの藩士の子や、ヘソ曲がりで知られた医者の子、男の格好をした娘など、一風変わった若者たちだった。

「みな生意気でひと癖あったが、根は気持ちのよい連中ばかりだった。隠れ家に酒や食べ物を持ち寄っては、世の在り方について語り合ったものだ」

楢山藩には、鷹《たかの》ノ巣《す》城と呼ばれる立派な城があった。雲をつく高みに築かれた山城《やまじろ》で、戦乱の世には鉄壁の守りを誇る名城として知られたというが、のちに太平の世が訪れると、高須家の当主たちは麓《ふもと》の館《やかた》に下りて暮らすようになった。

宗牛たちが入り浸ったのは、人の出入りが絶えた城山の中腹にある荒れ屋敷だった。

「不思議なものだ。三十年近い楢山藩での暮らしに、人並みの幸福を感じたことなど一度もなかった。むしろすべて忘れると誓ったはずなのに、あの荒れ屋敷に集った仲間の面影だけが、年を経るごとに鮮やかになる……」

独り言のようにつぶやき、静かに両目を閉じていた蝸牛斎だったが、しばらくすると、また続きを語りはじめた。

「若い時代は瞬《まばた》きしているうちに過ぎてしまう。わしも仲間たちも日々の仕事に追われ、以前のように語り合うこともなくなっていった」

二十歳になった宗牛が正式な茶坊主として城に上がるころ、師の宗仁も念願だった茶頭の地位を手に入れた。そこからさらに数年。藩主の典清公が世を去ると、継嗣《けいし》の典正《のりまさ》公が跡目を継いだ。まだ若かった典正公は、高須家の当主となって初めてのお国入りを果たしたさい、国家老を務める柳井権太夫《やないごんだゆう》に疑いの目を向けたという。

「典正公はうつけではない。確かに国家老の柳井さまには、若い藩主を意のままに操り、おのれが藩政を仕切ってやろうという魂胆が見え隠れしていた。それを見破った眼力はお見事だったが……」

国家老を頼みにできない典正公は、正しい助言を授けてくれる臣下を早急に求めた。信じるべきは誰か――。白羽の矢が立ったのが、茶頭の濱屋宗仁である。

朝に夕べに、典正公の前で茶を点てながら、領内の様子や家臣たちについての御下問に忌《き》憚《たん》なく答えた宗仁は、若い藩主の信頼を得るところとなり、ついには側用人《そばようにん》として取り立てられたのだった。

「もとより宗仁さまには野心があったのだろう。側用人になった途端、茶人の本分を忘れ、政争に明け暮れてしまった」

それが、十年に及ぶ楢山藩お家騒動の幕開けだった。遠ざけられた国家老と、側用人に取り立てられた茶坊主とのあいだで、国を二分する権力争いが起こったのである。

当時、江戸の上《かみ》屋敷にいる正室の富姫《とみひめ》は、まだ世継ぎの君を産んでいなかった。そこに目をつけた国家老と側用人が、それぞれ身内から藩主の側室を差し出した。

国家老側から送り込まれたのは、柳井権太夫の姪《めい》にあたる娘で、猫のごとき妖艶な目をしていることから〈ねこ御《ご》前《ぜん》〉と呼ばれた。

ひと月遅れでお目見えした〈お伽羅《きゃら》の方〉は、宗仁の実家である濱屋の一族から選び抜かれただけあって、器量のよさはもちろん、茶の湯や香道にも通じていた。

「お二人ともよい勝負をしていたよ。遅れて側室となったお伽羅の方が先に〈祐丸君《すけまるぎみ》〉を産むと、ねこ御前も七日後に〈菊丸君《きくまる》〉を産んだ」

どちらも健やかな男児であったことが、権力争いの炎をさらに煽《あお》り立てた。

楢山藩の藩士たちも、国家老の柳井権太夫に味方する者と、側用人の宗仁に与《くみ》する者とに分かれ、互いに疑心暗鬼を生じていった。

「意外だったのは、茶坊主あがりの宗仁さまを支持する藩士がいたことだ。それだけ柳井さまに反感を持つ者が多かったということだろう」

この紛争に巻き込まれ、脱藩を余儀なくされた者は少なくない。

かつて宗牛が城山の隠れ家で金蘭《きんらん》の契りを交わした仲間たちも、ひとり、またひとりと国を去り、やがては宗牛自身にもお鉢がまわってきた。

「迷惑な話だ。国家老の姪のねこ御前さまが、よりによって敵方であるこのわしと不貞をはたらいたという噂《うわさ》が、城内に流れたのさ」

当時の宗牛は、側用人となった宗仁の代わりに茶頭を務め、ねこ御前にも茶を献じていた。だからといって密通など考えられない。濡《ぬ》れ衣《ぎぬ》だったにもかかわらず、すみやかに堺の濱屋に帰って蟄居《ちっきょ》せよと、宗仁に命じられた。

「堺へ入る直前、ねこ御前さまが落飾《らくしょく》されたと人づてに知った。国家老の柳井さまも失脚し、菊丸君が継嗣となる望みも断たれたと聞いて、ようやく自分が捨て駒《ごま》として利用されたことに気づいたのだよ」

密通の噂を流したのは、ほかでもない宗仁だったのだ。

自分にも極刑が下されると察した宗牛は、その場で行く先を変えた。

「わしが頼ったのは、まだ見習いの茶坊主だったころに幾度か使いしたことのある大徳寺《だいとくじ》の老師だった。本寺を退いて久しい老師は、わしを紫野《むらさきの》の庵《いおり》にかくまったばかりか、七年ものあいだ門人として住まわせてくれた」

そのあいだに、楢山藩について風の便りが届いた。

つかの間の権勢を誇った側用人の宗仁が、恨みを抱く浪士に斬られて死んだこと。

お伽羅の方が産んだ祐丸君も、麻疹《ましん》にかかって短い生涯を終えたこと。

そして、一連の騒動が老中たちの知るところとなる前に、典正公が腹違いの弟に跡目を譲り、楢山藩を取りつぶしから守ったこと、等々。

紫野の草庵《そうあん》にあって、しだいに衰えゆく高僧の世話に明け暮れる宗牛には、そんな俗世のあれこれが遠い世界の出来事のように思われたという。

「老師を看取《みと》ったあと、わしは正式に得度《とくど》し、あの騒動で命を落とした人々の供養に残りの人生を費やすつもりでいた。それなのに……」

――おまえには娑婆気《しゃばけ》がある。いっそ商いで一旗揚げてみよ。

死に際に残された高僧の言葉が、とうに不惑を過ぎた宗牛を惑わせた。これから自分はどう生きるべきなのか、答えを出せないまま、気がつけば東へ向けて旅立っていた。

「あとは、あんたたちも知ってのとおりだ。江戸にたどり着いたわしは、おもに茶道具を扱う骨董屋の蝸牛斎として商いをはじめ、三年後に昧々堂の看板を上げた」

長い話を締めくくったもと茶坊主を、お妙が感じ入った様子でねぎらった。

「西国でたいへんな目に遭われたのですね。でも、老師さまのご遺言は的を射ていたと思います。こんなにご立派な商いをなさっているのですもの」

お妙が大きな瞳で見まわす離れ座敷は、一見すると地味なようで、じつは主人の眼識に適《かな》うよう、隅々までこだわり抜いた造りになっている。

「まったくです。貴重なお話までうかがって、今夜は得をした気分ですよ。そのついでと言っては何ですが、もうひとつ……」

茜屋の茂兵衛の目は、蝸牛斎の前にある仕覆を見ていた。

今から二十三年前、江戸へきたばかりの蝸牛斎が、どのようなかたちで〈棚機〉にかかわったのか、差し支えなければ聞いておきたいという。

「ぜひ、私もおうかがいしたいわ」

興味を隠し切れないお妙が隣の席で身を乗り出す。

もちろん末席に控えるおけいも同じ思いだった。一文無しから身を起こし、わずか三年で自分の店を持つためには、きっと特別の何かがあったに違いない。

「はて、どうしたものか」

五色《ごしき》の縦縞が美しい仕覆を見下ろして蝸牛斎が苦笑いをする。するとそこへ——、

「失礼いたします、旦那さま」

ふすまの外でかたい声がした。女房のおもんである。

「お茶会の最中に申し訳ございません。じつは、その、播磨屋《はりまや》の呉公《ごこう》さまが店先にお見えになって、今すぐ〈棚機〉の茶入を拝見したいと……」

珍しくおもんが困っている。

いつもは穏やかな蝸牛斎も、眉間にくっきり縦皺《たてじわ》を寄せた。

「今すぐとは性急だな」

そもそも播磨屋とは面識がない。日を改めて出直してもらうよう言いかける蝸牛斎を、慌てて客の茂兵衛が止めた。

「お待ちください。播磨屋の呉公さまといえば、あの堀江町《ほりえちょう》の廻船《かいせん》問屋、播磨屋さんのご隠居のことですね」

さようでございます、と、ふすまの向こうでおもんが答える。

「それなら追い返すのはおやめになったほうがいいでしょう」

茂兵衛によると、播磨屋呉公なる人物は、海千山千の廻船問屋にふさわしい肝の据わった大立者である。それと同時に、ささいなことを根に持ち、しかも簡単には忘れない執念

深さも秘めており、機嫌を損ねると厄介な相手なのだという。

「うっかり播磨屋さんの恨みを買って、後々ひどい目に遭った人の話も聞いております。ここは百歩譲って穏便にすませたほうがよろしいかと」

奉公人の身分から茜屋の店主におさまった茂兵衛は、よい意味で長いものに巻かれるすべを知っている。一度は気色《けしき》ばんだ蝸牛斎も、それを聞いて心を静めた。

「ご忠告に従いましょう。おもんや、播磨屋さんをお通ししなさい」

ややあって、渡り廊下を大股に歩く足音が聞こえてきた。

「夜分に失礼する」

唐紙《からかみ》の戸がするりと開いた。手代《てだい》らしき若者にふすまを開けさせ、悠然と立ったままで敷居を跨《また》いだのは、身なりのよい半白髪の男だった。

「あんたが、昧々堂のご店主かね」

男はずかずかと炉の前まで歩み入り、亭主席を見下ろした。

「蝸牛斎と申します。どうぞお座りください」

「ささ、こちらに」

茂兵衛が自分の席を明け渡すのを見て、お妙も次客の席からひとつ下がる。

おけいはすでに部屋の隅まで退いていた。今夜は気のおけない顔ぶれと聞いていたので茶会の席に連なったが、本来であれば、播磨屋の手代と同じく廊下に控えるべき身分だとわきまえている。

「播磨屋呉左ヱ門《ござえもん》だ。今は隠居名の〈呉公〉を名乗っている」

　堂々と正客の座についた呉公は、聞きしに勝る押し出しのよさだった。背は人並みより少し高いくらい。筋骨隆々とした肩の上に大きな顔がのっているせいで、実際よりも大柄に見える。顔立ちの彫りは深く、墨で縁取ったかのようにくっきりした大きな目と、ふたつに割れた顎の先が、老いてなお男の色気のようなものを醸し出している。

　人気役者の錦絵《にしきえ》みたいだと、おけいは思った。

　あとで事情通の知り合いに聞いたことだが、播磨屋の隠居の呉公といえば、若いころは市川団十郎《いちかわだんじゅうろう》ばりの二枚目として近隣の女たちに騒がれたらしく、六十を目前とした今でも、当時の面影を偲《しの》ぶことができるのだった。

「せっかくですので、一服いかがでございますか」

「いらん。茶は好まん」

　茶会の席に割り込んでおきながら、呉公はにべもなく亭主の勧めを断った。

「今日は〈棚機〉の茶入が目当てできた。今すぐ見せてもらいたい」

「ほう。茶をお好みでない方が、道具には興味をお持ちですか」

　やんわり皮肉られ、呉公がフンと鼻を鳴らす。

「はっきり言って、茶道具など見てもわからん。興味があるのは商いだけだ」

息子らに家業を任せて隠居したあと、暇と金にあかせて飲食の店を何軒か営んでいる。今度は茶屋を流行らせてみようと思い立ったらしい。

「ここの隣に〈くら姫〉とかいう茶屋があるだろう。美人の店主が点てる茶と贅沢《ぜいたく》な菓子で、女どもに人気だと聞いている」

その美人店主と同じ座敷に居合わせているとは知らない呉公が、さも得意そうに自分の目論見《もくろみ》を語りはじめた。

「古い土蔵を店として使うのは、よい考えだから真似《まね》させてもらうとして、〈くら姫〉では男客だけでの入店を断っているそうだが、うちは銭さえ払ってくれるなら男でも坊主でも歓迎する。もちろん美味《うま》い茶菓子も用意するつもりだ」

すでに有名な菓子舗と仕入れの契約まで交わした。古蔵を借りるのに少し手間取っているが、そのあいだに店で使う道具を用意することにしたという。

「抹茶用の茶碗《ちゃわん》は窯元に注文して、楽《らく》茶碗とやらに似せたものをたくさん焼かせた。本物に劣らぬよい出来だぞ」

客に出す茶碗など紛《まが》いもので十分だと、呉公が口の端をゆがめて笑った。

その代わり、亭主席には銘品と呼ばれる道具だけを取りそろえる。それを拝むだけでも来店する値打ちがあると、世間に思わせるのが目的らしい。

「なるほど。近ごろ各所の茶道具屋で、茶釜や水指、建水《けんすい》などの銘品を買い漁《あさ》る御仁がいると聞いておりましたが……あなたさまでしたか」

皮肉を込めた目で見られても、播磨屋の隠居には悪びれる様子がみじんもない。むしろ得意げに大きく胸を反らせた。

「前置きはこれくらいにして、さっそく〈棚機〉を見せてもらおうか」

「よろしいでしょう」

呉公の目の前に茶入が置かれた。ところが強引に拝見を迫っておきながら、手に取って眺めようとはしない。ちらと目をくれただけで、亭主に向かって短く訊ねた。

「いくらで売る？」

一瞬、おけいは耳を疑った。静かに成り行きを見守っていた茂兵衛とお妙も、場をわきまえない呉公の申し出に唖然《あぜん》としている。

蝸牛斎だけはこうなることを予測していたのか、相手の目を見て穏やかに言った。

「まだ茶会は終わっておりません。ほかのお客さまもいらっしゃる前で、売り買いの話をなさるのは、いささか無粋かと」

「一向にかまわんよ。わしは間違いなく無粋な男だ」

呉公には傲岸不遜《ごうがんふそん》を貫くだけの覚悟があるようで、亭主にひと言の断りもなく、ふすまの外に向かってパンパンと手を打ち鳴らした。

「例のものを持ってこい」

廊下に控えていた播磨屋の手代らしき若者が、這いつくばって畳の上を進み、重そうな百両箱を主人の脇に重ねて差し出す。

「金ならある。値をつけてもらえれば、今すぐ耳をそろえて払おう」

なんと茶入を手に入れるつもりで、金子の用意までして乗り込んだのだ。

さあ、いくらだ。さあ、さあ——と、団十郎ばりの睨《にら》みで迫られては、大方の者なら怯《ひる》んでしまうところだが、修羅場をくぐってきた蝸牛斎には効かなかった。

「大そう趣のある茶入でございましょう。見どころが多くて、前の持ち主の大久保主水さまも、長年慈しんでこられました」

相手の勢いを削《そ》ぐように、丸くて太い指先が、象牙の蓋にそっと触れる。

「ただし、〈棚機〉は名物茶器ではございません。私が雪舟の掛け軸と引き換えに手に入れた話がひとり歩きをし、勘違いされた方もいるようですが、こちらの仕覆と合わせても、売値はせいぜい三十両というところ」

「三十両……」

長屋住まいの町衆からすれば、三十両はとてつもない大金である。しかし大張り切りで百両箱をふたつも用意してきた分限者《ぶげんしゃ》にとっては、いささか肩すかしだったようだ。

「ま、まあいい。旦那衆のあいだで話題になったことは事実だし、前もって読売のネタでもすれば、〈棚機〉を見るために来店する客もいるだろう」

むしろ買い得かもしれないと、早々に気を取りなおして皮算用まではじめる。

「では、三十両で決まりだな」

さっそく百両箱の蓋を持ち上げようとする呉公を、蝸牛斎が押しとどめた。

「お待ちください。私にとりましても〈棚機〉は特別な思い入れのある品でございます。なればこそ、雪舟の掛け軸と取り替えてでも手に入れたいと思ったのです」

「まさか、売る気はないとでも……」

その『まさか』でございます、と、蝸牛斎は相手の目を見て言い放った。

たとえ相場は三十両だとしても、思い入れに値段はつけられない。百両、二百両を積まれても売るつもりはないとまで言われ、呉公のこめかみがぴくぴく動く。

「――いいのか。わしにそんなことを言って」

念押しの声に秘められた強い憤怒《ふんぬ》は、部屋の隅にいるおけいにも伝わった。

元々血色のよくない茂兵衛の頬から音をたてるように血の気が引き、お妙もいつになく不安そうな目を亭主席に向けたが、蝸牛斎は考えを変えなかった。

「どうぞ、お引き取りを」

静かに頭を下げられて、呉公が立ち上がった。

「帰るぞ、高雄《たかお》。早くしろ！」

みずからふすまを開けて退出した主人と入れ違いに、播磨屋の手代が座敷に飛び込んできた。よほど急いでいたのか、畳に置かれたままの百両箱をふたつ抱え、呉公のあとを追いかけようと廊下へ出たところで、足がもつれて転びそうになる。

（あ、あぶない）

助けに行こうとするおけいのほうを見て、手代は頰を赤く染めた。そして、失礼いたしましたと詫《わ》びて頭を下げると、すみやかに渡り廊下を去っていった。

「今、高雄と呼んだな。奉公人には珍しい名だ」

「気の毒に。あの主人に仕えるのは並大抵ではないでしょう」

蝸牛斎と茂兵衛、それぞれのつぶやきが背中越しに聞こえてくる。

おけいもまた、摘みたての野イチゴを嚙んだときのような気分になった。

（あの人、わたしを見て真っ赤になった……）

歳のころは二十五、六だろうか。男にしては華奢《きゃしゃ》な感じがする逆三角形の顔つきと、二《ふた》重瞼《えまぶた》の大きな目が、しばらく忘れられそうになかった。

◉

雨まじりの強風が夜通し吹いた翌朝のこと、熊手と竹ぼうきを手にしたおけいは、目の前のありさまに悄然《しょうぜん》とした。

（ああ、やっぱり……）

青々と夏草が茂る境内に、大量の落ち葉が降り積もっていた。

両隣の寺に生える立派なクスノキは、なぜか秋ではなく、新芽の伸びる晩春から初夏にかけて古い葉をごっそり落とす。風に乗って出直し神社の敷地に舞い落ちる枯葉を始末するのは、この時期ならではの大仕事だった。

ガサガサ、ガサガサ。ザーッ、ザッザッ。

夏草の株元までもぐり込んだ枯葉は厄介だ。熊手でかき出し、古いほうきの先を使って無心に掃いていると、すぐうしろで人声がした。

「ご無沙汰《ぶさた》しておりました、おけいさん。ご精が出ますね」

「まあ、慎吾《しんご》さん」

いつからそこにいたものか、大きな風呂敷《ふろしき》包みを背負った少年が、枯れ木を組み合わせただけの質素な鳥居の下に立っていた。

「本日はお店の使いで参上いたしました」

かたい言葉づかいと背筋の伸びた立ち姿はそれらしくないが、慎吾は紛れもなく、昨年の冬から菓子舗の志乃屋でお店《たな》奉公をはじめた小僧である。

初めて出直し神社を訪れた少年を、おけいは先に立って社殿の中へと案内した。

「よくきたね。そこにお座り」

「うしろ戸の婆さままですね。ようやくお目にかかることができました」

しわくちゃの子猿のような老婆に挨拶をすませると、慎吾は風呂敷包みの中から平たい木箱をひとつ取り出した。

「来月の節句に売り出す菓子でございます。神さまにお供えして御祈禱《ごきとう》をいただくよう、店主に言いつかってまいりました」

女店主のおしのが持たせて寄越《よこ》したのは、二つの異なる葉を用いた柏餅《かしわもち》だった。見慣れたカシワの葉で挟んだヨモギ餅には小豆《あずき》の粒餡《つぶあん》が。あまり見かけない丸い葉で挟んだ白い餅には、白味噌《しろみそ》の餡が入っているという。

「おお、立派な菓子だ。きっとよく売れるだろう」

初穂《はつほ》（奉納金）を添えた柏餅を祭壇に供え、志乃屋の商売繁盛を祈って祝詞《のりと》を上げたあと、うしろ戸の婆は姿勢よく座っている小僧とあらためて向き合った。

「ところで、例の公事《くじ》はどうなったのかね」

例の公事とは、老舗《しにせ》菓子舗〈吉祥堂《きっしょうどう》〉の暖簾《のれん》をめぐる訴えのことである。

去年の秋のこと、お店の乗っ取りを企てた吉祥堂の小番頭が、流行り病に臥《ふ》せる店主の吉右衛門《きちえもん》を墓場に捨て、世間には隠居して湯治《とうじ》へ出かけたと触れまわった。そうした上で、跡目を継がせた店主の義娘《むすめ》の婿におさまり、大番頭として店を牛耳ろうとした。

一方、墓場で物乞いたちに助けられ、命拾いした吉右衛門を自分のもとに引き取ったのが、商売敵《がたき》だった志乃屋のおしのである。

その昔、父親を死に追いやった仇《かたき》として恨みながらも、菓子の道を極めた吉右衛門に密《ひそ》かな尊敬の念を抱いていたおしのは、父親と吉右衛門とのあいだに悲しいすれ違いがあった事実を知って怨讐《おんしゅう》を捨てた。まずは〈吉祥堂〉の屋号を取り戻し、老舗の暖簾を守ると心に誓ったのだった。

「でも、こちらが考えていたほど公事は易《やさ》しくなかったようです。今は勘定所のお裁きが出るのを待っているのですが……」

雲行きが怪しいことをほのめかせ、慎吾が話を打ち切った。

「では、うしろ戸さま、これにて失礼いたします」

「ご苦労だったね。おしのさんによろしく伝えておくれ」

いとまを告げた小僧のうしろに続き、おけいも社殿の階段を下りる。

下谷《したや》のはずれまで送っていくつもりでいると、風呂敷包みを背負って歩きだそうとした背中が、ふいに立ち止まった。

「これは、おけいさんがお使いのものですね」

慎吾の足もとには、さっきまで落ち葉の掃除に使っていた熊手と竹ぼうきが並んでいた。どちらもおけいが神社にくる前から物置に備わっていたもので、熊手は爪の先が三本ほど折れ、竹ぼうきのほうは穂先が瘦せてしまっている。

「わたしはこれから小石川《こいしかわ》を訪ねます。狂骨《きょうこつ》先生にも柏餅をお届けするのですが、もし、よろしければ、おけいさんも一緒に行きませんか」

小石川の竹林に出入りしている竹細工職人に、背丈に合った新しい掃除道具を作ってもらってはどうかというのである。

「背丈に合った道具……」

おけいは極端に背が低い。たとえ高歯の下駄を履いていても、柄《え》の長い竹ぼうきや、重たい熊手は扱いにくく、境内の掃除にも暇がかかってしまう。もしも自分に見合った道具があれば、吹き寄せた落ち葉をもっと手早く、きれいにできるのかもしれないのだが、そのためだけに道具をあつらえるのはいかがなものか。

「かまわないよ。行っておいで」

ためらう心を読んだかのように、社殿の中で声がした。

「よろしいのですか、婆さま」

「よいご縁で結ばれた道具となら、神の庭にふさわしい仕事ができるだろう」

人との縁も然《しか》り。そう言って、唐戸の隙間《すきま》から銭の入った巾着《きんちゃく》が差し出された。


久しぶりに訪れる竹林は美しかった。

初夏の明るい光が枝の隙間から降り注ぎ、微風になびく葉をきらめかせている。

林の奥深くに分け入って、爽《さわ》やかな青竹の香気に身を包まれると、掛け軸に描かれた神仙の世界へきたかのようだ。

「足もとにご用心ください。今の時期はタケノコが頭を出していますから」

うっとりするおけいに、先を行く慎吾が振り返って注意をうながす。その言葉づかいと物腰が町人らしくないのは、武家の出だった父親を見て育ったせいだろう。

侍の身分を捨てて放浪していた男が、千住宿《せんじゅしゅく》の小さな商人宿の娘と一緒になって生まれたのが慎吾である。数年後、宿を切り盛りしていた母親が労咳《ろうがい》で倒れたことから困窮した一家は、夜逃げ同然に江戸へと逃れた。やがて路銀《ろぎん》も気力も尽き果て、小石川の竹林で行き倒れかけたところを、〈狂骨〉と名乗る謎の老人に助けられたのだった。

「あれ、慎《しん》さんだよ」

「本当だ。いつぞやの小さな巫女さんも一緒だぞ」

竹林の奥に点々と建てられた掘立て小屋から、貧しい身なりの男女が出てきたかと思うと、あっという間に慎吾とおけいを取り囲んだ。

「久しぶりだな、慎さん。先生に用かい」

「はい。それから竹細工屋の小父《おじ》さんにも会いたいのですが」

竹屋のオヤジなら、さっき寺の近くで見かけた。おれが連れていってやろうか。いや、こっちに呼んでくるほうがいい――などと口々に申し出てくれるのは、竹林に寄り集まって暮らす物乞いたちだ。

「では、狂骨先生のお堂までお越しいただくよう、お伝え願います」

身軽そうな男に言《こと》づてを頼み、慎吾とおけいは少し先の建物に向かって歩いた。

狂骨のねぐらは古い堂宇である。瓦がすべて剝《は》がれ落ちた屋根の上でぺんぺん草が風に揺れるさまは、貧乏神を祀《まつ》った出直し神社よりも貧乏神に相応《ふさわ》しい佇まいだ。

「先生、お邪魔してよろしいですか」

「慎吾か。勝手に入れ」

ぎいぃぃー、と、不服そうな軋《きし》みをたてて唐戸が開く。

中は足の踏み場もなかった。四方の壁に沿って書物が積み重なり、床の上は丸めた煎餅《せんべい》布団のほか、薬研《やげん》や乳鉢《にゅうばち》、薬草切り包丁などの道具で埋め尽くされている。雑然としている割に不潔な感じがしないのは、雨の日の洗濯もののごとくずらりと吊《つ》るされた薬草が、生薬《しょうやく》特有の芳香を放っているせいだろう。

「うーむ、久しぶりによう寝たわ」

乾いた薬草を盛った竹籠《たけかご》の向こうで、大欠伸《おおあくび》をかまして堂宇のぬしが起き上がった。白鼠《しろねずみ》色の蓬髪《ほうはつ》をもつれさせ、口髭《くちひげ》と顎鬚《あごひげ》を伸ばした痩せ老人である。

「ご無沙汰しております、狂骨先生」

「なんじゃ、おぬしも一緒か」

この老人はいつもぶっきらぼうだ。顔馴染《なじ》みのおけいを見ても、フン、と鼻を鳴らしただけで、慎吾が荷物を押しのけて作った空き地に胡坐《あぐら》をかいた。

「本日は店主の使いで、これをお届けにまいりました」

風呂敷から取り出された二段重ねの菓子箱には、さっき出直し神社に供えられたものと同じ柏餅が詰められていた。志乃屋の店主がたびたび菓子を持たせては、慎吾の親を最期まで世話した恩人のもとを訪ねさせているのである。

「どうせまた、試しにこしらえた失敗作であろう」

「試作品には違いないですが、断じて失敗作ではありません」

真面目《まじめ》くさって慎吾が答える。まだ餅や餡の作り方は学んでいないが、今回は葉で包む作業を任せてもらえたという。

「ふむ。こちらはカシワの葉。こっちはサルトリイバラだな」

二種類の柏餅をひとつずつ取り、あとは物乞いたちに配るよう慎吾に命じると、さっそく狂骨が丸い葉を剝がして餅にかぶりついた。

「その葉っぱ、サルトリイバラというのですね」

おけいも子供のころに野山で同じ葉を見かけたことはあるが、そんな面白い名前があることも、餅を包む葉だということも知らなかった。

「江戸ではもっぱらカシワの葉を使うからな。カシワは新しい葉が出るまで古い葉を落とさぬことから、跡継ぎが絶えない縁起のよい木とされている。しかしカシワの木が少ない西の地方では、昔からこのサルトリイバラで餅を包んできたのだ」

饒舌《じょうぜつ》な狂骨は、今日も筒袖《つつそで》の短い上着と、継ぎの当たった膝切《ひざき》りをつけている。見た目も暮らしぶりも物乞いのようだが、じつはこの老人、医道に関する見識が半端ではなく、流行り医者も顔負けの治療を施して、怪我人《けがにん》や病人の命を救うこともあった。

「餅の話はさておき、おぬし、味々堂にも出入りしているそうだな」

「えっ？」

おけいは驚いた。ここでその名前を聞くとは思わなかったが、お蔵茶屋を通したご縁があって、蝸牛斎には親切にしてもらっているのだと答える。

「では、これを知っておるか」

指についた餅を上着でぬぐうと、狂骨はうしろに積まれた古紙の中から一枚の刷り物を抜き出した。物乞いたちが毎日のように市中で拾ってくる読売である。

今日付けの読売には、ある茶道具の鑑定をめぐる出来事が、面白おかしく書き立てられていた。つい先日、名の知られた骨董屋と茶道具屋の中から五名の店主が選ばれ、本人たちには内緒で目利きくらべが行われたというのだ。

（ひどい。これではあまりにも……）

紙面に目を走らせるおけいの手が、怒りにわなわなと震えた。

目利きくらべの結果として、味々堂の蝸牛斎だけが見立てを誤ったと、その読売は報じていた。あれで茶人を名乗るとはおこがましいとか、目が節穴のカタツムリとか、恥を知らない厚皮面《あつかわづら》とか――。ありったけの悪口を連ねたあとに、今すぐ骨董屋の暖簾を下ろすべきだと、厳しい言葉が添えられていたのだった。

◉

紺屋町の中通りに面した店の前には、すでに人だかりができていた。

「ここだ、ここだ。目が節穴のカタツムリがいる店は」

「よく店を開けられたものだな」

読売を真に受けて冷やかしにきたのか、まだ日没の仕事終わりには早い時刻であるにもかかわらず、二十人ほどの男たちが騒いでいる。

「やーい、眼鏡《めがね》違いのカタツムリ。殻にこもってないで顔だしてみろよ」

「恥知らずの厚皮面とやらを拝ませろぉ」

どう見ても堅気とは思えない男らの嘲弄《ちょうろう》に、『そうだ、そうだ』と調子をあわせるのは、たまたま通りかかったお店者《たなもの》や、天秤棒《てんびんぼう》を担いだ歩き売りだ。

その日暮らしの人々にしてみれば、金持ちの道楽のために商いをする骨董屋など、朝に店開きをして夕方につぶれようと知ったことではない。まして読売に書き立てられるような不始末があると、ここぞとばかり憂《う》さ晴《ば》らしの的にしてしまうのだ。

「偉そうに、まだ暖簾なんか掛けてやがる」

「下ろすヒマがねぇのか」

「だったらオレたちが手伝ってやろうぜ」

調子づいた男たちが、軒下にかけられた白い暖簾に手をかけようとする。

「お、お待ちください！」

お店の魂とも言うべき暖簾である。それまで店の奥で息を詰めていたと思われる奉公人たちが、我慢しきれず外へ飛び出てきた。

とうに五十の坂を越えた老番頭。まだ二十歳にならない痩せた手代。今年から働きはじめた小僧――。おけいの知るかぎり、手代がもう一人いたはずだが、店から出てくる気配はない。どう見ても頼りなさそうな三人が、男らの前に立ちはだかった。

「おっ。やるつもりか、おまえら」

「ど、ど、どうか、おやめください」

番頭の声は震えていた。声どころか、半白髪の頭から足先まで小刻みに揺れているが、暖簾の前から一歩も下がろうとはしない。

手代も痩せた両腕を横に広げ、大事な暖簾を奪われないよう踏ん張った。

年端のいかぬ小僧は、手代の腰にしがみつきながらも、キッと男らをにらんでいる。

「おい、見ろよ。お店者ってのは健気《けなげ》だよなぁ」

野次馬にしてはタチの悪い男らが、顔を見合わせてせせら笑った。

「やめとけ、やめとけ。無理するなよ」

「店の中まで荒らすつもりはねえ。ちょいとそいつを踏みつけてやれば――」

暖簾に手を伸ばそうとする男らに、そうはさせまいと押し戻す奉公人。双方のあいだではじまった力くらべは、残念ながらまともな勝負にはならなかった。あきらかに喧嘩《けんか》慣れした男らが、いとも簡単に奉公人たちを押しのけてしまったからだ。

「たかが布切れ一枚でぎゃあぎゃあ騒ぎやがって」

竹竿《たけざお》ごと奪い取った暖簾を道に投げ、汚れた下駄で踏みつけようとする。

それを見て、おけいは後先考えずに飛び出していた。

「やめてくださいっ、踏まないで！」

「なんだ、この小《ち》っせえのは」

火の玉のように飛び込んできた小柄な巫女を、男がうるさそうに足で払う。

「女子供の出る幕じゃねえ。すっこんでろ」

すっこんでろと言われて引き下がるくらいなら、初めから出しゃばったりしない。

暖簾の前に這いつくばってにらみ上げるおけいが、今度こそ本気で蹴られそうになった次の瞬間、急に『痛《い》てぇ！』と叫んで男が頭を抱えた。

「くそっ、どこのどいつだ。オレの頭を殴りやがったのは」

恨めしそうに見まわしても、仲間の男らは昧々堂の奉公人を抑えるのに忙しく、ほかの野次馬たちは遠巻きに立って見ているだけだ。

でも、おけいだけは知っていた。カラスよりひとまわり小さな鳥が、黒い翼をすぼめて空から急降下し、男の頭を突っついて、再び高く舞い上がったことを。

（今のうちに……）

自分を殴った相手を探している男の隙をみて、こっそり足もとの暖簾を拾い上げる。

「あっ、こんちくしょう！」

男が気づいたときには遅かった。竹竿を肩に担いだおけいは、戦場の旗指物《はたさしもの》を掲げるかのごとく、暖簾をひるがえして逃げたのだった。

◉

「馬鹿だねぇ。無茶なことはしなくていいのに」

昧々堂の台所で、おもんが『馬鹿』と言いながらも二杯目の麦湯を注いでくれた。

「だって、わたしもう腹が立つやら、悔しいやらで……」

暖簾を担いで町中を逃げまわっていたおけいは、麦湯を飲み干して喉《のど》の渇きがおさまっても、まだ怒りはおさまらなかった。

「大丈夫だよ。うちの旦那さまをよく知る人なら、読売に書いてあることが真実じゃないってことくらい、ちゃんとわかってくださるから」

おもんの言うことはもっともである。それでもまだ、おけいには納得がいかなかった。

あれが真実でないとしたら、なにゆえ嘘《うそ》八百を書き連ねた読売が、大量にばらまかれたりしたのか。いっそこちらも読売屋に頼んで、あれは全部デタラメなのだと、本当のことを書いてもらうのはどうだろう。

「心配してくれるあんたの気持ちは嬉しいけどね」

おもんが大きなため息をついた。

「さっきも言ったけど、確かにあの読売は真実じゃない。でも、嘘八百を並べたわけでもないんだよ。本当にあったことだけを書いてあるんだから」

真実じゃなくて、嘘でもなくて、本当にあったこと——。すっかり頭がこんがらがって、おけいはクラクラしそうだ。

店先の騒ぎはすでにおさまっている。駆けつけた同業仲間と離れ座敷で話しているという蝸牛斎に代わり、おもんが読売に書かれた経緯《いきさつ》について教えてくれた。

四月二十二日の夜。戸締りを終えた味々堂を、さるお店の手代が訪れた。

『夜分に申し訳ございません。一刻も早く鑑定をお願いしたいと主人が申しまして』

蝸牛斎のもとに持ち込まれたのは竹の茶杓《ちゃしゃく》だった。

茶杓とは抹茶をすくう匙《さじ》のことで、茶席の趣向によって、象牙、木、竹など、材を異にするものが用いられる。とくに利休居士が侘茶《わびちゃ》を完成させて以降は、みずから竹を削って茶杓をこしらえ、銘をつける茶人も増えた。蝸牛斎が急ぎの鑑定を頼まれたのも、ある先人が削った逸品だったという。

『こちらは、越前《えちぜん》の道寛《どうかん》和尚のお作にございます』

越前の道寛といえば、書画を得意とする無位の高僧として知られ、茶の道にもよく通じていたとされている。

『拝見いたしましょう』

ことさら慎重な手つきで請筒《うけづつ》の栓が抜かれた。細くて長い竹の茶杓は、誤って折れたりすることがないよう請筒と呼ばれる入れ物に収められているのだが、中身を目にするなり、蝸牛斎の顔に失望の色が浮かんだ。

『誠に残念ですが、贋物《がんぶつ》でございます』

息を詰める暇もないほど、それは迅速な鑑定だった。銘と来歴が記された請筒は真物《しんぶつ》だが、茶杓のほうは明らかな贋物だという。

『さようでございますか』

手代が納得するのも同じくらい早かった。おそらくは主人が大枚をはたいて手に入れた大事の品である。もっと慎重に、時間をかけて真贋を見極めるよう求めてもよさそうなものを、返された請筒を袱紗《ふくさ》に包むと、逃げるように夜道を帰っていった。

蝸牛斎をこき下ろした読売がまかれたのは、その翌朝のことだ。

じつは、道寛和尚の茶杓が持ち込まれたのは味々堂だけではなかった。あとでわかったことだが、江戸でも指折りの骨董屋と茶道具屋、合わせて五軒の店主が目利きを依頼され、真っ赤な贋物と断じたのは蝸牛斎ひとりだけだった。ほか四名の店主たちは、茶杓が真物だと口をそろえたのである。


「まさか、そんなことが……」

おけいにはにわかに信じられなかった。茶道具について何ひとつ知らなくとも、蝸牛斎のことなら少しは知っている。幼少から茶の湯に明け暮れ、大名家の茶頭まで務めた経歴の持ち主が、ひとりだけ茶杓の鑑定にしくじることなどあるだろうか。

そもそも、この話には初めから不審な点があった。

読売に名を挙げられているのは、味々堂の蝸牛斎をはじめ、鑑定を依頼された側の名前だけで、主宰した者の名はいっさい出てこない。

いったい誰が、何のために茶杓の目利きくらべなどさせたのか。

それにもうひとつ。蝸牛斎が鑑定した晩から半日も経《た》たないうちに、江戸の要所で読売がばらまかれたというのは、あまりに手際がよすぎる。本当は何もかもが仕組まれたことで、あらかじめ大量に刷られた読売が用意されていたのではなかろうか。

おけいはまたしても腹が立ってきて、目の前のおもんに詰め寄った。

「今からでも遅くはありません。読売を刷った瓦版屋《かわらばん》を探し出して、誰に頼まれたのかを白状させせましょう」

「その必要はないのだよ」

穏やかな声に振り返ると、禿頭《とくとう》の老人がふすまを開けてこちらを見ていた。

「お客さまがお帰りだ。いや、挨拶はいい」

慌てて見送りに出ようとするおもんを、蝸牛斎が引きとめた。

乱暴を働いた男らはとうに姿を消していたが、その後も読売を目にした人々が店の前で足を止め、なかには小石を投げ込む不届き者もいる。万が一にも見舞いにきてくれた同業仲間に危険が及ばぬよう、こっそり裏庭からお帰りいただいたという。

「どれ、わしも麦湯をもらおうかな」

おもんが用意した湯飲みを受け取ると、蝸牛斎は台所の上がり口に腰かけて、自分の横に座るようおけいをうながした。

「心配をかけたね。でも、わしは大丈夫だ。茶杓の鑑定を引き受けたときから、こうなることは覚悟していた」

見たところ、蝸牛斎はいつもと変わらぬ様子だった。淡々としていることには安堵《あんど》したが、こうなることを覚悟していたとはどういうことか。

「あんたも覚えているだろう。十五夜の茶会に押しかけた連中を」

「播磨屋のご隠居さまですね」

たしか呉公とかいう風変わりな名の老人だった。

「わしのもとに道寛和尚の茶杓を持ち込んだのは、あのとき播磨屋さんに従っていた手代だった。つまり播磨屋さんが鑑定の依頼主だ」

おけいの頭の中に、身拵《みごしら》えのよい老人の言葉がよみがえった。

『――いいのか。わしにそんなことを言って』

あの念押しの声には、聞く者の心を凍りつかせる凄《すご》みがあった。同じ茶席にいた茜屋の茂兵衛も、播磨屋の呉公がささいなことを根に持ち、しかも簡単には忘れない執念深さを秘めた相手だと、前もって忠告していたのではなかったか。

『うっかり播磨屋さんの恨みを買って、後々ひどい目に遭った人の話も聞いております。ここは百歩譲って穏便にすませたほうがよろしいかと』

ところが蝸牛斎は、ことを穏便に運ばなかった。その場で〈棚機〉の茶入を買い取りたいと、金子まで用意してきた呉公の申し出を、きっぱり撥《は》ねつけたのである。

「歯向かえば厄介なことになるとわかっていた。素直にお譲りすれば特上のお得意さまになったかもしれんが、どうしてもその気になれなかった」

ああいう手合いは好きになれないのだと、苦く笑った蝸牛斎の口から、目利きくらべの真相が明かされた。昨晩、播磨屋の手代が鑑定に持ち込んだ茶杓は、玄人《くろうと》でなくともそれとわかるほど、明らかな贋物だったという。

「道寛和尚は百年も前のお人だ。だが、わしがこの手に取って見たのは、まだ削って間もない新品だったのだよ」

それだけではない。越前の道寛和尚といえば、型破りな風狂の僧として知られている。手ずから削ったとされる茶杓も、中節で大きく曲がった蟻腰《ありごし》のものや、杓幅の極端に広いものが多いのだが、播磨屋の手代に渡された品は、しごくおだやかな作風だった。

「どうやら、わしだけが贋物を見せられたようだ」

ほかの鑑定人のもとには道寛和尚の真物が持ち込まれた。さっき訪ねてきた同業仲間もそのうちの一人で、自分の見た茶杓が、くの字に曲がった蟻腰など、道寛らしい癖のある作風だったことを告げて帰っていった。

早い話が、播磨屋の呉公は意趣返しのために茶杓の目利きくらべをでっちあげ、蝸牛斎の悪口を連ねた読売をばらまいたということだ。

（まさか、そこまで手の込んだことをするなんて）

おけいには信じられなかった。立派なお店の隠居ともあろう身が、自分の欲しいものが手に入らないからといって、なぜここまで周到な嫌がらせをするのか。

「おそらくあの御仁は、自分の思いどおりにならない相手が許せないのだな。身分や歳に関係なく、似かよった横暴者はどこにでもいる。昔、わしがお仕えした楢山藩の国家老さまも、やはりそのようなご気性だった」

お家を取りつぶし寸前にまで追い込んだ悪家老はすでに鬼籍に入っている。一方、播磨屋の呉公はまだまだ元気だ。家業を息子たちに任せ、気楽な隠居の身となったことで、心の赴くままに我が道を突き進もうとしている。そして、思惑どおりにならない相手と出会ったときは……。

「これで播磨屋さんも気がすんだだろう。町衆が騒ぐのは今だけのこと。人の噂も七十五日というが、骨董屋の悪評など半月も経たないうちに消えてなくなる」

蝸牛斎はそう言って締めくくったが、おけいはどうしても得体の知れない不安をぬぐい去ることができなかった。

◉

鍋町の志乃屋を訪ねたおけいは、店主のおしのに柏餅の礼を言ったあと、井戸端で小豆をといでいる小僧のもとへ行った。

「昨日はすみませんでした。せっかくお連れくださったのに」

自分用の熊手と竹ぼうきを注文してはどうかと勧められ、小石川の竹林まで同行したというのに、肝心の竹細工職人に会わないまま、ひとりで竹林をあとにしてしまった。

「気になさらないでください。仔細《しさい》は狂骨先生に聞きましたから」

慎吾は中腰で、ザックザックと笊《ざる》に入った小豆の粒を洗いながら、ひたすら頭を下げて恐縮するおけいに笑いかけた。

「それに、どのみち昨日は竹細工の小父さんに会えなかったのです。急な用事で出かけたあとだったらしくて」

先方の都合も確かめず小石川まで足を運ばせた自分のほうが悪い。だから気にしないでいただきたいと、反対になぐさめられてしまう。おけいの掃除道具についても、竹細工職人の手が空き次第、先方から知らせが届くよう話をつけてくれていた。

「あれからわたしも、昧々堂さんの前まで行ってみました。ご近所さまに聞いた話では、悪乗りした野次馬が店の暖簾を持ち去ってしまったそうですね」

持ち去ったのは野次馬ではない。おけいが担いで逃げまわっていたのだが、語って聞かせるのも恥ずかしいので、あとで無事に戻ったとだけ伝えておく。

話をしているあいだにも、粒の大きさの異なる小豆が、慎吾の手できれいに水洗いされていった。大粒のものは餅菓子の餡に、小さな粒は餡玉《あんだま》用として使われるらしい。

鍋町に移ってからというもの、志乃屋では大きさの異なる小豆のほかに、讃岐《さぬき》の和三盆《わさんぼん》など質のよい砂糖も仕入れ、用途によって使い分けるようになった。あの吉祥堂の吉右衛門が『うちのご隠居さま』として同居しているのだから当然かと思えば、志乃屋の商いに吉右衛門が自分から口を出すことはないという。

「ところで、ご隠居さまは奥にいらっしゃいますか」

「つい先ほど馬喰町《ばくろちょう》へお出かけになりました」

せっかくなので吉右衛門にも会って帰りたかったが、すれ違いになったらしい。

「公事のことが心配なのですよ。やはりこちらが不利なようですから」

吉祥堂の側に都合のよい裁きが下るのではないかと案じた吉右衛門は、このところ毎日のように公事師のもとへ通っている。評定所《ひょうじょうしょ》に目安《めやす》を提出した以上、あとは結果を待つしかないとわかっていても、のんびりかまえていられないのだろう。

月末にはよい判決が出ることを祈って、おけいは鍋町から紺屋町へと向かった。


昧々堂の前では、今日も道行く人が足を止め、店のほうをうかがっていた。

ただし昨日のように大きな声で非難を浴びせる者はいない。互いに噂をささやき合ったり、こっそり指をさしたりする程度ですませている。

(よかった。まだ昨日の今日なのに、ずいぶん落ち着いている)

蝸牛斎が言ったとおり、たとえ読売が悪口を書いて世間を煽り立てたとしても、自分の暮らしとかかわりのないことなど、人々はすぐに忘れてしまう。

何ごともなかったかのように揺れる暖簾を見上げて、おけいは胸をなでおろした。

白い生地の隅っこにカタツムリを思わせる渦巻模様を染めた味々堂の暖簾は、蝸牛斎がみずから考案した意匠だと聞いている。それが土足で踏みにじられるなど、店の者でなくとも耐え難い。

どうかこのまま播磨屋の意趣返しがやみますように、と、心の中で手を合わせた願いも虚《むな》しく、店の奥から悲鳴に近い女の声が上がった。

「待って。考えなおしておくれ！」

乱暴に暖簾をはねのけて出てきたのは、味々堂の奉公人だった。二人いる手代のうちの年嵩《としかさ》のほうで、名前はたしか禎助《さだすけ》か禎吉《さだきち》だったはずだ。

続いて転がるように走り出たおもんが、手代の袖をつかんで言った。

「あたしのことが気に食わないなら謝るよ。きっと改めると約束する。あんたに出ていかれたら、どんなに旦那さまががっかりなさるか――」

そんな必死の言葉も、手代の心に響いた様子はなかった。

「おかみさんも気に食わないけど、つくづくこの店に愛想が尽きました」

「さ、禎吉。おまえ、何てことを――」

おもんのうしろから出てきた老番頭が、あまりの言い草に言葉を失う。

これは大変なところに行き合わせてしまったと察したおけいは、じわじわ後ずさりして軒端へ引っ込んだ。それでもまだ、禎吉の冷めた声が耳に入ってくる。

「何を言われようとも、今日かぎりお暇を頂戴いたします。あちらはもっと高い給金で、小番頭として雇うと約束してくださいましたから」

そう言って背中を向けた手代が次の角を曲がって見えなくなるまで、おもんはその場に立ち尽くしていたが、やがて肩を落として店の中へと戻っていった。

番頭もあとに続こうとして、ようやく軒下の隅にいる娘に気がついた。

「おやおや、そこにいたのですか」

無言でうなずくおけいも、番頭も、その場にふさわしい言葉を見つけることができなかった。しばしの沈黙が続いたあとで、ようやく番頭がかすれた声を出した。

「禎吉はね、奉公人の中で一番出来がよかったのですよ。この私も含めての話です」

苦笑をまぜて話す老番頭は、二十年前から昧々堂で働く最古参の奉公人だ。もとは麴町《こうじまち》にある大きな骨董屋の奉公人だったが、しくじりが多くて店を追い出され、蝸牛斎に助けられたらしい。

「お恥ずかしい話ですが、私には骨董を見る目がございません。次の奉公先も見つからず困り果てていたとき、旦那さまからお声をかけていただきました」

目利きはできずとも、骨董商いそのものは熟知しているのだから、うちでやってみないかと誘われたのだ。

「よく雇ってくださったと感心いたしますよ。おかみさんは火事で焼けた料理屋の女中をしていた方ですし、若い手代の米助《よねすけ》や、小僧の友松《ともまつ》、台所女中なども、みな他所《よそ》での奉公をしくじって困っていたところを拾われたのです」

骨董商として名を揚げるだけあって、蝸牛斎は古物を集めるのが上手なようだ。

「でも禎吉は違います。あれは近くに住んでいた大工の忘れ形見で、頭がよくて気が利くから使ってくれと差配さんに頼まれ、うちで預かることになったのです」

九つで働きはじめた禎吉は、一を聞いて十を知る利発さに加えて、何をやらせてもそつがなかった。骨董に関する見識も年ごとに増し、簡単な目利きまでできるようになると、まわりの禎吉を見る目も変わっていった。

蝸牛斎には跡取りがいない。四十を過ぎて女房となったおもんに子が望めない以上、いずれ養子を迎えることは必須だった。

「旦那さまのお考えまでは、私どもにはわかりかねます。でもおかみさんにしてみれば、一日も早く跡取りを決めて、店の暖簾を繋ぎたかったのだと思います」

女房になって十四年。いまだ亭主のことを『旦那さま』と呼び続けるおもんは、出来のよい禎吉に目をつけた。立派な跡取りに育てて蝸牛斎を喜ばせようとしたのだろうが、平素から厳しいしつけに期待が上乗せされたことで、余計な小言が増えていった。

「禎吉にはいい迷惑だったでしょうね。出来のよい分、あれは叱《しか》られることを厭《いと》いましたから、次第におかみさんを毛嫌いするようになってしまったのです」

そして今日、ついに訣別《けつべつ》のときを迎えた。おもんとの確執に加え、店主の悪評が広まったことで、昧々堂に見切りをつけたのである。

「してやられましたよ。いかな薄情者の禎吉でも、あちらさまの誘いがなければ、後足で砂をかけて出ていくような真似はしなかったのに」

「もしや、『あちらさま』とは……」

すでに察しはついていたが、その名を確かめずにいられなかった。

「播磨屋です。隠居の呉公に引き抜かれたのです」

温厚な老番頭が怒りをこらえ、ぐっと真一文字に口を結んだ。

◉

三方を堀に囲まれた堀江町には、土蔵造りの問屋が軒を連ねている。

途中で道を訊ねながら、目当ての店を探しまわっていたおけいは、とりわけ立派なうだつの上がる建物の手前で足を止めた。

表から見ただけでは、何を商っている店なのかよくわからない。けれども墨色の暖簾に染め抜かれた屋号と意匠を見れば、誰の店であるのかを知ることができた。

（これが、廻船問屋の播磨屋……）

江戸には同じ屋号を使う店がほかにもあるが、呉公の手がける店には、すべて同じ意匠の暖簾が掛けられていた。闇夜を思わせる真っ黒な布に、赤く染められた〈播磨〉の文字と、百本の足で布の上をうねうねと這う生きもの——。

おけいは身震いした。よりによって大嫌いなムカデが、播磨屋の店の印として使われていたのである。

味々堂を苦しめる憎らしい呉公の店を、一度この目で拝んでやろうと勢《きお》い込んでやってきたが、毒々しいムカデの暖簾を見た途端に気力が萎《な》えてしまった。今日のところは退散するつもりで、きた道を戻りかけたとき、暖簾の下から腰をかがめて出てきた若い男の姿に足を止めた。

（あっ、あの人！）

逆三角形の顔つきと大きな目に見覚えがあった。味々堂の茶会があった晩、呉公のお供として控えていた播磨屋の手代である。〈棚機〉の茶入を買いそこね、怒って引き上げる呉公を追いかけようとした手代が、自分のほうを見て真っ赤になった。そんなささいな出来事を、おけいはずっと忘れられずにいたのである。

ただし今日の手代は顔色が冴《さ》えなかった。足取りまで重いように見受けられるのは、またしても味々堂への嫌がらせを、呉公から言いつかったのかもしれない。

気の毒に思いながらもこっそり後をつけようとしたおけいの目の前で、いきなり路地から飛び出した人影が、手代の行く手をふさいだ。

「やっぱりそうだ。おまえさん、播磨屋の手先だったんだな」

それは職人風の格好をした、六十年配の男だった。先《せん》から待ち伏せをしていたらしく、棒立ちになった手代に向かって早口にまくしたてる。

「あれを返してくれ。おまえさん言ったよな。自分で茶を点てて、親父《おやじ》さんの墓前に供えてやりたいって。だからわざわざ削ってやったのに……さあ、今すぐ返せ！」

いったい何を返せと迫っているのか、怒りのあまり肝心なところが抜けてしまっているが、手代には通じているようだ。

「あ、あれは、本当に私が茶を点てて……」

「白を切るんじゃねえ。これが証拠だ！」

そう言って男が手代の前に突き出したのは、おけいにも見覚えのある読売だった。

「よくもまあ、俺の道具を茶番なんぞに使いやがったな。くだらないことを考えつくやつらに、うっかり加担しちまったとは情けねえ」

瓦版屋の雇い人に銭をつかませ、ようやく黒幕の名を聞き出したという男は、腰にさげた胴乱《どうらん》から懐紙の包みを取り出した。

「もらった金は返す。だから茶杓を返してくれ」

茶杓と聞いて、ようやくおけいの頭の中で話の切れ端が繋がりはじめる。

一方、播磨屋の手代は、突き返された金を受け取ろうとせず、背を向けて走りだした。

「あっ、おい!」

男も慌てて追いかけようとしたが、老齢のうえに片方の脚がままならないらしく、見る間に引き離されてゆく。

ここはおけいの出番だった。どのみち手代について行くつもりでいたのだ。若草色の袴《はかま》の裾をぐっとつかんで引き上げると、高歯の下駄を小気味よく鳴らし、堀江町の大通りを駆け抜けていった。


「おかしいな、どっちへ行ったのかしら」

突き当たった堀の前で、おけいは途方に暮れていた。駆けくらべでは負けないつもりだったが、思った以上に相手の足が速く、しかも目の前で転んだ子供を助け起こしているうち、すっかり遅れをとってしまった。

自分が元濱町《もとはまちょう》にいることはわかっている。目の前に架かっているのはたぶん千鳥橋《ちどりばし》で、そこから右へ行ったか、左へ行ったのか……。迷っていても埒《らち》が明かない。当てずっぽうで北へ行こうとしたとき、頭上から間の抜けた声が降ってきた。

『あっぽう』

顔を上げると、堀端のヤナギの枝に黒い鳥がとまっていた。カラスに似ているがカラスではない。ひとまわりほど小さくて、目の上だけが老人の眉のように白い閑古鳥《かんこどり》だ。

「そんなところにいたのね、閑九郎《かんくろう》」

近くに人がいないことを確かめてから、おけいはそっと声をかけた。

貧乏神のお使いとされる閑古鳥は、もうずっと昔から、貧乏神をご祭神としてお祀りする出直し神社に住みついている。ただし、その姿を見たり鳴き声を聞いたりできるのは、うしろ戸の婆とおけいだけだ。

「昨日は助けてくれてありがとう」

『ぽーぽう』

礼はいらねぇよ、と言わんばかりに閑古鳥が胸を反らせる。昧々堂の前で乱暴な男たちからおけいを守ったあと、すぐに姿を消していたのだが、こうして現れたということは、何か伝えたいことがあるのだろう。

思ったとおり、音もたてずにヤナギの枝を離れた黒い姿が、千鳥橋から数えてふたつ目の橋の上で、輪を描くように飛びはじめる。

（あっ、あんなところに）

閑古鳥を追いかけて走るおけいの目が、探していた人影をとらえた。こちらに背を向け、橋の欄干《らんかん》に寄りかかっているのは播磨屋の手代に違いない。

いきなり近づいて不審に思われないよう、しばらく橋詰から見守ることにする。

手代は欄干から身を乗り出して、澱《よど》んだ堀の水を見下ろしていた。茶杓のことを思い出しているのか、それとも呉公から言いつかった別の役目について考えているのか、どちらにしても楽しいことではない証《あか》しに、男にしては優しげな顔が今にも泣きだしそうに歪《ゆが》んだかと思うと、欄干の上に突っ伏してしまった。

見ているおけいもつらくなった。

お店の雇われ人にとって、主人の言いつけは神のお告げにも等しい。八つのときからお店を渡り歩いてきたおけいも、それが奉公なのだと教えられた。悪事まで強《し》いられることはなかったが、逆らうこともできないまま、数々の理不尽を呑《の》み込んできたのである。目の前で頭を抱える播磨屋の手代は、底意地の悪い隠居の手先として使われることに、疲れてしまったのかもしれない。

しばらくして、七つ（午後四時ごろ）の鐘が聞こえてきた。

ようやく顔を上げた手代が、懐《ふところ》から細い棒のようなものを取り出す。蝸牛斎を貶《おとし》めるための道具に使われ、さっきの男には返せと迫られた、あの茶杓かと思われる。

暗い目で茶杓を見つめたあと、手代は小刻みに震える手を欄干の向こう側へ伸ばした。真下には澱んだ堀の水がある。

いけない、と思ったときには遅かった。おけいが止めに向かう暇もなく、手代の指から茶杓がすべり落ちた、次の瞬間――、

「えっ！」

「ああっ？」

二人はほぼ同時に声を上げた。真っすぐ落ちていった茶杓が、堀の水へと没する寸前、ふわりと宙に浮き上がったのだ。

もちろんおけいの目には、水面すれすれに矢のごとく横切り、茶杓をくわえて舞い上がる閑古鳥が見えていた。けれどもその姿を常人は見ることができない。手代の目には茶杓がひとりでに浮き上がって、空を飛んだかのように映ったはずだ。

「…………」

手代はぽかんと口を開けたまま、閑古鳥が飛び去った北の空を見上げている。

声をかけたほうがいいと判断したおけいは、自分の頭にさっと手をやり、二つ輪に結った蝶々髷《ちょうちょうまげ》の乱れを直すなどして身じまいを整えてから、橋の中ほどにいる手代の側まで行って咳払《せきばら》いをした。

「コホン。ええと、高雄さん、でしたね」

「そうですけど」

振り向いた手代――高雄は目の前に立つおけいを見ても、前回のように赤い顔をしなかった。だがどこで会ったのかはちゃんと覚えていてくれた。

「あなたは、味々堂さんのお茶会にいらした巫女さんですね」

「はい。でも、正式な巫女ではありません」

下谷の出直し神社を手伝っていることや、味々堂の蝸牛斎には日ごろから心にかけてもらっていることなどを簡単に伝え、それから単刀直入に訊ねた。

「どうして茶杓を捨てようとなさったのですか」

「それは――」

一部始終を見られていたと悟った高雄が、あきらめたように白状した。

「処分するよう言われたからです」

もう用はない。そんなものは早く捨ててしまえと命じられたらしい。

「味々堂さんにも、十字屋《じゅうじや》さんにも、本当に申し訳ないことをしたと思っています。でも、呉公さまのお言いつけは……ああ、そうだ。どうしよう」

主人の名を口にした途端、高雄は青い顔をしてうろたえはじめた。

「いったいどこへ行ってしまったんだろう。茶杓が空を飛ぶなんて、私は悪い夢でも見ているのだろうか」

茶杓が消えた北の空には、薄い雲がたなびくばかりである。

探しに行くあてもなく、今にも座り込んでしまいそうなほど消沈している高雄を、おけいは力強い言葉ではげました。

「わたしに任せてください。見当はついています」

日足の長い初夏らしく、下谷の寺町に明るい西日が照っている。

おけいは大寺院の裏道の突き当たりで、片側にこんもりと茂る笹藪《ささやぶ》を指さした。

「この中をくぐります。狭いので足もとにお気をつけください」

「わかりました」

うなずいたのは高雄だった。播磨屋に戻って待つよう勧めたが、茶杓の行方が知れるまでは帰れないと言って、ここまでついてきたのである。

笹藪の小道を抜けて出直し神社の境内に入ったおけいは、真っ先に質素な枯れ木の鳥居を見上げて困惑した。

（おかしい。閑九郎がいない）

いつも止まり木にしている鳥居だけでなく、社殿の屋根の上や、簀子《すのこ》縁《えん》の高欄《こうらん》など、お気に入りの場所を探しても、閑古鳥は見当たらない。てっきり神社に戻ったものと思って任せてくれと大見得を切ったのに、困ったことになってしまった。せめて茶杓だけでも落ちてはいないだろうか。

左右に離れた丸い目を見開き、ついでにくんくん臭いまで嗅ぎながら地面を探しまわるおけいの前で、社殿の唐戸が音もなく開いた。

「犬の物真似をお見せするより、中に入ってもらうがいいよ」

「……はい、婆さま」

穴があったら入りたい気持ちで手代を呼び寄せ、社殿へといざなう。

「よくきたね。そこにお座り」

「失礼いたします」

珍しそうに祭壇へ目を向けていた手代が、うしろ戸の婆と向き合って座についた。

おけいは婆と手代の斜向《はすむ》かいに控える。たね銭を授かりにきた客から話を聞くときの、これが決まった座りかたである。高雄はたね銭を授かりにきたわけではないが、いつもと同じ婆の言問《こととい》いがはじまった。

「まず、あんたの名前を教えておくれ」

「高雄と申します。母が八王子《はちおうじ》の出だったので、高尾山《たかおさん》を懐かしんで付けたのです」

なるほど、町人としては珍しい名の由来は母親の郷里にあったのだ。

「親父さまは何をしていた人かね」

「芝口《しばぐち》あたりで塩干物《えんかんぶつ》の問屋を営んでいたと聞いています。私が三つのときに亡くなったので、顔も覚えておりません」

名前すら知らされていない父親は、大きなお店の婿養子だった。気の強い家付き娘との暮らしに心をすり減らし、田舎から出てきたばかりの純朴な女中に安らぎを求めた結果、高雄が生まれたのだという。

「母は牛込《うしごめ》に小さな家をあてがわれて、私を育てていました。妾《めかけ》とはいえ不足のない暮らしだったそうですが、そのうち父が急な病に倒れて……」

父親の弔いが済んで七日が過ぎたころ、本妻が身内の女どもを率いて妾宅《しょうたく》に乗り込んできた。いわゆる〈うわなり打ち〉である。ため込んでいた怒りにまかせ、家の中を土足で踏み荒らした本妻は、目ぼしいものをすべて取り上げて帰っていった。

「妾宅を追い出された母には、江戸に頼るべき知り合いがいませんでした。郷里へ戻ろうにも、路銀にあてる銭さえなかったそうです」

困った母親は、わずかに残された家財を売って銭に換えようと考えた。本妻も取り上げようとしなかった半端品をかき集め、橋の上に筵《むしろ》を広げたのである。

「本妻さまの怒りを恐れるあまり、わざわざ妾宅から遠く離れた橋まで歩いたと聞いています。さっきおけいさんが声をかけてくださった、あの高砂橋《たかさごばし》です」

しかし、割れた鍋蓋や欠けた擂《す》り鉢《ばち》、年季の入った布切れなどを売ろうとしても、誰も見向きもしない。日が暮れかかっても、その日の宿代どころか夕餉《ゆうげ》を買う銭さえ得られなかった母親が、いっそ子供を抱いて堀の水に飛び込もうかと考えたとき、僧形《そうぎょう》の男が筵の前で立ち止まった。

「そのお坊さまは、売れるはずのないガラクタを並べている母子《おやこ》を憐《あわ》れに思い、筵の上のものをすべて買い取ってくださったそうです。小粒銀を三つ支払って」

「ほうほう、えらく気前のいい坊さんだね」

うしろ戸の婆が、上下二本しかない前歯を見せて呵々《かか》と笑った。

何がそんなに面白いのかはわからないが、小粒銀三つあれば、母子がゆっくり宿に泊まりながら八王子まで帰ることができたはずである。

「いったん実家に戻った母でしたが、兄嫁に遠慮して長居はできず、またすぐ私を連れて小仏《こぼとけ》の宿場へ出ました。そこで宿屋の女中として働きはじめたのです」

いつの間にか高雄は、自分からすすんで生い立ちを語っていた。

まだ若くて見た目もよかった母親には、宿屋で働くあいだにも、たびたび縁談が持ち上がった。なかでも熱心だったのが、仕入れの旅の途中で何度か泊まったことのある骨董屋で、親子ほども歳の離れたその男と、所帯を持つことに決めたのだった。

「とても優しい人でした。母とのあいだに子が生まれなかったこともあり、連れ子の私に骨董商いを一から教えてくれました」

義父の骨董屋は赤坂新町《あかさかしんまち》にあった。何代も続く古店だと聞いたが、義父の代には通いの小僧を一人置くのがやっとの小さな商いになっていたという。

「贅沢こそ望めませんが、家族三人の穏やかで幸せな暮らしでした。でも、次第に老いてゆく義父に代わって私が店を切り盛りするようになると、これまで知らされていなかった不都合が見えてきました」

店の商いは火の車だった。もとより骨董の仕事には向いていなかったのだろうが、無理の上に無理を重ねて商いを続けるうち、多額の借金をこしらえていたのである。

それからというもの、高雄は世話になった義父の店をつぶすまいとがむしゃらに働いた。もう若いとは言えない母親も、昼は近くの飯屋で働き、夜は縫いものの内職まで引き受けて、少しでも借金を減らそうと努めた。しかし焼け石に水とはこのことで、母と子が身を粉にして働いても、利息を返すのが精一杯の日々が続いた。

「とうとう母親のほうが先に倒れて死んでしまいました。義父も後を追うようにして亡くなったのが、今から四年前のことです」

二十二歳になっていた高雄は、たとえ一人になっても店を守ろうとしたのだが、そこで初めて店そのものが借金のカタになっていたことを知らされた。

「なるほどね。では義理の親父さんが金を借りた相手というのが……」

「播磨屋さんでした」

ようやくおけいにも話の繋がりが見えてきた。しかし、いくら羽振りがよいとはいえ、荷を運ぶ仕事の廻船問屋が、なぜ骨董屋に金を融通したのだろうか。

首をかしげる娘に、高雄が当時の事情を詳しく話した。

「そろそろ隠居するおつもりだった呉公さまは、いずれ廻船問屋とは別の商いをはじめようと、あれこれ策を練っておられたのです」

自前の船を持つ播磨屋は、全国の産地から、酒、米、醤油《しょうゆ》、海産物などを江戸まで安価で運ぶことができる。隠居の身となったあかつきには、それらを使って飲み食いにかかわる店を出そうと、呉公は決めていたのである。

「いわゆる老後の楽しみというやつですが、あのお方は一度『こうする』と口にしたことは、かならずかたちにしてみせました」

隠居した呉公は本当に飲食の店を次々と開くことになる。

そのための場所探しは数年前からはじまっていて、山王《さんのう》大権現社の景観に臨む高雄の義父の店などは、早くから目をつけられていたと思われる。しかも播磨屋呉公という男は、店が空き屋になるのを待つほど気長ではなかった。

「商いを立て直すための手助けをしてやろう、などと甘い言葉をささやかれ、店をカタに借金してしまった義父を責めるつもりはありません。播磨屋の手で居酒屋に生まれ変わった店が、骨董屋だったころとは比べものにならないほど繁盛しているのも、店主の才覚の差なのでしょう」

悔しいけれども仕方がないと言いながら、高雄は唇を強く嚙みしめていた。

「ひとつ、解せないことがある」

話にひと区切りついたところで、うしろ戸の婆が首をかしげた。

「なぜあんたは、播磨屋の手代などしているのかね」

おけいも同じことを考えていた。継ぐべき骨董屋がなくなったにせよ、ほかに働き口はあったはずだ。なぜ、よりによって播磨屋なのか。

「借金が思った以上にふくらんでいたのです。店を明け渡してもまだ、三十両ほど足りませんでした」

ならば播磨屋にきて働いてはどうかと、言葉たくみに呉公が誘ったのだという。

『おまえは見込みがある。いいか、このわしが高く買っているのだぞ』

これから高級な料理屋なども手がけたいと考える呉公にとって、書画や茶道具に詳しい若者は、結構な掘り出しものだったに違いない。

「なるほど。それで、あんたは満足かね」

「えっ……?」

思わぬ問いかけに、播磨屋の手代が戸惑いをみせる。

「呉公に仕えるのは楽しいかと聞いているのだよ」

同じ意味の言葉を繰り返したうしろ戸の婆が、向かい合う若者の顔をじっと見つめた。

ああ、あの目だ――と、斜向かいで控えるおけいは思った。

年経た婆の右目は白く濁っている。しかし、左の瞳は湧き出す泉のごとく黒々と澄み、その目で見つめられた者は、心の奥まで見透かされた気持ちになってしまうのだ。

「人を騙《だま》したり、陥《おとし》れたり、そんな毎日が楽しいはずないでしょう」

視線を避けるように横を向いた高雄が、苦々しそうに吐き捨てた。

「けれども播磨屋で与えられた私の役目は、呉公さまのお言いつけに従い、手足となって働くこと、ただそれだけなのです」

汚れ仕事を押しつけられるのはつらい。そこに満足感はなく、ひとつやり終えるたびに自分の魂まで汚されてゆくような気持ちになる。それでも見込まれて奉公人となったからには、主人のために尽くすのが当たり前ではないかという。

(そんなの、考えてみたこともなかった……)

これまで数多くのお店を渡り歩き、何人もの店主に仕えてきたおけいでも、悪事を強いられたことは一度もなかった。もし、盗みをしてこいと主人に命じられたとしたら、自分はどうしていただろう。そう、自分なら――、

「雇い主に尽くすのはいい。だが、仕える相手を間違えてはいけない」

もし間違いだったと気づいたなら、やり直す勇気を持つことが肝要なのだと、今まさにおけいの考えていたことを、うしろ戸の婆が言葉にして立ち上がった。

「せっかく話を聞かせてもらったことだし、あんたが自分に相応しい主人を見つけられるよう、たね銭をおねだりしてやろう」

出直し神社では〈たね銭貸し〉をしている。たね銭とは、商いなどの元手となる縁起のよい銭のことで、借りた分は倍にして一年後に返さねばならない。受け取る額は客によって大きく差があり、たいがいはお守りとして小銭を手にして帰ってゆくが、中には銀子《ぎんす》を授かる者や、まれに小判の雨を降らせる者もある。

祭壇の前に古い琵琶《びわ》を置き、うしろ戸の婆が祝詞《のりと》を読み上げているあいだ、おけいも横に座って唱和しながら、播磨屋の手代のために心から祈った。

（神さま、どうか高雄さんにたね銭をお授けください。ちなみに播磨屋さんへお返しする借金の額は三十両だそうです。よろしくお願いします）

ずいぶん厚かましい気もするが、一日でも早く憎らしい隠居の手から高雄を救い出してやりたい気持ちが、おけいを駆り立てる。

やがて短い祝詞を読み終えると、うしろ戸の婆が祭壇を背にして座りなおした。手にした琵琶にはネズミに齧《かじ》られた穴が開いており、これを頭上にかかげて前後左右に揺することで、穴からたね銭が転がり出るという寸法だ。

（いよいよだわ。三十両、三十両、三十両……）

せっかくの祈りも空まわりに終わった。琵琶の穴からこぼれ落ち、床の上にコロコロと軽い音をたてて転がったのは、後にも先にも一文銭が一枚きりだった。

しかし、がっくりと肩を落としたおけいとは反対に、たね銭一文を受け取った高雄が、晴れ晴れとした顔で言った。

「これで勇気がでました。今から味々堂さんへお詫びにうかがいます」

●

長い打ち明け話が終わったとき、日没後の薄明かりが残っていた離れ座敷を、濃い宵闇が包み込もうとしていた。

「よく話してくれたね。ありがとう」

石仏のごとく眉すら動かさなかった老人が、目の前でひれ伏す若者に礼を言った。

「本当に、味々堂さんには申し訳ないことをいたしました」

高雄はなかなか顔を上げることができずにいる。

床の間を背にした蝸牛斎が、今ようやく気づいたようにあたりを見渡した。

「すっかり暗くなってしまった……」

それを聞いて、行灯《あんどん》の近くにいたおけいより早く、高雄が立ち上がった。

まだ火の入っていない行灯の横には煙草盆が用意されている。その灰に埋められていた熾火《おきび》を使って火をともす無駄のない所作は、前に一度、同じ座敷で見たことのある茶の湯の炭点前《すみてまえ》を思い起こさせた。

出直し神社から付き添ってきたおけいは、高雄の告白とお詫びが無事にすんだことで、自分まで肩の荷をおろした気分だった。

（でも、蝸牛斎さまは許してくださるかしら）

ふすまの前から見るかぎり、やわらかな明かりの向こうに浮かび上がった老人の顔は、微笑《ほほえ》んでいるのか、悲しんでいるのか、どちらともつかない表情をしている。

「ひとつ、おまえさんに聞いておきたいことがある」

何でございましょう、と、もとの場所に戻って高雄がかしこまった。

「道寛和尚の作と偽ってわしに見せた茶杓、あれはどこで手に入れたのかね」

「小石川の十字屋さんにお願いしました」

高雄の話によると、十字屋は竹細工を商う小店である。店主の徳兵衛《とくべえ》は腕のよい職人として知られ、いつもは竹籠や目笊《めざる》などを編んで活計《たつき》をたてているが、気が向いたときだけ通人に好まれる茶杓をこしらえた。

「とても難しい人です。ただ私の義父は馬が合ったようで、お茶をたしなまれるお客さまに、何度か仲立ちをさせていただいたと話しておりました」

昧々堂にひと泡ふかせてやるための茶杓を用意しろと呉公に命じられたとき、高雄の頭に浮かんだのが十字屋の徳兵衛だった。まさか意趣返しの道具に使うとは言えず、亡くなった義父のために茶を点てたいなどと、苦しまぎれの嘘をついてしまった。

「するとあれは、〈十徳《じっとく》〉さんのお作だったか」

蝸牛斎の口もとがわずかにほころんだ。

「白状するが、わしも十年ばかり前に、知人を介して十字屋さんに茶杓を頼んだことがあった。あっさり断られてしまったがね」

当時を思い出したのか、禿頭をつるりとなでつつ苦笑いをする。

名人気質《かたぎ》の徳兵衛は、よほど気分が乗ったときでなければ、日々の暮らしに必要な道具しか作ろうとしない。茶の湯の宗匠から〈十徳〉の名で呼ばれ、下削りを頼まれるほどの名人だと聞きつけ、茶杓を求めて訪れる客はあとを絶たないが、たとえ千金を積まれても、気に入らない客はすぐに追い返してしまうのだという。

(気分でお客の注文を断るなんて!)

いかな名人でも我儘《わがまま》が過ぎるように思われて、つい丸い頬をカエルのように膨らませてしまったおけいを、老人のおだやかな声がなだめた。

「いいのだよ。十字屋さんほどの名人になれば、自分の削った茶杓にふさわしい客を選ぶことも大事だ。当時のわしのような、得体の知れぬ成り上がり者に使わせる茶杓はないと言いたかったのだろう」

濡れ衣を着せられ、すべてを失って江戸まで流れてきた蝸牛斎。その波乱に満ちた過去を封印して生きてゆくためには、多少の誤解や偏見を引き受けることもやむをえないということなのか――。

「ところで、おけいちゃん」

まだ釈然としない娘に、あまり触れてほしくない話の矛先が向けられた。

「こちらの手代さんの話では、橋の上から捨てたはずの茶杓がどこかへ飛んでいったことになっていたが、確かなのかね」

「は、はい。でも……」

茶杓が空を飛ぶはずがない。さりとて目に見えない閑古鳥が咥《くわ》えていったとは言えず、返事に困ってしまう。そこへ高雄から助け舟が出された。

「きっと私の勘違いです。十字屋さんの茶杓を捨ててしまうことがつらくて幻を見てしまったようです。本当は堀の水に落ちて流れていったのでしょう」

失礼いたしました、と頭を下げられ、蝸牛斎も茶杓を惜しみつつ納得したようだ。

「では最後に、もうひとつだけ教えてもらいたいことがある」

待ちかまえる手代を前に、蝸牛斎はなかなか口を開こうとしなかった。沈黙は長く、もう気が変わってしまったかと思われるころ、短い言葉が紡ぎ出された。

「どこの橋かね」

「えっ？」

高雄が首をかしげた。おけいにも何のことかわからなかったが、茶杓を捨てた橋の名を訊ねているのだと、しばらくして思い至った。あれは千鳥橋からふたつ目の……。

「高砂橋です」

ようやく高雄も気づいたようで、答えたあとにつけ加えた。

「二十三年前、妾宅を追い出された母が私を連れてガラクタを売ったのが、あの高砂橋だったそうです」

まだ三歳だった高雄自身は記憶にない。ただ、再婚して江戸に出てきた母親は、赤坂の店から足を延ばして、たびたび高砂橋を訪れていたという。

「あのとき、ガラクタに代えて粒銀三つを恵んでくださったお坊さまに、もう一度会ってお礼がしたい。母はずっとそう思っていたそうです」

恩人の名前も聞かずに別れてしまったことを悔い、ひょっとしたら同じ橋の上で会えるかもしれないと淡い望みを持っていたようだが、願いが叶う前に亡くなった。

母親の思いを引き継ぐと決めた高雄は、呉公の手先となって働きながらも、暇をみつけては高砂橋へ通った。互いに顔も覚えていない僧侶とすれ違ったところで、その人だとは気づかないだろう。けれども三十両の借金を背負い、汚れ仕事に手を染める自分が嫌になるたび、気がつけば高砂橋へ向かっていた。

「母と私の人生を変えた橋の上に立っていると、いつかまた、昔のようにお坊さまがやってきて、苦しみから救い出してくださる。そんな気がして……」

都合のよい夢だとわかっていても、心の拠《よ》りどころはそれだけだった。主人から茶杓を

『捨てろ』と命じられ、十字屋の徳兵衛には『返せ』と詰め寄られて窮したときも、気がつけば高砂橋に向かって駆けだしていたという。

話が終わったあと、蝸牛斎は沈黙していた。じっと目を閉じたまま、石の仏さまみたいに動こうとしない。どうしたのかと心配になったころ、ようやくぱちりと目が開いた。

「おけいちゃん。すまないが禎吉を――いや、番頭を呼んできておくれ」

「かしこまりました」

出来のよかった手代の禎吉はもういない。

おけいが老番頭を連れて離れ座敷に戻ると、蝸牛斎が思いがけないことを命じた。

「今から堀江町の播磨屋へ行って、隠居の呉公さまをお連れしてくれ」

老番頭は驚いたが、もっと驚いたのは播磨屋の手代の高雄だった。

「なぜ、呉公さまを……？」

それには答えず、蝸牛斎が次々と段取りを口にする。

「迎えの駕籠《かご》を用意しなさい。ご在宅なら、かならずここへお連れするのだ」

「は、はい。でも、旦那さま」

思わぬ大役を言いつかった老番頭は、明らかに腰が引けている。

「あちらさまが応じてくださいますかどうか」

「きっと来る」

自信たっぷりに蝸牛斎が請け合った。

「しぶるようなら、〈棚機〉の茶入をお譲りする決心がついたと言えばよい」

◉

時刻は五つ（午後八時ごろ）になろうとしていた。

客を迎えるための雪洞《ぼんぼり》が灯《とも》された離れ座敷に、播磨屋の隠居が現れた。

「どうぞこちらへ」

勧められるまま、床の間を背にして呉公が座につく。驚いたことに、そのお供としてうやうやしく従っているのは、今日の午後に味々堂を出ていったばかりの禎吉だった。

（これ見よがしに連れてくるなんて……）

この隠居の性根はねじ曲がっている。障子の隙間からそっと様子をうかがっているおけいは、役者のように整った呉公の澄まし顔に、鳥肌の立つ思いがした。

「ようこそお越しくださいました。急なお呼び立てにお応えいただきまして、まことにありがとう存じます」

店主の挨拶を受けても、呉公はふんぞり返ったまま、かすかに顎を引くだけである。

主人に代わって、うしろに控えた禎吉が畳に両手をついた。

「味々堂さまにはお変わりなく、ご健勝をお慶《よろこ》び申し上げます」

言葉つきはていねいだ。しかし他人行儀な態度と呼び方は、自分がすでに大店《おおだな》の小番頭となったことを示そうとしているのだろう。

旧主の蝸牛斎は軽くうなずいてみせただけで、すぐ目の前の隠居に視線を戻した。

「茶を好まれないことはお聞きしましたが、よろしければ麦湯でも……」

「いらん。茶を飲みにきたのでない」

呉公の顔は、先《せん》から炉の脇に置かれた桐の箱に向いている。

「おたくの番頭が〈棚機〉の茶入を売りたいと言うから、こんな時刻に出向いてやったのだ。まさか気が変わったとは言うまいな」

「いいえ、今宵は商いをさせていただくつもりでお待ちしておりました」

そう言って、自分の膝先に箱を寄せた蝸牛斎が美しい所作で蓋を開け、茶入を取り出すそのあいだに、いかにも不機嫌そうな顔をしていた呉公が一瞬だけ口の端で笑ったのを、おけいは見逃さなかった。

あの仏頂面は作り顔だ。本心では、度重なる意趣返しに恐れをなした蝸牛斎が、ついに茶入を手放す気になったことを喜んでいる。

——播磨屋呉公に逆らうとどうなるか、これでよくわかっただろう——

心の声まで聞こえてくるようで、おけいは悔しい。

一方、蝸牛斎は茶入と仕覆《しふく》を呉公の前に並べると、いつもの穏やかな声で言った。

「お確かめください。茶会の席でもお目にかけましたが、こちらが〈棚機〉の茶入と、仕覆でございます」

「むっ。おい、こっちへ来い」

うしろに控えていた禎吉が呼ばれ、茶入の目利きをはじめた。

呉公自身は茶の湯を好まず、道具にも詳しくない。味々堂の手代だった禎吉を連れてきたのは、どうやら嫌がらせだけが目的ではなかったようだ。

もちろん目利きはすぐに終わった。客に贋物《がんぶつ》をつかませるような蝸牛斎ではないことを、禎吉は誰よりも心得ているのだから。

「ならば買い取らせてもらおう。値は三十両だったたな」

「いいえ、お待ちください」

ここで蝸牛斎が、金を払おうとする呉公を押しとどめた。どうせなら、もう一人の手代にも目利きをお願いしたいという。

「なに、もう一人？」

怪訝《けげん》そうにする呉公の前で、先刻からおけいがのぞいている障子の隙間へと、蝸牛斎が声をかける。

「待たせたな。あんたの番だよ」

『はい』と返事をしたのは、おけいではない。味々堂に残って一緒に座敷の様子を見守っていた若者が、障子を開けて進み出た。

「高雄！　どうしておまえがここに……」

「勝手をいたします、呉公さま」

驚く主人に向かって一礼すると、高雄は茶入の目利きをはじめた。

骨董屋の跡取りとして育てられた身である。しかも、自分に骨董を見る目が備わっていないことを承知していた義父が、名のある書画や茶道具があると聞けば、同業仲間に頼んで高雄に本物を見る機会を与えてくれた。結局、店は播磨屋の手に渡ることになったが、そのとき養われた眼力だけは、誰にも奪われない財産として残った。

（でも、蝸牛斎さまは、何を見せようとしているのかしら）

おけいには見当がつかなかった。すでに真物だとわかっている茶入の鑑定をさせて、どんな答えを引き出そうというのだろうか。

じっくりと茶入を眺めていた高雄が、次に仕覆を手に取った。いつぞや茶会の席で茜屋の茂兵衛が拝見を果たした、あの繊細な袋ものである。

名人の手になる仕覆は、あらためて見ても見事な出来栄えだった。ただし使われている木綿の布地は古めかしい。碧《みどり》、赤、黄、白、焦茶、の五色が縦に並んだ太縞模様で、もとは鮮やかだったと思われる色目も、今ではすっかり褪《あ》せてしまっている。

高雄は五色の仕覆にことさら時間をさいて見入っていたが、やがて元どおりに並べると、蝸牛斎に向かって頭を下げた。

「たいへん貴重なものを拝見させていただきました」

「見立てがついたようだな」

はい、とうなずく若者の目に迷いはない。

「では聞こう。あんたなら、この茶入をいくらでお譲りするかね」

「茶入そのものの値段ですね。それでしたら、私は……」

買い手の呉公だけでなく、禎吉も、障子の陰で見守るおけいも息を詰める。

「三両でお譲りしたいと存じます」

「な、なにを馬鹿な！」

呉公が声を裏返して叫んだ。茶の湯好きの旦那衆が大枚をはたいてでも手に入れたがっている〈棚機〉の茶入である。しかも、ほんの十日前には三十両だったはずのものを、いきなり三両と言われて、はいそうですかと喜べるはずがない。

「そうか、読めたぞ」

血走った大きな目が、蝸牛斎と高雄を交互にねめつける。

「おまえらグルだな。この〈棚機〉はニセモノだ。安値につられて贋物を買ったわしを、あとで笑いものにする魂胆だろう」

疑心暗鬼を生ず、という言葉がおけいの頭に浮かんだ。意地の悪いことばかりしていると、他人の心の中にありもしない鬼が見えてしまうものらしい。

「ご心配には及びません。茶入は誓って真物でございます」

「黙れ、高雄。おまえの父親と違ってわしは疑《うたぐ》り深い男だ。つまらんはかりごとに易々《やすやす》と騙されたりはせんぞ！」

怒りのあまり、呉公は過去の悪事までさらけ出してしまいそうだ。それもまた面倒と思ったか、努めて平静な声で蝸牛斎がなだめにかかった。

「誰もあなたさまを笑いものにしようなどとは考えておりません。先だって茶会の席でも申しましたが、〈棚機〉の茶入は前の持ち主の大久保主水さまに愛され、決まって七月の茶会に用いられたことから、江戸の茶人たちのあいだで名を知られるようになりました。とはいえ、けっして名物と呼ばれるような品ではないのです」

茶の道では、千利休《せんのりきゅう》が生きたころより古い茶器を大名物、利休と同時代のものを名物、それ以降に小堀遠州《こぼりえんしゅう》などが定めたものを中興名物と言いあらわす。どれも市井《しせい》の者には目に触れる機会すらない品ばかりで、中でも大名物と呼ばれるものの多くは、大名家か茶家の宗匠たちが所有していた。

「この〈棚機〉は、焼かれて五十年ほどしか経たない新しい品です。馴染みの茶道具屋から二千文で買い取ったと、大久保さまが話してくださいました」

「たったの――」

二千文といえば、ナメクジ長屋の店賃半年分にも満たない値段である。お大尽《だいじん》でなくとも買える価格だった茶入を、幕府御用菓子屋の店主であり、茶人でもあった大久保主水が〈棚機〉と名付けて慈しみ、二十年以上の歳月をかけて名のある道具に育てあげた。その物語が上乗せされたことで、茶道具としての価値も上がったのだという。

「今の値段は、三両と見るのが妥当でしょうな」

高雄の見立てが正しいものであることを、蝸牛斎が請け合った。

「……いや、待て」

しばし放心していた呉公が、すぐに己を取り戻した。

「どうも話がおかしい。あんた、前に〈棚機〉の茶入は三十両だと言わなかったか」

たしかに言った。それはおけいもよく覚えている。

「わしが茶道具に暗いと思って、本当は三両の茶入を三十両と吹っかけたのか。もしそうだとしたら、あんたは大した悪党だぞ」

呉公から『悪党』呼ばわりされ、悲しいような、可笑《おか》しいような、たとえようもない表情で蝸牛斎が言った。

「吹っかけてなどおりません。三両はあくまで茶入の値段。お買い上げいただく際には、そちらの仕覆にお収めいたしますので」

「仕覆、だと?」

ここでようやく呉公の目が、先から茶入の横に添えられていた仕覆へと向く。

「まさか、そんな小汚い巾着袋が……」

そのまさかでございます、と、蝸牛斎はうやうやしい手つきで五色の小袋を手に取り、呉公の目の前に置いた。

「あなたさまは小汚いとおっしゃいましたが、この仕覆に用いられた布地こそ、〈間道《かんとう》〉と呼ばれて珍重される南蛮《なんばん》渡りの古裂《こぎれ》なのです」

間道には〈広東〉〈漢島〉などの字をあてることもある。いずれも異国で織られた縞柄や格子《こうし》柄の布地をさし、絹製の間道は唐国《とうごく》から、木綿のものは南方から、いわゆる南蛮貿易によってもたらされた。錦織《にしきおり》のような派手さはないものの、落ち着いた色目と素朴な柄が当時の通人たちに好まれたらしい。

「今でも間道の古裂は人気があります。茶の湯をよくする者なら、ぜひとも由緒ある古裂を手に入れて、手持ちの茶入に仕覆を仕立ててやりたいと思うでしょう」

「このちっぽけな、汚い巾着袋が……」

由来まで詳しく教えられても、まだ色褪せたボロ布にしか見えない様子の呉公に、辛抱強く蝸牛斎が言い聞かせた。

「三十両は、あくまで茶入と仕覆を合わせた値段です。今から二十三年前、五色の短冊を思わせる間道を手に入れられた大久保さまが、お手持ちの〈棚機〉を収める仕覆に仕立てようと思いついて、茜屋の先々代にあつらえを依頼なさいました。今となっては、どちらか片方だけで売り買いするものではありません」

新しい持ち主の手に渡ったあとも、七月ごとに茶会を開き、茶人たちの前で使い続けるのなら、〈棚機〉の値打ちも上がり続けるだろう。今から二百年、三百年経ったのちの世では、『名物』と呼ばれているかもしれない。

「ずいぶん前置きが長くなってしまいました」

間道の仕覆に茶入を収め、蝸牛斎が改めて呉公の前に押し出した。

「播磨屋さんでしたら、三十両でお買い求めになった〈棚機〉の価値を、もっと上げてくださると手前はそう思っておりますが、いかがでしょう」

「むっ。売る気があるのか?」

呉公はすでに前のめりで、用意した金子に手をかけている。

「それが手前どもの商いです。ただし――」

ひとつだけ条件がある。そう言って蝸牛斎は、座敷の隅に下がって成り行きを見守っている若者に目をやった。

「禎吉に去られてしまっては、なにかと不便をいたします。代わりと言ってはなんですが、そちらの手代さんをお譲りいただけませんでしょうか」

呉公はもちろん、禎吉も、おけいも、『えっ』と声に出して驚いた。しかし一番びっくりしたのは、当の高雄だったに違いない。

「もちろん、ただで寄越せとは申しません。今、播磨屋さんが〈棚機〉のご購入にあてようと手になさっている三十両。それをそのままお納めいただきたく存じます」

「ぐっ、むむむ……」

思いがけない申し出に、どう答えるべきか考えあぐねて唸《うな》りだす呉公。そこへ、蝸牛斎からとどめのひと押しがあった。

「もし、手代さんをお譲りいただけない場合、残念ですが〈棚機〉の話もなかったことにさせていただきます」

◉

夜の闇に囲まれた離れ座敷に、ふたつの雪洞がふんわり灯っていた。

足音もたてず、滑らかな足運びで渡り廊下を戻ってきた蝸牛斎が、待ちわびる高雄とおけいに声をかけた。

「播磨屋さんが茶入を持ってお帰りになったよ」

それを聞いて、かたく強張《こわば》っていた高雄の肩からようやく力が抜けた。

取引に応じるところは目の当たりにしても、またすぐに考え直してしまうのではないかと気が気でなかったのだ。

「本当に、お礼の申し上げようもございません」

畳に身を投げ出し、播磨屋呉公のもとから救い出してくれた恩人に頭を下げて、感謝の気持ちを伝えようとする。

「このご恩は生涯忘れないとお約束いたします。明日からは力の及ぶかぎり働いて、味々堂さんのために尽くしますので――」

「そんなつもりはない。勘違いしないでくれ」

勘違いとはどういうことかと、再び不安そうな顔をする高雄に、蝸牛斎の口から意外な言葉が告げられた。

「金は返さんでいい。明日からは好きに生きなさい」

あてがあるなら行けばいいし、知り合いの商家に口を利いてやってもよい。もうおまえさんは誰にも縛られていないのだ。そう言われて、高雄は大いにうろたえた。

「なぜでございますか。私はてっきりこちらで働かせていただけるものと……」

至らない自分ではあるが精進する、どうかここで使ってほしいと懇願する若者を前に、なぜか蝸牛斎は苦しそうだった。額に汗をにじませ、両手を落ち着きなく開いたり閉じたりしていたが、そのうち喉の奥からかすれ声を絞り出した。

「理由はこれから話す。それを聞いてしまえば、おまえさんはうちで働く気がなくなるだろう。いや、きっと、わしに唾を吐きかけたいと思うはずだ」

それでも話しておかねばならないのだと、腹をかためた様子の蝸牛斎を見て、おけいはそっと席を外そうとした。しかし、立ち上がる前に引きとめられた。

「おけいちゃんも一緒に聞いておくれ。前に茶会の余興として、わしの昔話をしたことがあっただろう」

忘れもしない。堺の線香屋に生まれた蝸牛斎が、とある小藩で茶頭の地位にのぼりつめ、お家騒動に巻き込まれて死を賜《たまわ》る直前に、老僧のもとへ逃げ込んだという波乱の内容だった。その後、一文無しで江戸にたどり着いたところまで聞いたはずだが……。

「あの話には先がある。ぜひ、あんたにも聞いてもらいたいのだよ」

前と同じ話を高雄に話して聞かせたあと、いよいよ続きが語られることになった。


「情けないことだが、わしは江戸に着いてすぐ後悔した」

得体の知れない僧形の、しかも四十半ばの男を雇う店などあるはずもなく、商いをはじめる元手どころか飯を食う銭すらない。こうなることはわかっていたのに、どうして江戸に来ようなどと考えたのか――。自分の無分別を恨みつつ町をさまよい、気がついたときには、大きな寺院の裏道に迷い込んでいたという。

「裏道は行き止まりになっていた。引き返そうとして振り返ると、えらく小柄な婆《ばば》さまがぽつんと立って、こちらを見ておられた」

忽然《こつぜん》と現れたのが不思議だったが、その理由はすぐにわかった。片側にこんもりと茂る笹藪《ささやぶ》の中へ老婆が入っていったからだ。

なぜか『ついてこい』と言われた気がして、蝸牛斎も笹藪の中へ足を踏み入れ、枝葉をかき分けて小道を進んだ。すると急に目の前が開けて神社の社《やしろ》が現れた。

「広くはないが清々《すがすが》しい社だった。枯れ木でできた鳥居の先に古い社殿があって、さっきの婆さまが唐戸を開けて手招きしていた」

ここでようやく、一緒に話を聞けと言われた理由がおけいにもわかった。

蝸牛斎が初めて出直し神社を訪れたのは、まさに二十三年前のこのときだったのだ。

「奇妙な婆さまだと思ったよ。真夏でもないのに生成りの帷子《かたびら》一枚を身につけて、右の目が白く濁っている。でも、優しいお方だった。わしが腹をすかせていると知っていたのだろう。昼餉《ひるげ》の残りだと言って握り飯を恵んでくださった」

大きな握り飯をむさぼりながら、いつしか蝸牛斎は、自分の人生について問われるままに語っていた。赤子のように澄みきった老婆の左目で見つめられると、西国に捨ててきたはずの思い出が、次々と口から溢《あふ》れ出てしまうのだった。

「すべてを話し終えたわしに、婆さまは縁起のよいたね銭まで授けてくださった」

古い琵琶から振り出されたのは粒銀が三つ。まさに降って湧いた銀子を懐に、喜び勇んで社殿を出ようとする蝸牛斎へ、老婆が神託のような言葉を告げたという。

『南へ行くがいい。新橋《しんばし》を渡ってそのまま歩くと、南北方向に横たわる長い堀が見える。たくさんの橋が架かっているから、よいご縁のある橋を探してごらん』

言われたとおり、蝸牛斎は真っすぐ南へと向かった。

神田川を越えてなおも行くと、はるか先まで続いている長い堀の北端に行き当たった。堀をまたぐいくつもの橋を、ひとつ目、ふたつ目、と数えながら歩き、五つ目の前まできたとき、橋の中ほどで筵《むしろ》を広げている母子の姿が目に入った。

「ごく若い母親と、三歳ほどの男の児《こ》だった。二人ともよい身なりをしているのに、なぜか筵の上に割れた鍋蓋や欠けた擂り鉢、古い端切れなどを並べて売っていた」

吸い寄せられるように筵の前に立った蝸牛斎は、鍋蓋や擂り鉢はともかく、端切れなら手巾《しゅきん》として使えるだろうと考えた。何枚か買ってやるつもりで染みだらけの麻布や紺絣《こんがすり》の布を適当に選ぶうち、ふと、五色の太い縦縞の布に目がとまった。

「初めはまさかと思った。しかし見れば見るほど本物の間道のように思われる」

この布はどこで手に入れたのかと訊ねると、母親は恥ずかしそうに、自分を囲っていた旦那が妾宅に置いていったものだと答えた。

『いずれお前たちのためになるから、大事に隠しておけと言われました。でも、私好みの色柄ではないし、ほかの古布と一緒くたにしまっておいたのですが、そのうち旦那さまが死んでしまって……』

蝸牛斎には察しがついた。おそらく旦那は、自分にもしものことがあったときのため、妾と子供に間道の古裂を渡したのだ。本妻の目にとまらぬよう、金目のものには見えない古裂を選んだのは賢かったが、きちんと説明しないまま死んでしまったのは惜しかった。若い母親は、自分が財産をもらっていたことに気づいていない。

「わしは迷わなかった。これこそ神さまのお導きと思い、筵の上のガラクタをひとまとめにして買い取ることにした。もちろん五色の間道も含めてだ」

粒銀三つを代金として払ったとき、母親は涙を流して礼を言ったという。

『ああ、これだけあれば、この子にお腹いっぱい食べさせて、実家に帰ることができる。ほら、高雄、あんたもお坊さまにお礼を言うのよ』

よくまわらない舌で子供が何を言ったのか、じつはよく覚えていない。ガラクタを包んだ筵を抱え、逃げるようにその場を立ち去ったからだ。

「それから先は慎重に動いた。骨董屋や茶道具屋をめぐって噂を聞き、間道の古裂を高く買ってくれる客を探した」

ここが人生の正念場――。そう考えた蝸牛斎の見込んだ相手が、御用菓子屋の大久保主水だった。茶人としても知られた大久保主水は、ぼろぼろの僧衣をまとった男が持参した古裂を見るなり、手もとにあった二十七両をそっくり差し出したという。

「もうわかっただろう」

口を半開きにする若者に、もはや蝸牛斎が体裁を繕うことはなかった。

「わしは間道の値打ちをよく知っていた。なのに、おまえさんの御母堂には真実を告げず、不当に安い値段で買い上げてしまった」

間道を売って元手を手にした蝸牛斎は、さっそく骨董の商いをはじめた。茶の道一筋に生きてきた者として目利きには自信がある。茶入、茶碗、軸などを仕入れて売り歩くうち、面白いように利益が上がり、三年後には小さな骨董店を開くに至った。

「その後も商いは上り調子だった。十四年前には紺屋町で払い下げの土地を買い、今の店を建てることもできた。それもこれも、おまえさんたちのお蔭《かげ》なのだよ」

小粒銀三つで古裂を手放した母と子を、蝸牛斎は忘れなかった。もう二度とあのような真似はしまい、暴利をむさぼるまいと心に誓い、真っ当な商いを心がけるうち、気がつけば骨董商として信頼を得ていたのだという。

「言い訳になってしまうが、最初の店を持ったころ、わしは思いきって、あの五つ目の、高砂橋まで行ってみた」

郷里の村へ帰ると話した母子の行く先は知れなくとも、子供の名前を頼りに橋の近くを訊ね歩けば、手がかりくらい得られると思った。けれども『高雄』という名に聞き覚えのある者は見つからず、これも定めとあきらめるしかなかった。再びめぐりあう日がくるとは思いもせずに――。

「あのときはすまなかった。本当に申し訳ないことをした」

かつて僧侶の姿で古物を買い、今では昧々堂の店主となった老齢の男は、禿頭を下げて詫びを繰り返した。

「さっきの三十両は、おまえさんと御母堂が受け取るはずだった正当な対価に、三両の利息を足したものだ。返す必要はない。今後の身の振り方についても、どこで何をしたいか話してくれれば、きっと力になると約束する」

図らずも骨董屋の跡取りとして育てられたかつての幼子は、二十三年分の後悔を込めた申し出を前に、ただ呆然《ぼうぜん》と座り込むだけだった。

◉

「婆さま、朝餉《あさげ》をお召し上がりください」

おけいは出来たての粥《かゆ》を椀《わん》によそい、梅干しをひとつ添えて簀子縁に置いた。

買ってきた白飯に水を加えて煮ただけの簡単なものだが、歯の数が少ないうしろ戸の婆にとってはこの上ないご馳走《ちそう》らしい。

「で、決着はついたのかね」

熱い粥をすすりながら婆が問うのは、昨夜遅くまで話し合いが続いた昧々堂の一件である。朝一番に帰ってきたおけいが、途中まで話していたのだった。

「はい。すべて丸くおさまりました」

播磨屋呉公に仕えていた高雄は、今日から昧々堂で奉公することになった。

どこかで商いをするなら力になる、つまり金を出すと言った蝸牛斎の申し出を断り、手代として骨董を一から学び直すことを選んだのだ。

『私の母は、あの古い端切れが売れる見込みはないと思っていたそうです。もし、どなたかに一文で買ってやると言われても、喜んでお譲りしたでしょう』

だが僧形で現れた蝸牛斎は、間道の古裂の価値を知らない母親に粒銀三つを支払った。手にしたばかりのたね銭を、惜しげもなくはたいたのだ。

『あれがなければ、母は私を抱いて堀に飛び込んでいたかもしれません』

古裂と粒銀三つを交換したことで、母と子は無事八王子の実家に戻り、蝸牛斎は商いの元手を得た。互いの人生を仕切り直すことができたのだから、二十三年前に高砂橋の上で出会ったことは幸運だったたと、高雄はすっきりした顔で言ったのだった。

「上々だね。あの若いのも仕えるべき相手を見つけられた」

満足そうに婆が箸を置いたとき、境内の向こうで人影らしきものが動いた。参拝客かと思ったが、いつまで待っても社殿まで来ようとしない。

「おまえのお客だよ。行って話しておいで」

婆にうながされて鳥居の向こうへ歩いて行くと、笹藪の陰から痩せた老人が現れた。

「狂骨先生？」

「遅い。もっとはよ来んか！」

癇癪《かんしやく》持ちの老人が、自分は忙しいのだと言って地団駄を踏んだ。その足に履いているのは、いつもの雪駄《せった》ではなく草鞋《わらじ》である。

「しばらく旅に出る。その前に会わせたい者を連れてきた」

笹藪の陰からもう一人の老人が、わずかに片足をひきずりながら現れた。

おけいには見覚えがあった。昨日の午後、播磨屋の前で茶杓を返せと高雄に詰め寄った、職人風の男である。たしか、竹細工屋の……。

（あ、この人——）

「どうも。十字屋の徳兵衛と申します」

徳兵衛は挨拶もそこそこに、おけいの頭のてっぺんから足の先まで何度か視線を往復させると、矢立《やたて》と帳面を使って何やら書き込んだ。

「寸法はわかりました。お安くしますが、ひと月ほどお待ちいただきます」

きょとんとしている娘に、じれったそうな狂骨が口を出す。

「その短い手足に合わせた掃除道具が欲しいと、おぬしがねだったのであろう」

そうだった。では、志乃屋の慎吾が紹介しようとしてくれた竹細工職人が、十字屋の徳兵衛だったというわけだ。

愛想のない徳兵衛は、用が済んでも怒ったような顔で、じっと立ち尽くしている。

またしてもじれったそうに狂骨が足を踏み鳴らした。

「待ってられんわ。代わりにわしが言うてやるから、例のものを寄越せ」

徳兵衛が懐から出した竹筒をひったくって、ほれ、とおけいに突きつける。

「これは……？」

「見てのとおり、茶杓を入れるための請筒だ。此度《こたび》の贋物《がんぶつ》騒ぎで迷惑をかけた詫びのしるしに徳兵衛が削った。はげちゃびんのデデムシに渡してやれ」

はげちゃびんのデデムシとは、味々堂の店主のことかと思われる。

ここで狂骨が、タチの悪そうな顔でニヤリと笑った。

「それとな、ついでにこいつを見せびらかしてやれ。デデムシのやつが欲しがるなら譲ってやってもよいが、わしはタダでくれてやる気はないぞ」

そう言って懐から取り出したのは、筒に入っていない剝き身の茶杓だった。こんなものをどこで手に入れたのか目顔で訊ねると、意外な答えが返ってきた。

「昨晩、小石川の屋台で徳兵衛と飲んでいたら、これが空から降ってきたのだ」

つまり天からの賜りものだ、などととぼけるが、おけいにはその真相がわかった。

茶杓を咥《くわ》えて飛び去った閑古鳥が、おそらく徳兵衛に届けるつもりで、隣にいた狂骨に拾われてしまったのだ。くちばしを開けて呆然とする閑古鳥の姿が目に浮かぶ。

吹き出しかけるおけいの手に、くだんの茶杓が押しつけられた。

「やつに伝えよ。ときがきたら訪ねる。伏見《ふしみ》の上酒《じょうしゅ》を用意して待っておれ、とな」

口ぶりから察するところ、狂骨は味々堂の店主とも交誼《こうぎ》があるらしい。

（不思議なお方だ……）

知れば知るほど本当の姿が見えなくなる老人は、竹細工職人とともに笹藪の小道の中へと消えていった。

第二話

帰ってきた邪魔者へ

——たね銭貸し金三両也

びん、びぉん。びぃん、びぉぉーん。

どこかで物悲しい音色が響く。琵琶《びわ》の鳴る音ではなかろうか。

おけいは夜具の上に身を起こして耳を澄ませた。

びん、びぉぉん。びぃぃん、びぉぉぉーん。

琵琶の音は、貧乏神を祀《まつ》る祭壇の裏から聞こえてくる。

うしろ戸《ど》の婆《ばば》が弾いているのかと思ったが、ありえないことだとすぐに気づいた。

たね銭《せん》の儀式に使う古い琵琶には、弦が一本も張られていない。しかもネズミに齧《かじ》られた穴まで開き、楽器として用をなさないはずだ。

正体を確かめるべく祭壇の裏をのぞいてみると——、

（あれは！）

鳴っていたのは琵琶ではなかった。美しい白ヘビが床に自分の尾を打ちつけ、びぃん、びぉぉん、と琵琶そっくりの音をたてていたのである。

ヘビは鎌首をもたげてこちらを見ている。その視線をたどって自分の足もとに目を向けたおけいは悲鳴を上げた。

大きなムカデが身をくねらせ、足首を這《は》い上がろうとしていたのだった。

●

四月末日の朝。青空を忙しく飛びまわるツバメを見上げつつ、おけいはもう何度目になるかわからない長嘆息を吐き出した。

(あーあ、気味の悪い夢だった)

いつもは夢など見ないで朝まで眠る。見たとしても細かい内容まで覚えていないことがほとんどなのに、昨夜の夢にかぎって色彩までも鮮やかに思い出された。

ふくらはぎを這い上がるムカデの黒い身体《からだ》と無数の赤い足……。

その感触が今でも残っている気がして、境内《けいだい》の掃除をしながら袴《はかま》の裾《すそ》をバタバタさせる娘の前に、いつの間にか優しげな顔立ちの若者が立っていた。

「高雄さん！」

「おけいさん、おはようございます」

親しげに名を呼ばれた途端、それまでの憂鬱《ゆううつ》な気分が跡形もなく消し飛んだ。

ついでに薄桃色の花のつぼみが、胸の奥でポンと音をたてて弾《はじ》けた気がして、おけいは浮き立つ心のままに挨拶を返す。

「おはようございますっ。ようこそお越しくださいましたっ」

必要以上に張り切った語調と、満面の笑みが溢《あふ》れ出てしまったが、嬉《うれ》しいことに高雄も翳《かげ》りのない笑顔で応じてくれた。

「朝からお邪魔します。今日はおかみさんのお使いでまいりました」

「おもんさんの？」

「はい。お届けものをお預かりしています」

奉公人の躾《しつけ》に厳しいことで知られるおもんとも、高雄はうまくやっているらしい。

うしろ戸の婆に会わせるべく、社殿《しゃでん》の中へ案内すると、すでに祭壇の前で小柄な老婆が待ちかまえていた。

「よくきたね。えらく元気そうじゃないか」

「うしろ戸さまのお蔭《かげ》です。その節は大変お世話になりました」

それはつい先日のことだ。たね銭一文を授かった高雄は、その日のうちに播磨屋の奉公を解かれ、昧々堂《まいまいどう》の手代《てだい》として新しい道を歩みはじめている。

「どうぞお納めくださいませ。夏のお召物一式でございます」

挨拶のあとで献納されたのは、婆が四季を通して身につけている生成りの帷子《かたびら》と、おけいの小さな身体に合わせた巫女《みこ》の衣装だった。

「いつも、ありがたいことだよ」

衣替えの時期になると、きまって味々堂から新しい着物が届けられる。

初めて会ったとき、しかめ面《つら》でずけずけものを言うおもんを、えらく怖い人だとおけいは思ったが、奉公人たちの着物や食事、体調にまで気を配る姿を見ているうち、上辺からは推し量ることのできない優しさに気づかされた。目利きの蝸牛斎《かぎゅうさい》が妻の座に据えるだけのことはあるのだ。

「ところで、また味々堂に何かあったのかい」

婆が気にかけるのも無理はなかった。いつもだったらおもんが自分で着物を届け、ほかに足りていないものはないか、困っていることはないかと、あれこれ聞いて帰ってゆく。今日に限って高雄を寄越《よこ》したということは、またぞろ播磨屋の呉公《ごこう》が、味々堂に嫌がらせを仕掛けてきたのではなかろうか。

「手前どもに変わりはございません。ただ〈くら姫〉のご店主が……」

「お妙さまがどうかなさったのですか！」

思わず大声を出したおけいに、高雄がいかにも気の毒そうな顔をして言った。

「今朝がた、ムカデに脚を咬《か》まれてしまわれたのです」

それから半時（約一時間）も経《た》たないうち、おけいは紺屋町に駆けつけていた。

「本当に、本当に、申し訳ございません」

「もうやめてくださいな。おけいちゃんのせいではないのですから」

ひたすら詫《わ》びる娘を、積み上げた布団に上半身をもたせかけた格好でお妙がなだめた。

投げ出された脚に目をやれば、右側だけが全体に大きく腫《は》れ上がって、まるで他人の脚とすげ替えたかのようである。

お妙がムカデに咬まれたのは、まだ夜が明けなんとする時刻だった。

引っ越して半月、住み慣れてきた新居の寝間でまどろんでいると、ふくらはぎのあたりをさわさわなでる者がある。さては女の独り住まいに不届き者でも忍び込んだかと思い、飛び起きたのがいけなかった。布団の中にいたのはムカデだったというわけだ。

「やっぱり、わたしがいけなかったのです」

肩を落として詫びるおけいには心当たりがあった。

あれは引っ越しの手伝いにきた日のこと、畳の縁《へり》を這っていたムカデを捕まえて裏庭に放した。お妙が気味悪がるだろうと思って話さずにおいたのだが……。

「馬鹿だねえ、どうしてそのときに言わなかったんだい」

味々堂のおもんが、いつもの百倍増しの怖い顔でおけいを叱《しか》った。

手持ちの脂薬《あぶらぐすり》を塗って我慢していたお妙だったが、次第に増してくる痛みと熱感に堪《こら》え切れず、かつて生家の女中頭《がしら》だったおもんに助けを求めたのである。

「いいかい、よくお聞き。ムカデというのはね――」

今でも旧主の忘れ形見を『お嬢さま』と呼んで大切にしているおもんは、見るも無残に腫れてしまった脚に薬を塗りながら、若いおけいに言って聞かせた。

「ムカデというのは、つがいで暮らしているものなんだよ」

だから一匹だけを外に出しても安心してはいけない。どこかに片割れが潜んでいるのだと教えられ、おけいには返す言葉もなかった。

(そうだったんだ。あのときわたしが捕まえて外に捨てたムカデには、奥さんか旦那さんがいたのね)

新居の屋根裏部屋には、前の住人が残していった荷物が置かれたままになっている。多分あのあたりでムカデ夫婦が所帯を構えていたのかと思うと、妙にしみじみしてしまう。

(仇《かたき》を討つなら、わたしの足を咬んでくれればよかったのに……)

気にするなとなぐさめてくれるお妙だが、脚の腫れはおさまるどころか、ときが経つにつれてひどくなる一方だった。咬まれたのはふくらはぎの下なのに、今では太腿《ふともも》までパンパンに腫れて二倍の太さに膨らんでいる。

「お妙さま、痛みがひどいのではありませんか」

「大丈夫、と言いたいところですが」

我慢強いお妙が、うーん、と、低く唸《うな》って音を上げた。

「竹庵《ちくあん》先生の塗り薬は、残念ながら私にはあまり効かないようです」

痛みもさることながら、咬まれた右脚が焼けるように熱い。どこかで別の薬を手に入れることはできないだろうかという。

「たしか麻布《あざぶ》のほうに、虫刺されによく効く薬を扱っている薬師《くすし》さまがいると、お客さまから聞いた覚えがあるのですけど」

藁《わら》にもすがりたい風情《ふぜい》のお妙だが、おもんはあまりいい顔をしなかった。

「その薬師でしたら、あたしも耳にはしていますけどねぇ……」

よく効く薬をもらったと感謝する者がいる一方、得体の知れない薬を作っている妖《あや》しい老婆だと噂《うわさ》する者もあって、評判が定まらないらしい。

「もう少しだけ辛抱してください。駿河町《するがちょう》の槇原《まきはら》先生に往診をお願いするつもりで、手代の米助を走らせましたから」

それを聞いて、お妙の青い顔がますます青ざめた。

「まあ、おもん。とても間に合いません！」

いわゆる流行《はや》り医者の槇原医師は、腕に間違いがない分、町人にも武家にも引っ張りだこで、毎日お駕籠《かご》に乗って江戸中を走りまわっている。いま往診を頼んだとしても、きてもらえるのは早くて明日の朝になるだろう。

それまで待てないとお妙は言った。今日と明日は〈くら姫〉の定休日だが、できることなら明後日《あさって》の五月二日には、普段どおりの仕事ができるようにしたいらしい。

「お嬢さま、こんなときに仕事なんて――」

「座ってお茶を点《た》てるだけですよ。大丈夫です」

呆《あき》れるおもんに、お蔵茶屋の女店主はきっぱり言ってのけた。

ただし、ここまで足が腫れてしまっては、たとえ痛みが引いても膝《ひざ》を曲げて座ることはできないだろう。そこで――と、おけいのほうに顔が向く。

「できることなら麻布の薬師さんの薬を試してみたいのです。いいえ、悪い噂なんて気にしません。お使いを頼んでいいかしら」

「もちろんです」

ムカデの始末にしくじった挙句《あげく》、ここで役に立てないようなら妹分として遇されている甲斐《かい》がない。おけいはその足で麻布へ向かうことにした。

◉

麻布の町を歩くのは久しぶりだった。

八つで養父母を亡くしてからというもの、おけいはいくつものお店を渡り歩いてきた。

蒲鉾《かまぼこ》屋、染物屋、宿屋、廻船《かいせん》問屋、呉服屋、小間物屋、造り酒屋……。店の商いはさまざまだったが、まだあどけない女の児《こ》にできる仕事といえば子守りか下働きくらい、しかも頼みのお店が奉公に上がって一年経たないうちにことごとくつぶれた。出直し神社でうしろ戸の婆に仕えるまでは、自分が厄病神のような気さえしていたのである。

（ああ、そうだ。このお店だ）

足が止まったのは、探している薬師の家ではなく、十三歳のときに奉公していた呉服屋の前だった。当時の店主が遊女に入れ揚げて店をつぶしたため、おけいを含む奉公人たちは散り散りになった。今では別の店主が履物《はきもの》屋を営んでいるようだ。

「お訊《たず》ねします。この近くに薬師さまがお住まいだと聞いてきたのですが」

声をかけてみた店番の女は、初めのうちこそ何のことだかわからない様子だったが、そのうち合点がいったように笑いだした。

「なぁんだ、薬師さまなんて言うから誰のことかと思った。あんた〈なめくじらの婆《ばば》〉をお探しなんだね」

なにやら薬師らしからぬ呼称だが、その人で間違いなさそうだ。

履物屋の女に礼を言い、教えられた路地に入って裏道を抜けると、両側を武家屋敷に挟まれた小さな町人地の前にでた。

そこは見るからに寂れた感のある一角だった。西を向いて並んだ店屋のうち、真ん中の数軒分がそっくり消えて空き地となり、やたらと雑木が生い茂っている。

おけいの記憶が正しければ、数年前に一度だけこの道を通ったときにも、今とほとんど変わらない眺めだった。その後も新しい家が建つことはなかったらしく、雑木だけが枝葉を伸ばして大きくなり、今ではちょっとした林のようだ。

〈なめくじらの婆〉と呼ばれる薬師は、この奥にある古い蔵に住んでいるという。

「すみません。お邪魔いたします」

誰にともなく声をかけ、おけいは敷地の中へと足を踏み入れた。

ずぶり、ずぶり、歩くたびに高歯の下駄《たかばのげた》が半分ほど地面に沈む。このところ雨らしい雨が降っていないことから考えても、ひどく湿気のたまりやすい土地らしい。

ぬかるみの中を歩いて行くと、雑木の向こうに目当ての蔵が見えた。ひとつではなく、美しい白壁の蔵が東と西に、仲のよい姉妹のごとく並んで建っている。

「ごめんくださーい。薬師さまにお願いしまーす」

ふたつの蔵のあいだに立って、大きな声で呼んでみる。

「どなたかいらっしゃいませんかぁ」

繰り返し声を張り上げても返事がない。もしかして留守だろうか。

一刻も早くお妙の薬をもらって帰りたいおけいは、落ち着きなく蔵の前を行ったり来たりしているうち、ふと、東の蔵の内戸がわずかに開いていることに気がついた。

（お耳が遠くて外の声が聞こえていないだけかも……）

確かめるつもりで手をかけると、厚い外扉の内側に付けられた引き戸が、音もたてずに軽々と開いた。

のぞき込んだ蔵の中は薄暗い。しかも、入ってすぐの正面に、大きな棚が置かれている。出入りの邪魔になるというのに、どうしてこんな置き方をしたのか不思議に思って目をこらすと、棚の上には珍しいビードロの大瓶が並んでいる。

薬師が漬けた特別な薬かと思うと好奇心を抑えきれず、おけいはつい、一歩中へ踏み込んで、瓶に顔を近づけた。

（うひゃあ。気持ちが悪い！）

透きとおったビードロの大瓶に入っていたのは、とぐろを巻いたヘビだった。三角形の頭に禍々《まがまが》しい網目模様を見れば、毒のあるヘビだとわかる。

まだ品川《しながわ》の養父母が元気だったころ、近所の居酒屋の店主が、毒ヘビを焼酎漬けにしたマムシ酒なるものを並べて自慢していたことが思い出される。しかもこちらは中身の透けたビードロの瓶。見ただけで病魔が退散しそうだ。

恨めしそうな白目でにらんでいるマムシから顔を逸《そ》らし、右隣の瓶へ目を向けると、今度は百匹ものスズメバチが一族そろって焼酎漬けになっていた。さすがに蜂酒《はちざけ》は聞いたことがないが、強い毒のあるものは薬として使えるのかもしれない。

ビードロの大瓶はもうひとつあった。どうせなら全部見てやろうと、マムシの左にある瓶に顔を寄せたおけいは、『キャッ』と叫んで膝から崩れ落ちた。

瓶の中には、真っ黒い身体にたくさんの赤い足を持った生きもの――大嫌いなムカデが、これでもかというほど大量に入っていたのだった。


「これ、あんた。しっかりおし」

誰かが肩を揺すっている。うしろ戸の婆ではなさそうだ。

「まったく巫女さんのくせに意気地がない。ヘビを見たくらいで気を失うなんて」

違う。ヘビではない。ムカデを見た途端に目の前が暗くなって……。

そこでようやく自分が床に倒れていることに気づき、カッと両目を見開くと同時に半身を起こした。

「わっ、急に起きたらびっくりするやないか」

「す、すみません」

慌てて詫びるおけいの横に屈《かが》んでいたのは、柿渋《かきしぶ》色の着物に白いたすきをかけた老婆だった。首のうしろで束ねた白髪と、染みだらけの浅黒い顔、皮膚のたるんだ首筋を見れば、およそ七十歳前後と見当がつく。

「もしかして、なめくじらの……いえ、その、薬師さまでいらっしゃいますか」

「そうだよ。ここが〈なめくじらの婆〉の家だと聞いてきたのだろう」

　そっけない口ぶりではあるが、婆はおけいの手を取って立たせてくれた。並んでみると腰が曲がっている割に背が高い。きっと若いころには長身の娘だったのだろう。

「で、どんな薬がご入用かね」

「はい、じつは」

　知り合いがムカデにふくらはぎを咬まれて太腿までパンパンに腫れてしまったことを話すと、婆はすぐに合点して蔵の奥へ行き、ハマグリの殻に詰めた塗り薬と、薬湯《やくとう》の袋を手にして戻ってきた。

「この練り薬は〈ナメクジ膏《こう》〉といって、ムカデの咬み傷によく効くのだよ」

　噂を聞きつけ、わざわざ朱引《しゅび》きの外から買いにくる者もいるほど評判がよく、いつしか薬の名にちなんで〈なめくじらの婆〉と呼ばれるようになったらしい。

「こっちの薬を煎《せん》じて飲めば、脚の腫れがもっと早く引く」

　値段はナメクジ膏がひとつ百文。薬湯は一包で二十四文。町医者が処方した薬にくらべれば高くはないが、けっして安いわけでもない。さて、どうしたものか。

　預かってきた銭が二百文だと明かすと、婆はナメクジ膏に薬湯を五包つけて、二百文に値引きすると言ってくれた。

「どうもありがとうございます。お世話をおかけしました」

礼を言って立ち去りかけたおけいは、最後にどうしても気になっていたことを聞かずにはいられなかった。

「お薬の名前ですけど、どうして〈ナメクジ膏〉なんですか」

「おや、あんた知らんのか」

西国《さいごく》あたりでは、昔からムカデの咬み傷にはナメクジが効くと言い伝えがあり、今でもナメクジの焼酎漬けを作り置きしている家があるのだという。

「えっ、では、このお薬も……」

正真正銘のナメクジ入りなのだろうか。

「さあて、秘薬だから何が入っているかは教えられないね」

意地悪そうにニヤリとしたあと、ただしナメクジが入っていないことだけは確かだと言って、婆は大きな口を開けて豪快に笑いとばした。

うしろ戸の婆の前歯は上下一本ずつしか残っていないが、〈なめくじらの婆〉は上と下が一本ずつ欠けていた。

◉

五月朔日《ついたち》。志乃屋の女店主が人目を忍んで、裏口からお妙の新宅を訪れた。

「おしのさん、よくきてくださいました」

「お加減はいかがですか。脚が腫れて歩けないとお聞きしましたけど」

〈くら姫〉の店主がムカデに咬まれたことは、昨日のうちに出入りの菓子屋まで知れ渡ったらしく、朝から紋付姿の店主たちが続々と見舞いにやってくる。お妙に代わって礼を述べ、戸口の前で丁重にお引き取りを願うのは、昨日から泊まり込んで身のまわりの世話をしているおけいの役目だった。

「お蔭さまで随分よくなりました。おけいちゃんが買ってきてくれた薬を塗ったら痛みがやわらぎましたし、薬湯も効いたみたいで」

ほら、このとおり、と、お妙が布団の上で右の膝を軽く曲げ伸ばししてみせる。

「そ、そうですね。でも、ご無理はなさらないほうが……」

まだ右と左で太さが違っている脚を、おしのが眉をひそめて気づかった。

かつて子守りとしてお妙の実家に奉公していたおしのは、出入り菓子屋の一軒であると同時に、身内の縁が薄いお妙にとって近しい親戚《しんせき》のようなものなのだ。

「ところで、例の件はどうなったのですか」

お妙が自分の腫れた脚より気にしているのは、志乃屋と吉祥堂とのあいだで争われている公事《くじ》のことだった。評定所《ひょうじょうしょ》の判定が下されたのは四月二十七日。もう何日も前に決着がついているはずなのだ。

「お見舞いのついでというわけではございませんが、今日はそちらの結果もお知らせするつもりでまいりました。じつは――」

「ああ、ちょっと待って」

重ねた布団に背中を預けていたお妙が、傍らに控えるおけいのほうへと手をのばした。きちんと座って話を聞きたいので、横にきて身体を支えてくれというのだが、おけいが手を貸して座らせる前に、おしのが続きを口にした。

「どうぞそのままでお聞きください。わざわざ居住まいを正していただくほどの首尾ではございません。公事はわたくしどもの負けでした」

「負けた――」

「志乃屋さんが負けた――」

お妙も、おけいも、しばし言葉を失った。雲行きが怪しくなってきたとは聞いていたが、まさか本当に負けるとは思ってもみなかったのだ。

そもそも今回の訴えを起こしたのは、吉祥堂七代目の吉右衛門である。

昨年の秋、流行り風邪《かぜ》で死にかけていた吉右衛門は、小番頭だった市蔵《いちぞう》に謀られ、行き倒れに見せかけて墓場に捨てられた。さいわい小石川の狂骨のもとに運ばれて命拾いしたものの、日本橋《にほんばし》の店は義理の娘のお美和《みわ》と、その婿になった市蔵に乗っ取られてしまった。それまで店の書状や証文書きを一手に任されてきた市蔵が、相続にかかわるニセの証文を用意していたのである。

おけいもニセ証文を読み上げる場に居合わせ、腹の煮える思いがしたものだ。

（忘れもしない。お美和さんを八代目店主の座に据えて、吉祥堂の身代と店屋敷を相続させるという内容だった）

しかも吉右衛門自身は神田鍋町《かんだなべちょう》の旧店に隠棲《いんせい》し、今後いっさい日本橋の店には立ち入らないなどと、都合のよい一文まで添えられていた。

もちろん吉右衛門が書いたものではない。しかし筆跡をそっくり真似《まね》され、風邪の高熱にうかされて朦朧《もうろう》としているあいだに爪印《つめいん》まで押されていては、偽りの証文だと証拠立てることも困難だった。

八方ふさがりの吉右衛門を、おけいは出直し神社に連れていった。そこでうしろ戸の婆が授けた言葉が、新しい展開をもたらすこととなる。

『一番大切なものは、案外あんたの手の内に残っているかもしれないよ』

実際、それまで完璧と思われていたニセ証文に、ささいな手抜かりが見つかった。

八代目のお美和に譲られたのは身代と店屋敷のみ。吉祥堂の暖簾《のれん》を譲るとは、どこにも書かれていなかった。暖簾すなわち吉祥堂が大切に守り継いできた店の伝統、屋号などは、今でも吉右衛門が握っていることになる。

それは言いがかりにも等しく、重箱の隅を突つくような訴えだったが、吉右衛門は古い付き合いのある公事師《くじし》に訴訟を託すことにした。ちなみに公事師とは、当事者に代わって訴訟を行う代理人のことで、目安《めやす》と呼ばれる訴状や返答書の差し出しなど、素人《しろうと》では難しいとされる手続きの一切をとり行う。

これまでの経緯《いきさつ》を聞いた公事師は、この案件に勝算ありとみた。そこで目安に次の文言を書き起こし、評定所へ届け出たのだ。

【本家〈吉祥堂〉の屋号を使う権利は七代目店主の吉右衛門にある。今後は志乃屋に貸している鍋町店を吉祥堂の本店とする。八代目店主のお美和が継いだ日本橋店は、出店としてすみやかに〈日本橋吉祥〉と屋号を改めるべし】

ほかにも包み紙などに使われている折り鶴紋の意匠や、看板商品の名前をめぐる権利など、細々とした項目が綴《つづ》られたという。

ところが、結果は惨憺《さんたん》たるものだった。こちらの訴えがひとつとして認められなかったばかりか、市蔵の側から出された次の言い立てが通ってしまったのである。

【本家〈吉祥堂〉の屋号を使う権利は八代目のお美和にある。七代目の吉右衛門が志乃屋に貸している鍋町店を、この先吉祥堂の出店として扱う場合、屋号を〈鍋町吉祥〉に改め、売り上げの二割を日本橋の本店に納めるべし】

おけいは怒りで目の前が真っ赤になった。市蔵とお美和が不当に店を乗っ取ったことは明らかなのに、なぜ、こんな結果になってしまうのか。

「ずいぶんと偏った判決ですね」

人気茶屋の店主として辣腕《らつわん》を振るうだけのことはあり、お妙は冷静だった。

「ニセの証文が本物としてまかり通ったということですか」

「残念ですが、あちらの言い分がもっともらしく聞こえたようです」

近ごろ物忘れがひどくなっていた吉右衛門が、みずから証文を書いたことすら忘れてしまった。墓場に捨てられたというのも当人の勘違いで、流行り風邪の高熱にうかされるまま寝床を抜け出し、勝手に外を徘徊《はいかい》したというのが真相である。目を離した自分たちにも非はあるが、いわれのない言いがかりをつけられて困惑している――。

そんな市蔵側の申し立てを認めたうえで、身代と店屋敷を含む商いそのものが八代目のお美和へ引き継がれたというのに、屋号だけ七代目のものだと言い立てるのは詭弁《きべん》だと、評定所が断じたのである。

「判決を聞いたご隠居さまは、すっかり気力を失《な》くしてしまわれました」

おしのが悔しそうに唇を噛《か》んだ。

●

丸三日も降り続いた雨が、午後になってようやく上がった。

びしょ濡《ぬ》れの簀子《すのこ》縁《えん》を少しでも早く乾かそうと、おけいは雑巾《ぞうきん》を何枚も使って雨水を拭《ふ》き取っていた。社殿の南に面した簀子縁は、うしろ戸の婆が日向《ひなた》ぼっこをしたり、夕涼みをしたりする大事な場所なのだ。

あらかた水気を拭き終えたころ、笹藪《ささやぶ》の小道をくぐって客がやってきた。

「すみません。お邪魔をいたします」

「あら、慎吾さん」

閉じた雨傘を持って社殿へ歩み寄ったのは、志乃屋の小僧だった。

「何かありましたか。明朝一番でおうかがいするつもりでしたけど」

明日の五月五日は端午の節句である。柏餅《かしわもち》を求める客で大忙しとなる志乃屋の手伝いに行くことは、先日おしのと会ったときに約束していた。

「はい。そちらはもう、頼みにしております」

如才なく頭を下げてから、慎吾は早々に用件を切り出した。

「本日は急ぎの別件でまいりました。ナメクジ先生のお住まいをお教え願います」

「えっ、ナメクジ先生？」

思わず聞き返してから、薬師の〈なめくじらの婆〉のことだと察しをつける。

「どなたかムカデに咬まれたのですか」

「いいえ、じつはご隠居さまが……」

例の公事に敗れてからというもの、めっきり元気を失くしていた吉右衛門が、ついに倒れてしまったという。

「このところ食が進まなくて、猫と同じくらいしか召し上がらないので、おかみさんも、巳之助《みのすけ》さんたちも、もちろん手前も、みなで心配していたのですけど」

今朝がた、厠《かわや》から出てきたところで眩暈《めまい》を起こし、そのまま膝をついてしまった。

すわ一大事とばかり、前にも吉右衛門の命を救ってくれた狂骨を呼びに、慎吾が小石川まで走ったのだが、あいにく狂骨は薬草の買いつけの旅に出たきりだった。

「もとよりご隠居さまは、お医者にかかるのを嫌がります。治療代の高い流行り医者などもってのほかだとおっしゃって」

頼みの狂骨はいつ戻るかわからない。せめて効き目の確かな薬湯だけでも手に入れたいと考えたおしのは、先だってお妙の脚を治したナメクジ先生だか、クジラ婆だか、とにかくそんな名前で呼ばれている薬師のもとへ赴くよう、慎吾に命じたのである。

もちろんおしのは薬師の住まいがどこにあるのかも知らない。お使いを果たしたおけいに聞けばわかるはずだと言われ、とりもなおさず下谷の出直し神社まで出向いてきたというわけだ。

「薬師の婆さまのお住まいは麻布谷町《たにまち》です」

麻布には行ったことがないという慎吾に道順を教えながら、おけいはもっとよい方法がないものかと考えた。下谷と麻布ではまるで方向が違う。今から麻布へ行っていたのでは時がかかってしまうし、何より明日に迫った節句に向けて、志乃屋は猫の手も借りたいほど忙しいはずなのだ。もし、うしろ戸の婆が許してくれるなら……。

「かまわないよ」

心の声が聞こえたかのように、唐戸《からと》を開けてしわくちゃの老婆が顔を出した。

「その子に代わって、おまえが薬を買ってきておやり」

「ありがとう存じます。うしろ戸さま」

すかさず礼を言ったのは、当人ではなく小僧の慎吾だった。

「願ってもないことでございます。いっそ薬を届けていただいたあと、おけいさんにはそのまま店に残ってもらうというのはいかがでしょう」

どのみち明日は志乃屋の手伝いを頼んでいる。いっそ前の晩から泊まり込んで、吉右衛門の相手をしてもらえないかという。

「おけいさんがいてくださるなら、店の者も安心して仕事に専念できます。きっとご隠居さまもお喜びになりますよ」

十二歳の子供とは思えない機転の速さと図太さに、婆が声をたてて笑った。

●

麻布谷町の寂れた屋敷跡は、相変わらず足もとがぬかるんでいた。

下駄が沈んでしまいそうな緩い地面に難儀しながら雑木の林を歩いていると、頭上の枝から垂れ下がって、ぶらぶら揺れる縄が目についた。軽い気持ちで払いのけようとしたおけいは、それが縄ではなくマムシだと気づいて、のばしかけた手を引っ込めた。

(だ、誰がこんなことを)

マムシはすでに死んでいた。ここで息絶えたのではなく、わざわざ人目につきそうな枝を選んで、誰かが死骸をぶら下げたものと思われる。招かれざる者を追い払おうとでもするかのように……。

薄気味悪く思いながらも、マムシの下を足早に通り過ぎて雑木林を抜けると、土蔵の前に立ってこちらの様子をうかがっている老婆を見つけた。

「あ、薬師の婆さま」

「このあいだの巫女さんだね。ヘビはお嫌いじゃないのかい」

焼酎漬けのムカデを見て気絶したときのことをからかわれてしまった。意気地がないと思われているなら、おけいにとってこの上なく不名誉なことだ。

「死んだヘビなんて平気です。クモも、トカゲも！」

小さなアオダイショウなら素手で捕まえてみせると息巻く娘に、なめくじらの婆が上下二本足りない歯をむいて笑ったあと、真顔に戻って言った。

「またここにきたということは、渡した薬が効かなかったのかね」

傷の痛みが続いているのか、腫れが引かないのか、高熱があるのか、矢継ぎ早に訊ねてくる婆に、ムカデに咬まれた患者はナメクジ膏と薬湯がよく効いて、あれからすぐに回復したと伝える。

それから今日は別の患者の使いであることを明かし、慎吾から預かった手紙を渡した。吉右衛門が具合を悪くする前後の様子や症状について書きつけたものだが、その的を射た内容になめくじらの婆が舌をまいた。

「これが医者の書いたものではないというのかね」

医者ではなく菓子屋の小僧が書いたものだと聞いて、婆はもっと驚いた。

聡明《そうめい》な慎吾は、小石川の竹林で過ごした数年のあいだに多くのことを狂骨から学んでいた。本人が菓子職人になりたいなどと言いださなければ、今ごろは狂骨の仲立ちで医家の養子になっていたかもしれない。

ともあれ文面を読んだ婆は、これならよい薬湯が調合できると言ってくれた。

「ただし頼まれている薬がほかにもあってね。しばらく時間がかかるから、そのへんの箱にでも腰かけて気長に――」

待っているよう言いかけたとき、蔵の中で鈴が鳴った。

シャラ、シャラ、シャラ、シャラ……

神楽鈴《かぐらすず》のごとき涼やかな音色を聞くと、婆はいったん入りかけた東の蔵を出て、隣にある西の蔵へ入っていった。見ればふたつの蔵のあいだには細い組紐《くみひも》が渡され、それぞれの窓から中へと引き込まれている。

（これは呼び出しの鈴だわ。西の蔵にいらっしゃるのはお爺《じい》さまかしら）

連れ合いの姿を思い描くおけいを、西の蔵から半身を出して婆が手招きする。

「悪いけど、こっちにきてもらえるかね」

呼び入れられた西蔵の中は、人が暮らすための座敷になっていた。〈くら姫〉の店蔵ほど広くはないが、土間の奥に床の高い畳座敷があり、小窓から風が吹き抜けて、居心地よさそうな住まいである。ひとつ欠点をあげるなら、昼間でも光が差さないことだ。

「待っておくれ。いま明かりを灯《とも》すから」

婆が行灯《あんどん》に火をいれたことで、ようやく薄暗い蔵の中が照らしだされる。

座敷は八畳だった。真ん中に敷かれた布団の上で、半身を起こしてこちらに顔を向けている病人らしき女のほかには誰もいないようだ。

「お客さまだよ。薬ができるまでこっちで待ってもらうから」

病人がうなずくのを見て、今度はおけいに向かって婆が言った。

「そこに支度があるから、勝手に茶を淹《い》れて飲んでおくれ。ついでにその病人にも飲ませてやってもらえたら助かるのだけど」

「承知いたしました。どうぞお仕事にお戻りください」

婆が決めた段取りに従い、おけいは茶を淹れることにした。察するところ、蔵で臥《ふ》せっている病人が、茶を飲みたくて鈴を鳴らしたのだろう。

土間の隅には鉄瓶をのせた七輪があり、横に置かれた茶櫃《ちゃひつ》の中に、茶筒《ちゃづつ》や急須や茶碗《ちゃわん》などの道具が一式そろっていた。

「どうぞ、横になってお待ちください。いまお湯を沸かしますから」

「お手数をおかけします」

すまなそうに答える顔は、おけいのいる場所からわずかに向きがずれている。その目蓋《まぶた》が閉じたままなのを見て、ようやく病人の目が見えていないことに気づいた。

なるほど、だから蔵のあいだに紐を渡し、鈴を鳴らせるように工夫してあるのだろう。いつでも合図が送れるなら、盲目の病人も不安が和らぐだろうし、東の蔵で仕事をしている薬師の婆も、安心して作業に没頭できるというものだ。

「さあ、お茶が入りましたよ。まだ熱いのでお気をつけください」

礼を言って湯飲みを受け取った病人は、四十代の半ばくらいかと思われた。見た目は似ていないが、ここで世話を受けているからには婆の娘だろうか。

「よろしければ、あなたのお名前をお聞きしていいかしら」

先に口火を切られてしまった。目が見えない分、こちらについていろいろと想像をめぐらせていたに違いない。

「けいとお呼びください。今日は知り合いの使いでまいりましたが、普段は下谷の出直し神社で手伝いをしております」

「まあ巫女さんですか。お声の感じからして、まだお若いのでしょう」

歳《とし》は十八だが子供並みに背が低い。せいぜい十二歳くらいにしか見られないことや、正式な修行をおさめた巫女ではないことなど、自分のことを簡単に話す。

「私の名はかなえ。さっきの薬師の妹です」

こちらの驚きが伝わったのだろう、かなえがクスッと小娘のように笑った。

「姉妹なのにまるで似てないって、子供のころからよく言われました」

たしかに、見た目は他人より似ていないかもしれない。

姉は背が高くて骨太だが、こちらは小柄で華奢《きやしや》だ。面立《おもだ》ちも違う。姉は面長なのに妹は丸顔。一番の違いは肌の色で、姉は日に焼けて浅黒く、妹は蔵の中で養生《ようじよう》しているせいか、抜けるような白い肌をしている。

「お歳が離れてらっしゃいますね。それに――。てっきり婆さまの娘さんかと思いました」

ホホホと、まんざらでもなさそうにかなえが笑った。

「こんな病人でも、若いと言ってもらえると嬉しいわ。蔵の中ではときの流れが遅いのかしらね。でも、もう五十九になりました」

姉とは九つ違いだという。つまり薬師の婆は六十八歳ということになるが、あちらは妹とは反対に、歳よりかなり老けて見える。

「私は母を早く亡くして、姉に育ててもらったようなものです。いつか恩返しをと思っていたのに、まさかこの歳まで世話になろうとは……」

姉が歳より老けているとしたら、それは自分が苦労をかけてきたせいだと言って、かなえが悲しそうに閉じた目蓋を震わせた。

目蓋だけではない。膝の上で湯飲みを持つ手も震えていることに気づいたおけいは、そっと手を添え、頃合いまで冷めた茶を飲ませた。

「もう横になってお休みください。わたしは上がり口に腰かけさせてもらいますから」

しかしかなえは、頼りない子供のように宙を探っておけいを求めた。

「待って。もう少し側《そば》にいてくださいな」

そして自分の話を聞いてくれとせがまれては、その場を離れることができなかった。

「私が目を病んだのは三十過ぎてからのことです。生まれたのは西国の城下町で、裕福ではありませんでしたが、父と姉に可愛《かわい》がられて幸せに育ちました」

布団に横たわったかなえは、血の気の引いた白い顔を天井に向け、ぽつり、ぽつりと、昔を懐かしむように語った。

「うちは代々続いた薬師の家です。父で十代目か、十一代目になると聞きましたが、よく覚えていません。父を手伝って薬のことを学んでいた姉とは違い、私はほとんど家業にかかわっていませんでしたから」

もとより次女ということで、かなえは商家の娘らと同じように簡単な読み書きを覚え、和歌や音曲《おんぎょく》などを習って娘時代を過ごした。そして十六歳になった春、姉より先に縁談がまとまり、越中《えっちゅう》の大きな薬種《やくしゅ》問屋に嫁いだのである。

「越中ですか。ずいぶん遠いところですね」

「ええ。でも、西国では手に入らない薬草を、うちは昔から行商人を通じて、越中の薬種問屋に融通してもらっていました。それなりにご縁は深かったのです」

いかんせん越中は遠く、嫁に出してしまえば簡単に里帰りできないどころか、もう二度と会えないかもしれない。父と姉は慎重だったが、当のかなえが大乗り気だった。薬草とともに縁談を運んできた行商人から、お相手の若旦那が裕福なだけでなく、男ぶりもよいことなどを聞かされ、すっかり舞い上がってしまったのだ。

「嫁いでしばらくは寂しい思いをしました。方言もよくわからないし、風習も違う。でも嫡男の嫁ですから、寂しがってばかりもいられません」

一日も早く婚家に馴染《なじ》むよう努め、家業の商いについても学んだ。なかなか子に恵まれなかったが、二十歳を過ぎてようやく初めての赤子を産み、これでようやく一人前の嫁になれたと喜んだのもつかの間、赤子は三日と経たずに死んでしまった。

「しばらくは悲しみの淵《ふち》に沈みましたが、よくあることだとまわりの人たちになぐさめられ、どうにか立ち直ることができました」

翌年には次の子が腹に宿ったが、残念なことに流れてしまった。その後も懐妊と流産を繰り返し、もう赤子は産めないものとあきらめかけたとき、三十歳を目前にして、まるまると太った男児を授かった。

「もう天にも昇る気持ちで、この子だけは達者に育てると心に誓いました」

ところが宮参りの朝、前日まで元気だった赤子が布団の中で冷たくなっていたという。かなえは失意のどん底に突き落とされた。義父や義母の落胆も大きく、家の中に身の置き場がない。しかも不幸はそこで終わりではなかった。

「ある日、急に片目がかゆくなりました。擦《こす》っているうちに白目が真っ赤になってきて、次の日にはもっとひどいことになって……」

それは質《たち》の悪い眼病だった。家業が薬種問屋ということもあり、医者が勧める薬を片端から試してみたが治る兆しがない。そのうちもう一方の目にも病がうつり、発病からわずか数日で、かなえは光を失ってしまったのだった。

「それまで見えていたものが見えないのです。目あきの者がいきなり闇に閉じ込められる恐ろしさは、身に降りかかった者にしかわからないでしょう」

一人では食事もできない嫁を、婚家の人々は我慢強く世話してくれた。しかし心の中でどう思っているのかが、かなえには手に取るようにわかった。眼病などではなく、重い病で死んでくれればよかったのにと、ふすまの向こうから義母たちのささやく声が聞こえるようで、申し訳なさと惨めさに胸がつぶれそうだった。

そんな針の筵《むしろ》に座るような暮らしも長くは続かなかった。亭主が外で若い女に子を産ませたことを機に、離縁されることが決まったのである。

「父が迎えにきてくれたときは、安堵《あんど》のあまり涙が止まりませんでした」

これで懐かしい実家に戻れると思ったが、連れていかれたのは西国ではなく江戸だった。さかのぼること数年前、地元のいざこざに巻き込まれそうになった父親が、姉娘を連れて方々を逃げまわり、最後は江戸に落ち着いていたのだった。

「目の見えない私には、着いた先が西国であろうと江戸であろうと同じことでした。外を歩きたいと思ったことは一度もありません。居心地よく設《しつら》えてもらったこの蔵の中だけが、私の安心できる居場所になったのです」

かなえは幼い子供に戻ったかのように、父と姉に頼って甘えた。そしてようやく傷ついた心が癒《いや》されたころ、またしても不幸が襲ってきた。

薬草狩りに出かけた父親が、不慮の事故で亡くなったのである。

「私には父の死を嘆くことしかできませんでしたが、姉はお役人の聴き取りから父の弔いまで、すべて立派に果たしてくれました」

気丈な姉は一度も嫁ぐことなく、麻布の薬師として生計を支えながら妹の世話を続けた。父親が亡くなって今年で二十五年。そのあいだに家主だった表の店屋がつぶれ、廃墟《はいきょ》の奥に姉妹の暮らすふたつの蔵だけが残った。薬師の姉は歳を取った今でも元気だが、九つ若いかなえのほうが、数年前から体調を崩して寝ついてしまったという。

「治る見込みのない病です。もう長くはないとわかっています」

自分がいなくなれば、姉はさぞかし寂しいだろう。でも、蔵から一歩でも踏み出せば、あとはどこへでも行ける。

「今さらですが、姉には残された人生を好きなように生きてもらいたいのです。私さえいなければ、もっと早く、そうできたのに……」

かなえの打ち明け話が終わっても、おけいは声をかけることができなかった。

長い話の途中から、相槌《あいづち》を打つこともやめてしまった。

うっ、うっ、ううっ。ぐす、ぐす、ずずず。

堪《こら》えきれない嗚咽《おえつ》と、鼻水をすすり上げる音が、静かな蔵の中に響く。

「泣いてらっしゃるのですか、おけいさん」

「すみません。つい――」

溢れ出した涙が止まらなかった。

おけいが生きてきた十八年の人生も、けっして幸多きものではない。厄病神に取りつかれているのかと思ったことも一度や二度ではなかった。でも今になって思えば、それらのひとつひとつは身に余るほどの不運ではなく、世間ではありがちなことだ。

かなえの場合は違った。流産を繰り返したことも、せっかく生まれた赤子が死んでしまったことも、いちどきに両眼の光を失ったことも、降りかかるすべてが受けいれがたく、魂を削《そ》がれるような出来事だった。そして今、静かに終わりを迎えようとしている。

「これを召し上がれ。気持ちが落ち着きますよ」

手探りで蓋《ふた》を取って勧めてくれるのは、小さな星を転がしたような金平糖《こんぺいとう》だ。伊万里《いまり》焼の器に入っているところをみると、吉祥堂で売られているものに違いない。

「薄焼きの煎餅《せんべい》もありますから一緒に食べましょう。姉の薬でよくなった患者さんたちが、お礼に持ってきてくださるのです」

「ありがとうございます。先にお茶のお代わりを淹れてきますね」

そうだ、自分が泣いてはいけない。気をつかわせてしまったお詫びに、気持ちが明るくなるような話をしよう。何か面白い話はなかっただろうか。

おけいは土間に飛び下り、七輪の前で湯を沸かしながら考えた。


「お忙しいのに、ありがとうございました」

薬湯の袋を受け取って、なめくじらの婆に礼を言った。

「なんの、こちらこそ。遅くまで病人の相手をさせて悪かったね」

もう日は西の地平に沈みかけている。おけいは今から神田鍋町の志乃屋まで、大急ぎで薬湯を届けなくてはならない。

「お待ち。やっぱり町屋敷の外まで送ってゆこう」

あとを追いかけてきた婆が、ぬかるみの道を先に立って歩きだした。

シミだらけの顔と曲がった腰のせいで歳より老けて見えるが、頑丈そうな足で大股に歩くうしろ姿には活力が宿っている。

「さっきはたまげた。あんなに楽しそうなあの子を見るのは久しぶりだったよ」

薬湯ができたと言って西の蔵に入ってきたとき、声をたてて笑うかなえを見て、なめくじらの婆は腰を抜かしそうになった。

「いったい何の話をしていたのかね」

「深川《ふかがわ》の団子祭りで、〈大食いくらべ〉を手伝ったときのことをお聞かせしました」

そりゃあ考えただけで面白そうだと、婆も大口を開けて笑った。

きたときと同じ道筋をたどり、雑木のあいだをぬって歩くうち、死んだマムシが木の枝からぶら下げられている場所にきた。

「あれは、何かのおまじないですか」

「よからぬ連中が寄りつかないためのこけおどしさ」

婆は躊躇《ちゅうちょ》なくマムシをつかんで引きおろし、木の根元に置いて念仏を唱えた。

このところ蔵のまわりを怪しい男たちがうろついている。怒鳴ったくらいでは効き目がないので、怖がらせるための仕掛けを作った。東蔵の入口に、焼酎漬けのヘビやスズメバチやムカデが入ったビードロの瓶を並べているのも、勝手に蔵の中をのぞき込もうとする不埒《ふらち》な連中を脅かしてやるつもりだったという。

「残念ながら効き目はなかったみたいだね。気絶するほど驚いてくれたのはあんたくらいのもので、追い払いたいやつらはあんな具合に――」

婆がひょいと顎《あご》をしゃくって示した先に、雑木の陰に身を隠すようにしてこちらをうかがっている男の姿があった。

それは見るからに怪しい男だった。ぐしゃぐしゃにもつれた蓬髪《ほうはつ》を無造作に束ね、伸び放題に伸ばした黒ヒゲで地顔が覆われている。粗末な膝切り姿は物乞いのように見えなくもないが、袖《そで》のない革の半纏《はんてん》と、腰に巻いた荒縄に挟まれた鉈《なた》が、町場の者とは一線を画した荒々しさを感じさせる。

「こらっ、うちに何の用や。とっとと去《い》ね！」

婆に一喝され、山賊のような男は恐れをなして逃げていった。

◉

端午の節句を迎えた朝、神田鍋町の志乃屋には大勢の客が押し寄せた。

「江戸風の柏餅を六個くれ」

「こっちは江戸風と京風を五個ずつ頼む」

「おい、まだか。早くしてくれ。家で子供が待ってるんだ」

今年は二種類の柏餅が用意された。ヨモギの餅に小豆餡《あずきあん》を包み、見慣れたカシワの葉で挟んだものが江戸風。白い餅に白味噌《しろみそ》の餡を使い、サルトリイバラの丸い葉で挟んだものを京風と銘打って売り出したところ、店は押し合いへし合いの大盛況となった。

「おかみさん、これでは身動きがとれません。店の中にお入りいただくのは一度に十人ずつとして、あとは外に並んでもらいましょう」

混雑ぶりを見て店主のおしのに働きかけるのは、よく気のまわる小僧の慎吾だ。

「外に行列ができるなら、ご近所の店に迷惑をおかけする旨、あらかじめお伝えしておきませんと。これはおかみさんに行っていただいたほうがいいですね」

普段から売り場を任されている平吉《へいきち》も、しっかり者の手代らしい心配りをみせる。

「わかりました。今すぐご近所にお断りを入れてきます」

若い奉公人たちが出してくれる知恵を、おしのは素直に聞き入れた。

「みなさん、売り場を頼みましたよ」

「あいよ、任せとくれ」

胸を叩《たた》いて請け合うのは、糸瓜《へちま》長屋で売り子をしていた女衆だ。鍋町に店を移した今でも、繁忙日の助っ人として参じてくれている。

忙しいのは売り場だけではない。奥の台所では主菓子《おもがし》職人の巳之助が、昨夜から不眠不休で柏餅を作り続けている。南蛮《なんばん》菓子職人の甚六《じんろく》も、今日ばかりはカステイラの試作品を作る手を止めて、巳之助の手伝いに専念するという。

(すごい売れ行き。この調子だと昼までに品切れになってしまいそう)

昨夜から志乃屋に泊まっていたおけいも、女衆にまじって柏餅を包んだり、すぐ満杯になる銭函《ぜにばこ》を内蔵に運んだりして大忙しである。その後も柏餅は飛ぶように売れ続け、時の鐘が昼九つ（正午）を告げるより早く、残りひと箱となった。

「お、おかみさん、たいへんです！」

列の後方に並んでいる客たちへ、売り切れを詫びに行った手代の平吉が血相変えて戻ってきた。柏餅を買いそびれた客が怒っているのだろうか。

「そうではありません。いいえ、もちろん列に並んでおられたお客さまはお怒りなのですが、その中に、あの悪目立ちの女どもが……」

「お邪魔しますよ、志乃屋さん」

「悪目立ちとは誰のことだい、平吉」

慌てて口をつぐんだ手代のうしろから、勝手に暖簾をくぐって二人の女が入店した。

（あっ、この人たちは！）

まさに『悪目立ち』としか言いようのないその姿に、おけいは見覚えがあった。

吉祥堂八代目店主のお美和と、その母親のお栄《えい》である。

「久しぶりにきてみたら、ずいぶんさっぱりと片づいたじゃないか」

「日本橋の本店にくらべたら、狭いし、古いし、みすぼらしい店だけどね」

いきなり失礼なことを言う母と娘は、どちらも恐ろしく豪奢《ごうしや》ななりをしていた。

お美和は四十路《よそじ》が近いはずなのに、紅葉《もみじ》と鹿が描かれた大振袖に、蝶《ちよう》柄の帯を前結びにして垂らしている。高く盛り上げて結った髪には、あらゆる方向からかんざしが挿さり、花魁《おいらん》風というより地獄の針山だ。母親のお栄は、真っ赤な地色に白い牡丹《ぼたん》を描いた総柄の小袖と、三頭のイノシシが刺繡《ししゆう》された帯を合わせている。

どちらの衣装も季節をはずし、しかも年齢にそぐわないものだった。

厚化粧をすれば若見えすると思っているようだが、塗り重ねた白粉《おしろい》が口を動かすたびにひび割れるさまは、化けの皮が剝《は》がれかけた鬼婆みたいで怖い。何より内面からにじみ出る粗野な雰囲気と、きらびやかな衣装がまるでつり合っていなかった。

「あ、あ、あの、吉祥堂のご店主と、ご母堂さまですね」

奇怪な眺めに面食らってばかりもいられず、おしのが遠慮がちに声をかける。

「ようこそお越しくださいました。あいにく吉右衛門さんは奥で臥せっておられます。お会いになれるかどうかわかりませんが、すぐにお取次ぎを――」

何が可笑《おか》しいのか、母と娘はガハハと肉付きのよい肩を揺すって笑った。

「あの人ったら、市蔵に公事で負けて寝込んじまったんだね」

「取次ぎなんていいよ。爺さんに用はないから」

その言い草は、柏餅を包む手を止めずに聞いていたおけいをムッとさせた。

たとえ店の暖簾をめぐって争ったとしても、お栄はれっきとした吉右衛門の妻であり、連れ子のお美和とともに二十年以上も吉右衛門の世話を受けて、気ままな暮らしを続けてきたのだ。詫びや見舞いにきたのならともかく、用はないとは何ごとか。

「お栄さま、お美和さまも。今日は端午の節句ということで、店が立て込んでおります。ご用がなければお引き取りください」

本当は気の弱いおしのが、精一杯の勇気を振り絞って言ってのける。拍手を送りたいところだが、またしても母と娘はガハハと無遠慮な笑い声を上げた。

「お生憎《あいにく》さま。あたしらだってお客さまだよ」

「せっかく列に並んでいたのにさ」

たまには商売敵《がたき》の菓子でも買ってやろうと思い立ち、鍋町くんだりまで足を運んだというのに、目の前で売り切れましたと言われては引っ込みがつかない。ひとつでもいいから味見をさせろという。

「ひとつと言われましても……」

売り場へ目を向けたおしのに、成り行きを見ていた平吉が首を横に振ってみせる。たった今、店に入った最後の客が、残りの柏餅を買って帰ったのだ。

「申し訳ございません。本当にもう売り場には残っていなくて」

「そう言わずにさ、なんとかしておくれよぉ」

「食べさせておくれよぉ。少しくらい隠してあるんだろう」

あきらめの悪い母と娘は、子供のように駄々をこねて動こうとしない。困り果ててしまったおしのの背中に、台所のほうから現れた男が声をかけた。菓子職人の巳之助である。

「おかみさん。こいつでよろしければ」

市蔵に店を牛耳られるまで吉祥堂の職人頭《がしら》をしていた巳之助は、二種類の柏餅がひとつずつのった小皿をおしのに渡すと、糸のような目で母と娘をにらんだ。

その強い視線にも、お美和もお栄も頓着《とんちゃく》することなく、菓子の皿だけに興味を示した。

「ほーら、やっぱり隠してあったじゃないか」

隠していたのではなく、荒神《こうじん》さまにお供えしていたものだ。

台所の神棚には竈《かまど》の神として知られる荒神さまが祀られており、店の者が毎朝そろって拝礼するほか、その日にこしらえた最初の菓子を供えることになっている。

「お下がりですが、お差し支えなければ――」

どうぞと勧められる前に、母と娘はさっと手をのばして柏餅をつかみ取ると、その場で葉を剝がして食べはじめた。行儀も何もあったものではないが、二種類の柏餅をふたつに割って取り替えっこする仲のよさだけは、微笑《ほほえ》ましいと言えなくもない。

「この丸い葉は山で見たことがあるよ、おっ母《か》さん」

「そっちは味噌餡。こっちはヨモギの餅に小豆餡だね」

熱心に味をみる姿が、おけいには意外だった。吉祥堂の母と娘はもももんじ屋の猪鍋《ししなべ》が好物で、甘い菓子には興味がないと聞いていたのに、柏餅だけは別なのだろうか。

ともあれ、餅を食い終えた二人は、満足そうに指を嘗《な》めしゃぶった。

「巳之助が作ったにしては田舎っぽい味だった」

「気取った菓子より、あたしらの口には合うけどね」

顔を見合わせてガハハと笑ったあと、せっかくここまできたのだし、両国《りょうごく》の見世物でも冷やかしに行こうなどと言いながら、振り返りもせず去っていった。

ご馳走さまもなければ、邪魔を詫びる言葉もない。捨てられた二枚の葉と、猪鍋に使われるニンニクの匂いだけが店土間に残された。


「昨日といい、今日といい、たいへんお疲れさまでした」

神田川に架かる和泉橋《いずみばし》を渡りながら、ませた口調で小僧が言う。

「慎吾さんこそお疲れでしょうに、わざわざ送ってくださってすみません」

おけいは二日にわたった志乃屋の手伝いを終えて、出直し神社へ帰る途上だった。

梅雨入り前の夕空はよく晴れ、向こう岸の商家の屋根で気持ちよさそうに泳ぐ鯉《こい》のぼりが見える。さっき挨拶をして別れた吉右衛門も、来年の節句こそは志乃屋でも立派な鯉のぼりを泳がせて、お客さまをお迎えしたいと話していた。

「わあ、本当ですか。今から楽しみだなあ」

貧しい商人宿に生まれた慎吾は、一度でいいから大きな真鯉《まごい》を掲げてみたかったのだと言って子供らしく喜んだあと、再び口調を改めた。

「じつは、おけいさんにお願いがあります。お昼前に来店された、お栄さんとお美和さんについて教えていただけないでしょうか」

やはりきたか——とおけいは嘆息した。途中まで送ってゆくと言って強引についてきたので、何かあるとは思っていたのだ。

「あの方々はご隠居さまの奥さまと、その連れ子さんですよね。だのに、どうして吉祥堂の小番頭と手を組んで、店を乗っ取る気になったのか、ずっと不思議に思っていました。前から別々に暮らしていたようですし、よほど仲が悪かったのでしょうか」

吉右衛門本人に訊ねるわけにはいかず、もと吉祥堂の奉公人だった巳之助、甚六、平吉たちから聞き出そうとしても『子供は知らなくていい』といなされてしまった。教えてもらえないとなれば、余計に知りたくなるのが人情である。

「前にご隠居さまは、出直し神社のお婆さまとおけいさんに、ご自身の過去を洗いざらい打ち明けた、と話しておられました」

これは野次馬根性ではない。敬愛するご隠居さまのことをもっと知りたいから、ぜひ教えてほしいとせがまれ、おけいは困ってしまった。神社の参拝客が神さまの前で語った人生を、他所《よそ》で話したりしてはいけないのだが……。

「わかりました。これからわたしは独り言をつぶやきます」

前置きをして、慎吾から一歩だけ離れる。

「いいですか、誰にも聞かせるつもりはありませんからね」

でも、たまたま近くにいる者の耳に届いてしまったら、それは仕方のないことだ。

和泉橋の欄干《らんかん》に寄りかかりながら、おけいは川の流れに向かって語りはじめた。

話は今から五十年前にさかのぼる。神田鍋町の裏通りに店を構える吉祥堂は、小店なりに代を重ねた老舗《しにせ》の菓子舗だった。父親の急逝により、吉右衛門が七代目の店主となったのは、まだ修業半ばの十九歳のときだったという。

「ところがご隠居さまは、お菓子作りが得意ではなかったそうです」

真面目《まじめ》に精進を重ねても、腕前は先代の足もとに遠く及ばない。次第に得意客が離れ、危うく店をつぶしそうになったとき、吉右衛門に縁談が持ち上がった。

相手の名はお栄。商いの面倒はみるから嫁にもらってくれないかと、砂糖の仕入れ先だった薬種屋が、手のつけられない奔放《ほんぽう》な娘を押しつけてきたのである。

前もって聞いていたよりも、お栄はひどい嫁だった。いつも昼まで寝ているし、店の仕事は手伝わない。掃除が一番の苦手。洗濯をしない。料理もしない。帳場の銭をくすねて昼酒を飲む——。とんでもない嫁があったものだが、親もとの援助で店を続けていられることを考えれば、突き返したりはできなかった。

「結局、何年経っても満足な菓子が作れなかったご隠居さまは、ご自身に見切りをつけ、代わりに腕のよい職人を雇うと決めたのです」

どうせなら、吉祥堂を見捨てた客が、列に並んで買いたがるほどの菓子を作ってくれる職人を探そうと考えた吉右衛門は、いったん店を閉めて諸国をめぐる旅に出た。

当然ながらお栄は江戸に残した。親もとの薬種屋で待っているはずだったが、吉右衛門が三年ぶりに南蛮菓子職人を連れて戻ったときには、すでに姿を消していた。

「どこへ行ったかは、実家の人たちも知りませんでした。毎日ふらふらと遊び歩いているうち、いつの間にか帰ってこなくなったそうです」

実家の親も吉右衛門も、本気でお栄を探そうとはしなかった。むしろ厄介払いができたことを心の中で喜んでいたという。

それからの吉右衛門は、長崎から招いた南蛮菓子職人の喜久蔵《きくぞう》と力を合わせ、思い描いたとおりに吉祥堂を大きくしていった。やがて新商品の〈阿蘭陀《オランダ》巻き〉が大人気となり、日本橋に店を構えるまでになるのだが、それまで苦楽を共にしてきた喜久蔵が、妻や娘と過ごす時間を大切にしたいからと、吉右衛門のもとを離れてしまった。

このあたりの事情は、慎吾も知っているはずだ。不幸なすれ違いで喜久蔵が亡くなったことや、その娘のおしのが親の仇《かたき》として吉右衛門を憎み続けたことも。

「ひとり残されたご隠居さまは、孤独を深めておられたはずです。そこへひょっこり現れたのが、行方をくらましていたお栄さんでした」

二十年も経って帰ってきたことも驚きだが、お栄は娘を一人つれていた。娘のお美和はまだ十二、三歳。吉右衛門の子でないことは明らかである。

いったい今までどこにいたのか。娘の父親はどんな男なのか。訊ねてもお栄は答えようとしなかった。かろうじて聞き出せたのは、江戸から離れていたことと、面倒をみてくれる相手がいなくなったから戻ってきたということだけ。そんなどうしようもないお栄を、吉右衛門は追い払うことができなかった。

日本橋の店には寄りつかないことを条件に、かつて夫婦として暮らした鍋町の旧店で、娘のお美和ともども面倒をみると決めた。そして二人がきれいな衣装を着て、美味《おい》しいものを食べられるだけの金子《きんす》を、毎月届けさせてきたのだった。

「では、わたしはここで失礼します」

「ありがとうございました。慎吾さんも店までお気をつけて」

長い独り言が終わり、黒門前《くろもんまえ》まで送ってくれた小僧と別れてからも、おけいは吉祥堂の母娘のことが頭から離れずにいた。

お栄とお美和は、どちらも吉祥堂の商いに興味はなかったはずだ。だからこそ、鍋町の旧店に二十五年も居座り、のんべんだらりと遊び暮らしていたのである。その自堕落ぶりは、お美和が吉祥堂の八代目店主となったあとも変わっていない。慎吾が疑問に感じたとおり、わざわざ非道を働いてまで店を乗っ取る必要があったのだろうか。

（あの人たちは、市蔵さんの手駒《てごま》として使われただけかもしれない……）

おけいがそんなふうに考えたのにはわけがある。さっき志乃屋を出てくる前、奥座敷にいる吉右衛門から調べものを頼まれたのだ。

『ひと仕事終わったばかりだろうが、もうひとつ頼まれてくれないかね』

『はい。わたしで間に合うことでしたら』

何なりとお申しつけくださいさい、と答える娘を脇に呼び寄せると、吉右衛門は近くに誰もいないことを確かめてからささやいた。

『お栄とお美和の暮らしぶりを見てきてもらいたい』

もちろん聞き違いではない。ほんの数日前、見舞いに寄った公事師から、吉祥堂の八代目とその母親が日本橋の店から追い出されたことを知らされたのだという。

『お美和さんとお栄さんが追い出された……まさか、市蔵さんに？』

細くて長い吉右衛門の首が縦に動いた。

吉祥堂の婿におさまり、素人店主のお美和に代わって店を支配しようとした市蔵だったが、その器でないことはすぐに露見した。菓子職人頭の巳之助をはじめ、何人もの奉公人に見切りをつけられ、先代の吉右衛門には暖簾をめぐる訴えを起こされて、本当は弱気になっていると噂に聞いていたのだが……。

『市蔵のやつ、頼りになる〈うしろ盾《だて》〉ができて図に乗ったようだ』

公事師の調べによると、途中まで形勢のよかった吉右衛門を抑えて訴訟に勝てたのは、〈うしろ盾〉が裏で評定所の役人を抱き込んだお蔭だった。お美和たちを日本橋の店から遠ざけたのも、やはり同じ大物の意向らしい。

『てっきり遠方へ追いやられたとばかり思っていたが、今日は二人で節句の柏餅を買いにきたと聞いてね』

もし近くにいるのなら、あの母娘がどんなふうに暮らしているのか知りたい。志乃屋の人々はこころよく思わないだろうから、おけいに調べてもらえないかという。

（あれほどひどい目にあっても、まだご隠居さまはあの人たちのことを、ご自分の家族だと思って心配なさるのかしら）

釈然としないが、直々の頼みとあっては仕方がない。明日にでも母と娘の所在を調べてみると約束した。

●

昨日とは打って変わって灰色の雲が空を覆っていた。そろそろ梅雨入りの季節だが、雨は落ちてきそうにない。これならお栄とお美和を探しに行けそうだ。

おけいはいつものように社殿と境内の掃除を念入りにすませると、手はじめに日本橋へ行ってみることにした。

日本橋通南《とおりみなみ》と呼ばれる界隈《かいわい》は、江戸商人にとって憧れの上地《じょうち》であり、熱い戦いの場でもある。その一丁目の角を曲がった二軒目に、老舗菓子舗の吉祥堂が店を構えていた。

折り鶴を白く染め抜いた臙脂《えんじ》色の暖簾の下を、名物の阿蘭陀巻きやカステイラ、茶席用の高級主菓子などを求めて朝から大勢の客が出入りしているが、今日のおけいの目当ては菓子ではない。

　隣の店とのあいだに細長く伸びる路地、その脇に立って奥の勝手口を見張っていると、買いもの籠《かご》を手にした女が外へ出るのが見えた。

「すみません。ちょっとよろしいでしょうか」

　台所女中と思《おぼ》しき女を呼びとめ、八代目店主とその母親に会いたい旨を伝える。

「お美和さまでしたらもういません。お栄さまとよそへ行っちまいましたから」

「えっ、よそへ行ったって、どういうことですか」

　追い出されたことは知っている。知らなかったふりをして聞いてみると、噂話が好きそうな台所女中が、舌なめずりをせんばかりに、おけいの耳もとに口を寄せた。

「近ごろ大番頭の市蔵さんが、商いのことやら公事のことやらで、知恵を授けてくださるお方と近づきになってね。『あの母娘がいると店の品格が下がる』なんて言われたものだから、急いでお二人を他所《よそ》へ移すことにしたんですよ」

　品を欠くとはいえ、まがりなりにもお美和は八代目店主、母親のお栄は先代の奥方である。さすがの市蔵も気をつかい、日本橋から出てくれるなら、どこでも望むところに新しい住まいを用意すると申し出たらしい。すると——、

「聞いてびっくりですよ。霊岸島《れいがんじま》を選んだっていうんですから」

「えっ、霊岸島？」

おけいはびっくりした。あの二人なら賑々《にぎにぎ》しい浅草《あさくさ》か両国あたりの、盛り場の側で住みたいと言いだしそうなものだが、まさか霊岸島とは……。

「市蔵さんも驚いたみたいですけどね。よそに比べたら家賃が安上がりだとか言って、本人たちの気が変わらないうちに、さっさと決めちまったそうですよ。そうだ、あんたもお美和さんに会いたいなら行ってみますか」

おしゃべりだが親切な台所女中は、数日前から母娘が暮らしているという借家の場所を教えると、あとは振り返りもせずに買いものへ行ってしまった。おけいもさっそく霊岸島へ行くことにして、大勢の人でごった返している吉祥堂の店先を横切った。

店の前にいるのは菓子を買いにきた客ばかりではない。名高い菓子舗の店構えと繁盛ぶりを見物し、土産話《みやげばなし》として持ち帰ろうとする人々が、暖簾の下から店をのぞいたり、菓子折を提げて出てくる客をうらやましそうに見送ったりしている。そのなかに見覚えのある男を見つけて、おけいははたと足を止めた。

男は向かいの店の軒下で、呆《ほう》けたように吉祥堂を見ていた。

もつれたまま頭上で束ねた蓬髪。顔の下半分を覆ったヒゲ。膝切り姿の上に羽織った袖のない革半纏と、腰に巻いた荒縄に挟んだ鉈《なた》。そのすべてが品のよい高級菓子舗とは真逆の荒々しさで、まわりから浮き上がって見える。

（あの人、たしか……）

見かけたのは二日前。麻布の〈なめくじらの婆〉を訪ね、吉右衛門の薬湯をもらって帰ろうとしたとき、雑木林の中で婆に一喝されて逃げていった山賊のような男に違いない。今度はこんなところで何をしているのだろう。

あまりにも不躾《ぶしつけ》に見ていたせいか、男がこちらに顔を向けた。

向こうも巫女姿の小柄な娘を覚えていたらしく、慌てて顔を伏せたかと思うと、足早に店の前から立ち去ってしまった。

大川《おおかわ》の河口に浮かぶ霊岸島は、もともと川に運ばれた土砂が積もったところに、人の手が加わって地固めされた島である。

江戸湾に出入りする船にとっては玄関口のようなもので、荷揚げに適した平らな土地には、材木問屋の木場のほか、廻船問屋の蔵も多く立ち並んでいる。道幅は広く、見晴らしもよく、海辺に並ぶ松の木が潮風に枝葉を揺らすさまは清々《すがすが》しい。

護岸の石垣に立ったおけいは、河口というより、海に囲まれていると言っても差し支えなさそうな広々とした景色に、しばし心を奪われた。

（海は好き。でもちょっぴり切ない）

底知れぬ青さも、石垣に寄せる波の音も、潮の香りを含んだ風も、すべて自分を育んでくれた品川宿を思い起こさせる。今でもあの海沿いの町で養父母が元気に暮らしていたとしたら、こんな気持ちで海を眺めることはあっただろうか——。

(だめだめ。これから大事なご用があるのに)

思い出に浸っている暇はない。いったん岸を離れ、吉祥堂の台所女中に教えられた目印となる遠見櫓《とおみやぐら》を探す。櫓から南へ入った道の先に目当ての家はあった。

女二人で暮らすには贅沢《ぜいたく》すぎる二階屋は、もう日は高いというのに表の板戸が立てられたままで、宵っ張りの母娘が昼まで寝ているという噂は本当らしい。

おけいは近くの店で大福餅をふたつ買い求め、通りを隔てた松の木の根方に座って昼餉《ひるげ》代わりに食べながら、二人が出てくるのを待つことにした。

雲の多い空模様だが、風が凪《な》いで蒸し暑い。

大福餅を食べてしまい、目の前を通りかかった冷や水売りの老婆から、水を一杯だけ買って喉の渇きを潤す。再び天秤棒《てんびんぼう》を担いでゆっくりと歩み去る老婆を見送りつつ、おけいはふと、出がけに聞いたうしろ戸の婆の言葉を思い出した。

『ようやく吉右衛門さんも、気がついたようだね』

簀子縁で見送ってくれた婆は、やれやれと言いたげな顔をしていた。

『今ならまだ間に合うだろう。不肖の妻とその娘が、何を求め、何を願って日々を過ごしているのか。それさえ知れれば、互いに先へ進めるかもしれないよ』

不肖の妻とその娘――つまりお栄とお美和が願い求めるものを調べて、吉右衛門に伝えなくてはならない。それがおけいに与えられた今回の役目なのだ。

表の板戸を外して母と娘が姿を現したのは、夕方近くになってからだった。

（出た。悪目立ち……）

今日も二人は珍妙としか言いようのない格好だった。お美和は白地に松竹梅と貝桶《かいおけ》を描いた、まるで七五三を祝う幼女みたいな振袖姿。お栄のほうは娘道成寺《むすめどうじょうじ》の芝居に出てくる清姫《きよひめ》を真似たウロコ柄の小袖に、近ごろお気に入りらしい三頭のイノシシを刺繍した帯を巻き、どちらも素顔がわからないほど白粉を塗りたくっている。

日本橋にいたころと違うのは、上等の駕籠を乗りまわすのではなく、徒歩で出かけようとしていることだ。しっかりした足取りで東へ向かう二人のあとを、おけいも気取《けど》られないよう、少しあいだを空けてついていくことにした。

島のまわりにはたくさんの船が行き交っている。岸には材木置き場や大きな蔵がいくつも並び、雁木《がんぎ》に寄せた船から荷物が次々と運ばれてゆく。

忙しそうな人足たちが、妖怪でも見たかのように『おっ』と声を上げて振り返っても、母と娘に気にする様子はない。八丁堀《はっちょうぼり》とのあいだを結ぶ橋を渡り、それからすぐ別の水路に架かる橋を渡って、鉄砲洲《てっぽうず》までやってきた。

（ああ、あれは富士塚《ふじづか》だ）

波よけ稲荷《いなり》、またの名を鉄砲洲稲荷とも呼ばれる神社の境内には、こんもり土を盛った丘がある。富士塚といって、名前のとおり富士山を模したものだ。

近ごろ江戸の人々のあいだでは、お伊勢《いせ》参りと同じくらい、富士登拝が流行っている。本物の富士山まで行けない者でも、この塚に登れば同様のご利益を得られるとの噂が広まり、けっこうな数の人々が登拝してゆくらしい。

お栄とお美和は迷わず富士塚へ登りはじめた。おけいもこっそり後をついていったが、大仰な格好をした母娘が身軽そうに参道を登ってゆくのが意外だった。

「いや、ここからの眺めは格別だ」

「わざわざ登った甲斐がありますねえ」

富士塚のてっぺんで感嘆しているのは、先に登っていた夫婦《めおと》連れである。

土を盛った丘とはいえ、目の前を遮るものは何もない。帆を下ろした船が潮の流れに乗って大川を上ってゆくさまは、いつまでも飽きずに眺めていられそうだ。

とくにここからは、霊岸島の南東端がよく見えた。

「ほら、ご覧。あれに見えるのが、御船手組《おふなてぐみ》があずかる船番所だ」

夫婦連れの亭主のほうが、若い女房の前で博識なところを見せようとする。

「江戸に出入りする船を見守るほか、お上《かみ》にとって物騒なもの、たとえば大量の鉄砲などが持ち込まれないよう、あすこで見張っているのだよ」

　それだけではない。霊岸島の船番所は、罪を犯して八丈島《はちじょうじま》や三宅島《みやけじま》などへ送られる罪人が三日のあいだ留め置かれ、家族と最後の別れをする場所でもあった。ご赦免船《しゃめんせん》が戻ってくるのも同じ船着場である。

「でも、おまえさん。遠島《えんとう》って送られた島で死ぬまで暮らすのでしょう」

「運よくご赦免になることもあるのだよ。ただし二十年先か、三十年先になるのか、あてのない話だからね。それまで家族が待っていてくれるかどうか……」

　夫婦の話を横で聞きながら、おけいは切ない気持ちになった。せっかくご赦免になって帰ってきても、迎えてくれる人がいなければ、浦島太郎と同じである。

　お栄とお美和はどうしたかと思えば、二人とも霊岸島のほうを向いて地べたに座り、ときおり船番所を指さしては低い声で話していた。しばらく動かないつもりなのか、懐《ふところ》から色の悪いスルメのようなものを取り出し、くちゃくちゃ耳障りな音をたてて嚙みはじめる。けっして品がよいとは言えないが、いかなるときも寄り添い合う睦《むつ》まじさだけは褒められていいだろう。

　やがて分厚い雲の向こうでお日さまが西の海に沈んだ。たちまち訪れる夜の帳《とばり》に隠されて船番所が見えなくなるころ、お栄たちも腰を上げた。

大川の向こう岸で、星がきらきら瞬《またた》いている。

（ああ、きれい。でもあれは星じゃなくて深川の灯《ひ》だわ）

おけいはまだ吉祥堂の母と娘の後をつけていた。夜遊び好きで知られる二人のこと、おとなしく帰宅するはずがないと思っていたら案の定である。富士塚を下り、いったん霊岸島に戻ると、今度は永代橋《えいたいばし》を渡って深川へやってきた。

富岡《とみおか》八幡宮と永代寺を有する深川の南側は、門前町と盛り場が渾然《こんぜん》一体となって栄えるだけでなく、大きな色町まで抱えている。

お栄とお美和が向かったのは、力仕事についている男たちが滋養を補い、もしくは色町へ繰り出す前に元気をつけようとして通う店だった。噂のもゝんじ屋である。

（うわっ、ウサギだ。シカもいる）

覚悟していたつもりだったが、店の軒下に吊《つ》るされたウサギや、店台の上に横たえられたシカを間近に見て、おけいはつい後ずさりをしてしまった。

ももんじ屋とは獣の肉を料理して出す店のことだ。大っぴらに認められたものではないが、近ごろ江戸のあちこちに店が増えつつあり、お栄たちのように女でも足しげく通う者があると聞く。

「よう、今夜も親子連れかい」

「相変わらず仲がいいねぇ。今日はいいのが入ってるよ」

母娘はここの常連らしく、包丁で肉をさばく男たちに親しく話しかけられながら、店の奥へと入ってゆく。さすがに巫女姿のおけいが中までついていくわけにはいかず、堀端の柳の木にもたれて二人を待つことにした。

夏でももんじ屋では鍋料理を出している。主にイノシシなどの肉を甘辛い味付けでいただくのだが、臭みを消すためにニンニクがたっぷりと使われる。店から漂ってくる匂いは、好きな者を引きつけてやまない反面、慣れない身には苦行となる。思っていたより早く二人が出てきてくれたときには、心の底からホッとした。

「ごちそうさん。いつもの干し肉はあるかい」

「おう、あんたらが来るころだと思って用意しておいた」

店主らしき男と話しながら、お美和が紙包みを受け取ってお栄に預けた。どうやら富士塚のてっぺんで嚙んでいたのは、スルメではなく干し肉だったらしい。

「また来るよ。今度は味噌仕立ての鍋がいいな」

獣肉が大好きな二人は、膨れた腹をさすりながら、盛り場を並んで歩きだした。

曲がりなりにも吉祥堂の店主とその母親である。料理屋に入るくらいの銭は持っているはずだが、荷揚げ人足たちが集うような、路地裏の小店ばかりをのぞいている。

結局、酒を飲むわけでもなく、夜の町をぶらりと流しただけで、永代橋を渡って霊岸島へと戻ってしまった。

(今度はどこへ行くつもりかしら)

おけいの前を歩く母と娘は、まだ家に帰る気がなさそうだった。

深川の賑《にぎ》わいが夢だったかと思われるほど、いま歩いている霊岸島の北岸は寂しいところである。昼間なら大勢の人足が働いている木場や荷揚げ場にも、今は猫の仔《こ》一匹見当たらない。目につくのは蕎麦《そば》屋台の赤い提灯《ちょうちん》だけだ。

さては夜鳴き蕎麦を食べにきたかと思ったが、またしても予想が外れた。母と娘は屋台のうしろにある大きな丸太小屋の前に立つと、弓矢の絵が貼られた戸を開けた。

「いま、いけるかい」

「お入りください。蒸し暑いので開けたままで結構です」

二人が小屋の中へ消えてから、おけいも少し間をおいて、そっと入口をのぞいてみた。中は驚くほど広い。左側がすべて見通しのよい土間になっていて、かなり奥のほうまで続いていると思われる。

右側には畳の座敷が設えてあり、浪人風の男や、職人らしき中年、身なりのよい武家の青年など、さまざまな身分の男たちが上がり口に腰かけて談笑していた。奥にはお栄の姿も見えるが、娘のお美和がいない。厠《かわや》にでも行ったのだろうか。

「お次、どなたが射られますか」

店の者らしき着流しの男が、弓と矢を手にして声をかける。

「拙者がゆこう」

立ち上がって弓矢を受け取ったのは、浪人風の男だった。

細長い土間のはるか奥には、提灯がふたつ灯されている。そのあいだに置かれた、白い輪と黒い輪が交互に広がる的の中心を目がけて、一本目の矢が放たれた。

「中の白ぉ。当たりでございまーす」

奥から人の声が響く。どうやらここは弓を射て遊ぶところ——俗にいう矢場《やば》らしい。

続けて放った矢は的を大きく外し、三本目が外の黒。結局、十本放った矢のうち、的に当たったのは四本だけだった。次に立ち上がった職人らしき中年はまったくの初心者らしく、十本ともまともに飛ばないどころか、足もとにポトリと落ちた矢もあった。

（ふふ、面白い。でも町で見かける矢場とはちょっと違うみたい）

おけいは自分が隠れていたことも忘れ、身を乗り出して見物していた。

お遊びの矢場では楊弓《ようきゅう》と呼ばれる短い弓を座って射るが、ここでは本格的な長い弓を使い、ゆうに十間《けん》（約十八メートル）以上は先にある的を狙っている。

筋がよさそうな武家の若者は、十本の矢のうち六本が的の中心近くを射貫《いぬ》いた。それでは物足りないのか、店の男に銭を渡し、さらに十本の矢を追加している。

そこへ弓を手にした勇ましい格好の女が、座敷の奥のふすまを開けて現れた。

（まさか、あれは——）

男物のような紺絣《こんがすり》の着物の上に白いたすきをかけ、左手に革の籠手《こて》をつけて土間に下り立ったのは、驚いたことにお美和だった。弓を引くには邪魔な振袖を脱いで、動きやすい着物に替えていたらしい。

「おお、美和どのか。先に射られよ」

武家の青年に場所を譲られ、お美和が土間の端に立って十間先をにらむ。手にしている弓は、ほかの客が使っているものほど長くはない。

射手が交代するあいだに的も替わっていた。白黒の丸い的ではなく、シカのかたちに板を切り抜いたもので、よく見ると、シカの足もとにはウサギもうずくまっている。

「よし、はじめっ」

店の男の合図でシカの的が動きだす。同時にヒュンと音がしたと思ったら、もう首のあたりに矢が立っていた。次に床すれすれの低い位置でウサギが跳ねたが、こちらも簡単に射貫かれてしまった。

矢が刺さったまま動き続ける作りものの的に、容赦なく次の矢が射かけられた。とにかく射手の動きが速い。矢をつがえるのも、弓を引き絞って放つのも、一連の動作には無駄も迷いもなく、気がつけば十本の矢はすべて的に刺さっていた。

（すごい。まさかお美和さんにこんな特技が……あ、痛っ）

驚きのあまり、いつの間にか小屋の入口で突っ立っていたおけいの尻《しり》を、ポンとうしろから蹴った者がいる。

「邪魔だぜ、巫女さん。見物だけならお断りだ」

「す、すみません」

詫びながら振り返ったうしろには、ごま塩頭の男が立っていた。どんぶりをふたつのせた盆を手にしているところを見ると、蕎麦屋台の親爺《おやじ》らしい。

場所を変えるつもりで立ち去りかけたおけいを、すぐに親爺が呼びとめた。

「待ちな。帰る前にこいつを運んでもらおうか」

「承知いたしました」

受け取ったかけ蕎麦のどんぶりを、矢場の座敷に腰かけて待っている浪人風の男と、弓の初心者の男に届ける。そこへまた、新たな客が弓を引くために入ってきた。

外の屋台にも、蕎麦を食いにきた客が数人待っている。親爺が一人きりで忙しそうに立ち働くのを黙って見ていることができず、吉祥堂の母と娘が出てくるまで、おけいは屋台を手伝うことにした。

「洗ったどんぶり、ここに置きます」

「ネギも刻んどけよ。その前にトロロ蕎麦を運んでくれ」

人使いの荒い親爺だが、手伝っているうちにいろいろなことがわかってきた。

たとえば、蕎麦屋の親爺と矢場を営んでいる男が親子であるということ。塩問屋が蔵として使っていた古い丸太小屋を借りて、息子が矢場にしたこと。矢場といっても遊びではなく、真面目に弓をやりたい者が集う場所だということなど。

「倅《せがれ》のやつ、おれが四十年近く奉公していた蕎麦切り屋を辞めたと知って、自分の矢場の前で屋台を出さないかと誘いやがった」

客は三十二文払って矢場に入ると、本格的な弓を十本の矢とあわせて借りることができる。そこに夜食として蕎麦までついてくれば、かなり得した気分だろう。

「でもな、冷やかしならともかく、十本だけ矢を射て帰るやつはまずいない。大方は追加の銭を払って、少なくとも三十本は飛ばしていくんだ」

親爺の言うとおり、いったん小屋に入った客はなかなか出てこようとしない。追加の矢は十本につき二十文というから、息子はかなりいい商いを思いついたといえる。

お美和もすでに三十本は射たはずだが、まだ帰ろうとする気配はない。夜食のかけ蕎麦を食べたあとも、追加の矢を頼んでいる。

「あの白塗りの女も、四年前にこの矢場ができたころからの常連だよ。いつもお袋さんと連れ立ってきては、遅くまで矢を飛ばしている」

ちらちらと小屋の中をのぞき見るおけいに、屋台の親爺が教えてくれた。

「おれも倅も、最初は冷やかしかと思った。だってあの厚化粧に年甲斐のない大振袖だろう。弓なんぞ引けるはずがないって誰でも思うさ」

ところがお美和は、面白がって見物する人々の前で鮮やかに的を射貫いてみせると、その後は二日と空けず熱心に通うようになった。

「止まっている的には難なく当てちまう。これじゃ上達しないと文句を言いやがるから、おれと倅で動く的を作ってやったのさ」

父子が工夫をこらしたお蔭で、お美和はさらに腕を上げた。使い勝手のよい短めの弓を特注でこしらえてからというものは、小さな的を続けざまに仕留め、しかもめったに外すことはない。この妙技を見るためだけに、矢場に来る客もいるという。

その夜は夜半を過ぎるまで、母と娘が小屋から出てくることはなかった。

◘

次の日も、おけいは霊岸島へ行ってみた。

夕方から鉄砲洲稲荷の富士塚に登ったお栄とお美和が、暗くなるぎりぎりまで船番所を眺め、それから両国のももんじ屋で鍋を食って、近くの盛り場をぶらぶらして安酒場をのぞいたあと、蕎麦屋台の裏にある矢場に入ったことを確認する。

盛り場が深川から両国に代わっただけで、あとは昨日と同じだった。きっと明日も、明後日も、母と娘は同じような日々を送るものと思われる。

(よし。ここらで一度、ご隠居さまにお伝えしておこう)

霊岸島をあとにしたおけいは、その足で志乃屋を訪ねることにした。

町奉行所役人たちの屋敷が並ぶ八丁堀を抜け、提灯をかざした人々が行き来する日本橋通りを歩いていても、やはり頭に浮かぶのはあの母娘のことだった。

吉右衛門の話を信じるなら、お栄は十六歳で嫁にきたときから、手のつけようのない自堕落で奔放な女だった。その気質を受け継いだお美和も、商家の娘らしい習い事や花嫁修業は面倒だと言って嫌がり、三十七歳で小番頭の市蔵と夫婦《めおと》になるまで、母親と一緒に気ままな毎日を過ごしていた。

何といってもあの母娘には、二十五年にわたって暮らしていた鍋町の旧店を、一度も掃除をしないままゴミ屋敷に変えてしまった実績がある。

それなのに、市蔵と組んで店の乗っ取りを企て、遊んで暮らせるだけの金子を出してくれていた吉右衛門を追い出したことに、おけいは収まりの悪さを感じていた。

事実、お美和が八代目となって日本橋の店に入った当初こそ、売り場に顔を出したり、お大尽《だいじん》らしい遊行に励んだりしていた二人が、あっさりと店から離れることを承諾した。老舗菓子舗の店主として采配《さいはい》をふるうことにも、贅沢な暮らしにさえも、はなから興味がなかったかのように……。

考えても堂々巡りをしてしまう頭の中に、またしても婆の声が響く。

『不肖の妻とその娘が、何を求め、何を願って日々を過ごしているのか。それさえ知れれば、互いに先へ進めるかもしれないよ』

おけいはハッとした。あの母娘の〈望み〉と〈願い〉を知ることが、当人たちばかりか、今後の吉右衛門の人生にかかわるかもしれないというのに、この二日間で見ていたのは物事の上っ面だけ。肝心なことは何ひとつわかっていない。

なぜ二人は富士塚に登って船番所を眺めるのか。どうして夜ごと盛り場をめぐり歩いて酒場をのぞくのか。白塗りの化粧と年甲斐のない派手な着物には意味があるのか。そしてなぜ、ものぐさなお美和が熱心に弓の稽古などしているのか――。

いつしか神田鍋町まできていた。志乃屋はすぐそこだが、時刻は五つ（午後八時ごろ）を過ぎている。高齢の吉右衛門はもう床に入っただろう。

また明日にでも出直すと決めて下谷へ帰ろうとしたとき、すでに戸締りをした志乃屋の前で佇《たたず》む人影があることに気づいた。

おけいが素早く身を隠すと同時に、人影がこちらへ向かって歩きだす。

暗がりの中をやって来るのは、山賊のようないでたちの男だった。頭頂でひとまとめにした蓬髪、ヒゲに覆われた顔、袖のない革半纏、荒縄で腰につるした鉈。

（やっぱり。またあの人だ）

男を見るのはこれで三度目になる。初めて会ったのは麻布の〈なめくじらの婆〉に薬湯をもらって帰るときで、二度目は日本橋・吉祥堂の店の前だった。たまたま自分の行く先に同じ男がいただけと思っていたが、三度目ともなると偶然ではない。

こちらに気づかず通り過ぎた男の後を、おけいはこっそりついていくことにした。


(今度はどこへ行くつもりなのかしら)


山賊のような男は、神田川を渡って北へと歩き続け、ついに上野《うえの》までやってきた。

不忍池《しのばずのいけ》のほとりには、洒落《しゃれ》た料理屋が並ぶだけでなく、稲荷寿司や天ぷら、団子などを売る露店もあちこちで商いをしている。ウナギを捌《さば》いて焼く店もあり、そこら中に旨《うま》そうな匂いが満ちあふれている。

まだ夕餉《ゆうげ》を取っていないおけいは、グゥと侘《わび》しそうに鳴く腹の虫をなだめながら、人混みにまぎれてしまいそうな男を見失わないよう後をつけた。

腹が減っているのは男も同じらしい。さっきのウナギ屋の前でも、醬油《しょうゆ》団子を炙《あぶ》っている店の前でも足を止めて見入っていたが、買って食べようとはしなかった。

不忍池を離れ、次に山下町《やましたちょう》の夜市を歩いているとき、びっくりするほど大きな握り飯を並べている屋台に行き当たった。吸い寄せられるように近づき、じっと握り飯を見つめる男に、店のおかみが声をかける。

「旦那、いかがですか。梅干し入り、佃煮《つくだに》入り、焼き海苔《のり》巻き、どれでも十六文。うちのは大きいから、ひとつでお腹《なか》が膨れますよ」

二つ以上買ってくれたらタクアンを一切れおまけする、などと商売熱心なおかみの話を聞きながら、男が革半纏の下の胴巻きを外した。ここで夕餉を買うと思いきや、胴巻きから出てきた銭を数えると、逃げるように店の前から離れてしまった。

どうやら持ち合わせが少ないらしい。

今の不調法に懲りたのか、食べ物であふれる夜市を抜け出した男は、下谷車坂町《くるまざかちょう》の荒地へ入っていった。そこは衣鉢《いはつ》を継ぐ者が絶えて久しいと思われる廃寺で、草がぼうぼうと茂る中に朽ちた本堂跡がある。廃材らしき板を並べた床の上で草鞋《わらじ》を脱ぐと、男はごろりと横になり、頭から筵《むしろ》をひっかぶった。

ここで寝泊まりしていることを確信したおけいは、大急ぎでさっきの屋台店へと走り、握り飯をふたつ買った。そして再び廃寺に戻って、男がそこにいることを確かめる。

（よかった。でも、もう眠ってしまったかしら）

軽い鼾《いびき》をかいているのかと思ったら、腹の虫の鳴き声だった。

空腹ではなかなか寝付けないことを、子供のころから幾度もひもじい夜を過ごしてきたおけいは身をもって知っている。わざと夏草をかき分けて音をたててみると、あんのじょう、男は筵をはねのけて身を起こした。

「あんた、あのときの！」

白衣に若草色の袴をつけた巫女を目にして、あからさまに驚いている。

「こんばんは。お会いするのはこれで三度目ですね」

「………」

目を伏せてしまった男の側まで行き、並んでちょこんと腰をおろす。

「握り飯を買ってきました。ここで一緒に食べませんか」

今度も返事はなかった。けれどもよほど腹が減っていたのか、差し出された握り飯を受け取ると、飢えた野良犬のようにがつがつ食べはじめた。

「よろしければ、これも……」

佃煮入りがあっという間に腹へ消えてしまうのを見て、本当は自分が食べるつもりだった梅干し入りのほうも渡す。結局、握り飯をふたつともたいらげてしまった男は、大きなげっぷをもらしたあとで、決まり悪そうに詫びた。

「なんか、その、ごめんよ。俺ひとりで全部食っちまった」

初めて聞くその声は、怖そうな見かけとは裏腹に控えめで優しい。

悪い人ではなさそうだと感じたおけいは、まずこちらが何者で、なぜここにいるのかということを、店の暖簾をめぐる吉祥堂と志乃屋の騒動と交えて話すことにした。

男は至って真剣に、ときおり驚きの声をもらしながら、こちらの話に耳を傾けた。

なかでも吉祥堂の母娘に関するくだりが気になったようで、若いころのお栄が放蕩《ほうとう》の末に吉右衛門の留守をついて家を出たことや、二十年ぶりに娘をつれて帰宅した当時のことを詳しく聞きたがった。そして去年の秋、義父の吉右衛門を追い出して、お美和が八代目の座についたことを知ると、くしゃくしゃの頭を抱えて呻《うめ》いた。

「馬鹿なやつらだ。厚かましいことを考えて……」

なぜそれほどまでに吉祥堂の母と娘が気になるのか。男の口から飛び出したのは、驚くべき真実だった。

「なぜって、お栄は俺の女房。お美和は俺の娘だからだよ」

◎

夜空を覆っていた雲が消え、細めの月が下谷の寺町を照らしていた。

人通りのない大寺院の裏道が壁に阻まれて行き止まりになると、おけいは自分のうしろを歩いてきた男を振り返って、道の脇にこんもり茂る笹藪《ささやぶ》をさした。

「ここをくぐります。狭いので気をつけてくださいね」

見た目は山賊、でも本当はおとなしい男は、小柄な娘の言いなりだった。

今から出直し神社を参拝するよう勧めたのもおけいだ。握り飯を買う銭すら持ち合わせていない男が、本当にお栄の亭主でお美和の父親なのだとしたら、これはもう神さまの前ですべてを語ってもらうしかないと考えたからである。

笹藪を抜けた先の境内には、貧乏神をお祀りする神社にふさわしい枯れ木の鳥居が立ち、その奥に塗りの剝がれた小さな社殿が見える。

「婆さま、わたしです。遅くなりました」

簀子縁に上がってささやくと、唐戸が音もたてず勝手に開いた。

社殿の中では、うしろ戸の婆が土瓶を手にして待っていた。参拝客と一緒に戻ることを知っていたかのように、湯飲み茶碗が三つ用意されている。

「座ってお飲み。お客さまの席はそっちだよ」

生成りの帷子《かたびら》を身につけた婆の正面に座り、男は差し出された茶碗をつかんで、ひと息に飲み干した。どぶろくでも呷《あお》ったかのように見えるが、中身は冷えた甘酒だ。

おけいも二人の斜向《はすむ》かいに座して相伴《しょうばん》にあずかった。

（ああ、甘くて美味しい）

思わずため息がもれてしまった。大きな湯飲みにたっぷりと注がれた甘酒は、空っぽの胃の腑《ふ》を優しく満たし、幸せな気持ちにしてくれる。

男のいかつい肩や背中から余分な力が抜ける頃合いを見計らって、うしろ戸の婆がさらりと訊ねた。

「あんたの名前と歳を聞かせてくれるかい。在所《ざいしょ》と生業《なりわい》もね」

じつはこの問いかけが、たね銭の儀式のはじまりだったりするのだが、何も知らない男は空の湯飲みを床に置いて答えた。

「名前は雲十《くもじゅう》といいます。歳は五十七。親父《おやじ》は腕のいい猟師で、俺も十五のとき雲取山《くもとりやま》の猟場を引き継ぎました」

「雲取山って……あ、申し訳ございません」

言問《ことと》いの途中で口を挟んではいけない。うっかり声を出して首をすくめたおけいに、それが甲斐国《かいのくに》との境にあたる険しい山で、尾根の南側には青梅《おうめ》街道が東西に走り、北側には秩父《ちちぶ》の山並みが連なっているのだと、雲十が親切に教えてくれた。

「つまりあんたは、猟師を生業にしているのかい」

「はい。でも、もう鉄砲は捨てました」

罠《わな》を仕掛けて小さな獲物を捕まえることはあるが、今は枝打ちや炭焼きなどの山仕事をこなして銭を得ているという。

「猟師が鉄砲を捨てるとはよくよくのことだろう。いったい何があったのかね」

「…………」

その問いに、雲十の返事はなかった。うしろ戸の婆も無理に口を開かせるような無粋はせず、黙り込んだ男のヒゲ面を、真正面からじっと見据えた。

婆の右目は白く濁っているが、左目だけは湧《わ》き出す泉のごとく黒々と澄んでいる。これは千里眼《せんりがん》といって、人の心の奥底や、ときには過去や未来のことまでも見えてしまう不思議な目であることを、たね銭の儀式に幾度も立ち会ってきたおけいは知っている。

「何があったにしても。過ぎた歳月が戻ることはない」

相手の顔から目を逸らし、婆がしみじみとした口調で言った。

「時をさかのぼってやり直すことはできないが、ここから先へ進むことはできる。あんたもそのつもりで、けじめをつけるために江戸まで出てきたのだろう」

「――おっしゃるとおりです」

消え入りそうな声で雲十が答えた。まさにけじめをつけようと一大決心をして山を下りたのはいいが、いざとなると勇気が萎《な》えた。麻布の薬師《くすし》に言いたかったことも、日本橋の吉祥堂や鍋町の志乃屋で訊ねたかったことも、何ひとつ口にできないまま無駄に日にちを過ごし、とうとう路銀《ろぎん》が尽きてしまったという。

（なんて気が弱いの。見かけは山賊の親分なのに）

聞いているこちらまで情けない気持ちになりそうだが、うしろ戸の婆は、肩を落とす雲十にねぎらいと励ましの言葉をかけた。

「よく決心したね。うちのおけいを信じてついてきたのも賢明だった。あとは神さまの前ですべてを話すだけだよ」

縁起のよいたね銭を授かることができれば、きっとけじめをつけて山へ帰ることも叶《かな》うだろうと言われ、ようやく雲十に勇気が湧いたようだ。

「わかりました。全部お話しします。でも、その……」

どうか怖がらないで聞いてほしいと、婆とおけいに念を押す。

「鉄砲を捨てたのは、人を撃ち殺したからです。俺は八丈島へ流され、二十四年を過ごして、昨年ようやくご赦免船に乗ることができました」


夜の更けた社殿の中を、しめやかな時間と、男の声だけが流れていた。

雲十が人殺しだと知って驚いたおけいだったが、なぜか怖いとは感じなかった。こんな気の弱い男がどうして人を殺《あや》めることになったのか、その理由が知りたくて、か細い声をひと言も聞きもらすまいと、耳を傾け続けた。

「――そんなわけで、親父の猟場を引き継いだ俺は、イノシシやシカを鉄砲で仕留めては、近くの村で売っていました。でも大した稼ぎにはなりません。ほかの山仕事も手伝って、どうにか口をしのいでいました」

そんな暮らしを数年続けたころ、知り合いの猟師から耳よりな話を聞いた。街道の宿場へ持っていけば、もっとよい値段で肉を買ってもらえるというのである。

「江戸にももんじ屋とかいう店が増えたことで、肉の仲買をする連中が宿場まで来るようになったんです。そいつらは獣の肉を『山クジラ』と呼んで、イノシシ、シカ、ウサギ、キジ、カモ、どんな獣や鳥でも買ってくれました」

雲取山から一番近い宿場は青梅街道の丹波《たば》宿である。しかしそこには近隣の猟師たちがこぞって獲物を持ち込んでおり、まだ二十歳にもならない若手の雲十は、古顔たちに遠慮して、ひとつ先の氷川《ひかわ》宿まで足を延ばすことにした。これが運命の出会いをもたらすことになろうとは、そのときには思いもしなかったという。

「氷川宿はいつ行っても賑わっていました。山の中で育った俺は、噂に聞く江戸の町もこんなところだろうかなんて、今思うと恥ずかしいことを考えていました」

花のお江戸とはくらぶるすべもないが、前後の道行きの険しさもあって、青梅街道を行き来する旅人のほとんどが氷川宿に泊まった。近くには温泉も湧いて情緒がある。旅に疲れた男たちを癒すため、街道沿いの宿屋では当然のように飯盛り女が色を売った。

山出しの雲十はそんな事情もよく知らなかった。初めは手持ちの銭もなく、宿場のはずれで野宿をして帰ってきたが、二度、三度と獲物を売りに行くうち、ほかの男たちがどんなふうに遊んでいるのかがわかってきた。

「おけいさんがいる前で申し訳ないが、若い男には素通りできないこともあります。俺も一人前になりたくて、思い切って宿に泊まりました」

選んだのは裏通りの安宿だった。飯盛り女は二人いて、そこそこ若くてきれいなほうは多忙である。結局、雲十が待つ部屋にやってきたのは、きれいでもなければ若くもない、有り体《てい》に言えば不細工な大年増だった。

雲十は心の中でがっかりしたが、別の女に代えてくれとは言いだせなかった。

しかし縁は異なもので、次に氷川宿へ出かけたときも、雲十は同じ宿に泊まった。部屋に呼んだのは前と同じ大年増の飯盛り女である。

すれっからしで下品な女だったが、雲十にとって好もしいところがひとつだけあった。山にいる熊と同じくらい人慣れしていない野暮な若者を、けっして馬鹿にすることなく、一人前の男として扱ってくれたのだ。

「もうお察しでしょうが、その飯盛り女がお栄でした。幾度か通ううちに心安くなって、あいつも自分のことをあれこれ話すようになりました」

雲十が聞かされた生い立ちは次のとおりである。

江戸の薬種屋の末娘として生まれたお栄は、十六で老舗菓子屋の吉祥堂に嫁がされた。ところが亭主の吉右衛門がひどい男で、菓子をうまく作れないせいで店が傾いた腹いせに、殴る蹴るの暴力を振るった。お栄は耐え切れずに家を飛び出し、その後も行く先々で男に騙《だま》されて、とうとう宿場の飯盛り女に身を落としてしまったという。

（嘘《うそ》だ。正しいところもあるけど、根本が違っている）

おけいは本当のことを言ってやりたくて、口だけパクパク動かした。

吉右衛門が菓子を上手に作れずに、吉祥堂をつぶしかけたのは事実だが、必死に店を立て直そうとあがいていた。もとから奔放だったお栄が勝手に店を飛び出したのだ。

「わかってる。お栄のやつは下手《へた》な嘘を平気でつく。あいつの話が本当ではないってことくらい、馬鹿な俺にもわかっていた」

けれども過去のことは雲十にとって重要ではなかった。すべてわかっていながら、一緒に行きたいと望んだお栄を、雲取山へ連れていったのである。

「家は山奥のあばら屋です。畳もないし、きれいな着物も買ってやれない。それでもあいつは文句を言わなかった。俺が仕留める獣の肉が気に入って、イノシシ鍋も、シカの干し肉も、キジの串焼きも、どれも旨いと喜んでいました」

山でもお栄の怠け癖は直らなかった。掃除に洗濯、飯の支度すらも雲十に頼り、家の中でごろごろしているだけの女房だったが、雲十にはそれで満足だった。

「俺と山暮らしをしてくれるのは、あいつくらいのものだ。それに娘まで産んでくれた。文句を言ったら罰があたる」

しかし、親子三人のささやかで幸せな暮らしは、娘のお美和が十二になった年に、突然終わりを迎えた。いつものように鉄砲を持って猟に出かけた雲十が、シカと間違えて人を撃ってしまったのだ。

「ひどい過《あやま》ちでした。山菜採りの時期は気をつけていたんだが、あんな険しい谷の奥まで人が入るとは思わなかった。しかもシカの角《つの》まで持って……」

死んだのは薬草を採りにきた薬師だった。途中で拾ったシカの角を背負い籠に入れていたのが災いし、草むらに見え隠れする角を狙って撃たれたのだ。

　正直に届け出た雲十は、江戸でお裁きを受け、八丈島へ送られることが決まった。遠島は死ぬまで流刑地で暮らすのが決まりである。船が出る三日前にはお栄とお美和も江戸に駆けつけ、霊岸島の船番所で最後の別れを惜しんだという。

「そこでお役人から、おまえはわざと人を殺したわけじゃないから、島で二十年が過ぎれば、いつかご赦免船に乗れるだろうと教えられました」

　お栄も帰りを待つと約束した。江戸にはもと亭主の吉右衛門がいる。これから吉祥堂へ行って『ただいま』と言えば、きっとどうにかしてくれるだろう。だから自分とお美和のことは心配しなくていい、と。

　勝手に家を出ておきながら、今さら世話になろうとは厚かましい話だったが、これから長い島流しがはじまる雲十には、『やめておけ』と言えなかった。

「八丈での暮らしについてお話しすることはありません。山育ちが幸いして、苦労は少なかったと思います。気がつけば歳月が過ぎていて、俺は二十四年目で、ご赦免船に乗ることを許されました」

　霊岸島に降り立った雲十を、当然ながら出迎える者はなかった。吉祥堂へ行けばお栄と美和に会えるかもしれなかったが、立ち寄ることはしなかったという。

「あとから島へ送られてきた者の話で、吉祥堂が江戸でも指折りの人気店になったことは知っていました。お栄たちも歓迎こそされなかったにせよ、身内の端くれとして楽に暮らしているに違いないと考えて、俺は一人で雲取山へ帰ったんです」

それから一年が過ぎ、故郷での暮らしにも慣れた雲十だったが、気がかりなのはお栄とお美和のことだった。もと亭主の吉右衛門が本当に二人を受けいれてくれたのか、見届けてこなかったことが悔やまれる。

加えてもうひとつ。亡くなった薬師がどこに葬られたのかわからず、まだ墓参りしていないことも心残りとなっていた。そこで思い切って山を下り、薬師の娘らが暮らしている麻布の家を、真っ先に探し訪ねたのだという。

（ああ、ここにも因縁が絡んでいたのか……）

おけいはようやく、麻布の〈なめくじらの婆〉と呼ばれる薬師の蔵で、妹のかなえから聞いた話を思い出した。薬草を採りに出かけ、不慮の事故で亡くなったという姉妹の父親こそ、雲十が誤って撃ってしまった薬師だったのだ。

ところが、遺族に詫びて墓の場所を訊ねようとしていた雲十は、雑木林にいるところを婆に見つかり、『とっとと帰れ！』と、怒鳴られてしまった。

「あれで思い知りました。八丈島で罪を償ってきたつもりでしたが、遺族に許されたわけではなかったんです」

心配していたお栄とお美和も、吉祥堂の八代目店主の座を奪い取るほど元気でいると、さっきおけいの話で知った。吉右衛門をひどい目に遭わせたことは感心しないが、何もしてやれなかった自分がとやかく言う筋合いではない。

「もう江戸にいる意味はなくなりました。たね銭を貸してもらえたら、俺みたいな邪魔者はとっとと消えます」

「本当に、いいのかい」

長らく沈黙していたうしろ戸の婆が、肩を丸める男に言った。

「あんたは自分が邪魔者だと言うが、それを決めるのはあんたじゃない。恐れを捨てて、会うべき人に会ってみてはどうかね」

「もういい。俺は八丈帰りです。どこへ行っても爪《つま》はじきは当然だ」

雲十が日に焼けた拳《こぶし》を膝の上で握りしめる。

安楽に暮らしているお栄と、吉祥堂の店主となったお美和も、今になって凶状持ちの男に訪ねて来られては困るだろう。あからさまに迷惑そうな顔をされるよりは、このまま山に帰ってひっそり暮らすほうがいいに決まっていると、苦い声を絞り出す。

「違います。そうじゃないんです！」

ついにおけいが、我慢しきれず叫んだ。

「申し訳ございません。お栄さんとお美和さんの話には続きがあるのです。まだ雲十さんにはお聞かせしていなかったのですが……よろしいでしょうか」

床に両手をついてうかがいを立てる娘に、うしろ戸の婆がうなずいてみせる。

「話しておやり」

身体ごと雲十に向き直ると、おけいは二日にわたって見聞きしてきたことを話した。

吉祥堂の〈うしろ盾〉となった大物の意向で、お栄とお美和が日本橋から遠ざけられたこと。二人の選んだ新しい住まいが霊岸島にあったこと。そして夕方近くなると、母と娘が鉄砲洲の富士塚に登り、日が暮れるまで船番所を眺めていたことなど。

「あいつらが、霊岸島の船番所を?」

黒く日に焼けた顔の中で、両眼が大きく見開かれる。

「はい。船番所に入る船を見ていたのでしょう」

雲十が八丈島へ流されて二十五年。すでに島を出て雲取山へ戻っているとは夢にも思わない母と娘は、来る日も、来る日も、船番所が見える富士塚に登って、ご赦免船が帰ってくるのを待っていた。日没後に安酒屋をのぞいていたのも、もしかしたら雲十に会えるかもしれないと考えてのことだろう。

「で、でも、いい身分になったあいつらが、どうして俺みたいな邪魔者を……」

今でも待っているとは信じられないと言って、雲十はヒゲだらけの頬を何度もつねっては、首をひねったりしている。

「さてね。どうしてなのか知りたければ、女房と娘に会って直《じか》に聞くのが――これこれ、お待ち。慌てるんじゃないよ」

　今にも社殿から飛び出していきそうな男を、うしろ戸の婆が引きとめた。

　まだ肝心のたね銭を授けていない。はやる雲十をなだめてその場に座らせ、あわただしく神さまの前で言揚《ことあ》げをうながす。

「どうするね。ひとりで雲取山へ帰るための路銀をおねだりするかい」

「いいえ。これからどうすればいいのか、お栄たちとよく話し合ってみようと思います。そのための銭をお貸しください」

　ようやくいつもの儀式がはじまった。古色蒼然《こしょくそうぜん》とした琵琶を祭壇に置き、婆が短い祝詞《のりと》を読み上げるあいだも、おけいは心の中で熱心に祈り続けた。

（神さま、どうか雲十さんにたね銭をお授けください。ひとりで山へ帰るための路銀ではありません。もっと大きな幸せのために、お力をお貸しください）

　祝詞が終わり、婆が頭上に掲げた琵琶を揺すると、ネズミに齧られた胴の穴から金色に輝くものが飛び出した。

　チャリン、チャリン、チャリーン。

　澄んだ音色が鳴りやんだとき、床の上には三枚の小判が散らばっていた。

◉

「お連れいたしました。遅くなって申し訳ございません」

おけいが鍋町の志乃屋に再び戻ってきたとき、時刻はとうに正午を過ぎていた。

奥の座敷で待っていたのは、吉祥堂の隠居と雲取山の猟師である。出直し神社にひと晩泊めた雲十を、今朝のうちに吉右衛門と引き合わせておいたのだ。

『初めてお目にかかります。お栄の亭主の雲十と申します』

『ようやくお会いできましたな。お栄の亭主の吉右衛門です』

積もる話は亭主たちに任せ、おけいはその足で霊岸島へと走って、寝《い》ぎたないお栄とお美和を叩き起こした。

こんな時刻になってしまったのは、母と娘が身支度にたっぷりと手間をかけたせいだ。

雲十に会えると知った二人は、いつにも増して念入りに白粉を塗りこめ、とびきり派手な着物を選び、ありったけのかんざしを頭に挿した奇天烈《きてれつ》きわまりない格好で、志乃屋の奥座敷に飛び込んだ。

「おまえさん！」

「お父《とっ》つぁん！」

雲十が腰を抜かしてしまわないか心配したが、毒蝶の化け物みたいな二人の姿に肝をつぶしたのは吉右衛門だけだった。

雲取山の猟師は、驚くどころか喜色を満面に浮かべて立ち上がり、二十五年ぶりに再会した女たちを、そのたくましい腕に抱きとめた。

「おまえたちは変わらないな。いや、昔よりずっときれいだ。こんなに別嬪《べっぴん》の女房と娘が待っていてくれたなんて、俺は三国一の幸せ者だ」

「そう言ってもらえて嬉しいよ」

涙と鼻水で白粉がまだらに剝げたお栄が応じる。

「おまえさんが帰ってきても、歳を取ったあたしらを見分けられなかったら困るだろう。だから毎日お化粧をして、別れたころのままでいるって決めたんだ」

それでおけいにも合点がいった。傍目《はため》には滑稽《こっけい》にしか映らない派手な衣装も、塗り壁のような厚化粧も、すべては雲十にもう一度会う日のための装いだったのだ。人の心とはおかしなもので、そんな健気《けなげ》な心情を知ってしまうと、もう目の前の母と娘を悪く思うことはできなかった。

やがて高ぶりを鎮めた一同が座につくと、雲十がお栄に言った。

「八丈島にいるあいだのことは、こちらの吉右衛門さんから聞いた。俺と出会う前の暮らしぶりについても教えてもらったよ」

「おや、バレちまったかい。なら仕方ないね」

さして悪びれるふうでもなく、お栄は自分の言葉で本当のことを語った。

「だって、あのころの吉右衛門さんときたら、菓子のことしか頭になかった。あたしなんて、実家から援助を引き出すための手蔓《てづる》でしかなかったのさ」

もとよりお栄は商家の規則正しい生活が苦手だった。それは吉祥堂に嫁いでからも変わらず、老舗の堅苦しさと、自分をかまってくれない亭主に嫌気がさして家を出たあとは、街道の宿場町を転々としていた。行く先々で男に騙されたり、痛い目に遭ったりもしたが、江戸にいたころよりも惨めだとは思わなかったという。そして数年が経ち、氷川宿の飯盛り女として働いていたときに出会ったのが雲十だった。

「雲取山に来ないかって誘われて、初めは軽い気持ちでついていったんだけど」

山暮らしはお栄の性に合っていた。まめな雲十は家事のいっさいを引き受けてくれたし、一人娘のお美和も生まれた。下品な女だといって自分を蔑《さげす》む者もいない。雲十が誤って人を撃ち殺しさえしなければ、今でも親子三人で仲よく暮らしていたことだろう。

「けど、起きちまったことは仕方がない。この人がご赦免になるまでのあいだ、あたしはお美和を連れて吉祥堂へ行き、吉右衛門さんの世話になることにしたんだ」

娘の父親が八丈島へ流されたことは、誰にも話さないと決めていた。

何の前触れもなく帰ってきた古女房に、初めは驚いた吉右衛門も、行くあてがないなら娘ともども面倒をみると言ってくれた。ただし二人が連れていかれたのは、日本橋に構えた立派な本店ではなく、かつて暮らした鍋町の古店だった。

世話してもらえることはありがたかったが、お栄は面白くなかった。

「吉右衛門さんに新しい奥さんはいない。なのに、おまえたちは日本橋の店に近寄るなってしつこく言われた。お高くとまった菓子屋になんて、あたしだって用はないよ。はなから嫌われてることも知っていたけど……」

無性に悔しくなったお栄は、腹いせとして娘のお美和に悪口を聞かせた。かつて雲十にもそうしたように、吉右衛門がいかに業突張《ごうつくば》りの悪い男で、若いころの自分を苦しめたのか、作り話を吹き込んだのだ。

去年の秋に小番頭の市蔵がやってきて、吉祥堂を自分たちのものにしないかと持ちかけたときも、乗り気になったのは母親のお栄のほうだったという。

「ちょっとした意趣返しのつもりだったのさ。それに、じきあの人が島から帰ってくる。店を自分たちのものにできたら、あの人のためにもなると思って……」

「おっ母さんだけのせいじゃないよ」

それまで黙っていたお美和が、邪魔な着物の袖を帯にたくし込みながら言った。

「市蔵の話を真に受けたのはあたしです。まさか病気の吉右衛門さんを墓場に捨てるとは思わなくて、まんまと口車に乗っちまいました」

はじめに聞かされた手はずでは、病み上がりの店主を箱根の湯治《とうじ》宿《やど》へ運び、その隙《すき》に店を乗っ取ることになっていたという。

「たしかにおっ母さんは吉右衛門さんを悪く言ったけど、それだけじゃないのはわかっていました。心の隅では、ありがたいとも思っていたんです」

雲十がいない二十五年ものあいだ、自分たちの面倒をみてくれたのは吉右衛門だった。家族としての情を感じることはなくても、正月にはお年玉、端午の節句には欠かさず柏餅を届けてくれる義父は、お美和にしてみれば悪い人ではなかったのだ。

ともあれ、自分たちがしたことを、母も娘も反省だけはしているようで、『せーの』と、子供のように息を合わせて『すみませんでした』と吉右衛門に詫びたあと、すっきりした様子で顔を見合わせた。

「じゃあ山へ帰ろっか。お父つぁんも無事に帰ってきたことだし」

「そうだね、お美和。もう江戸に用はないね」

自分たち三人は雲取山へ帰る。吉祥堂の店主の座はいらないのでお返しすると言われ、吉右衛門だけでなく、座敷の隅に控えていたおけいまで腰が砕けそうになった。

「ば、馬鹿野郎。それで丸くおさまると思っているのか！」

血相を変えた雲十が、あっけらかんとしている女房と娘を叱った。

「おまえたちが市蔵とやらの悪巧みに乗ったせいで、吉右衛門さんは吉祥堂を失うはめになったんだぞ。ちっとは自分たちのしたことを考えろ」

雲十の言うとおりだった。かりそめの夫婦とはいえ、市蔵はお美和の亭主である。もしお美和が八代目を返上したら、次は市蔵自身が九代目として店主の座につくことになり、二度と吉祥堂の暖簾を取り戻すことはできなくなってしまう。

「だったら今のうちに、お美和と市蔵を離縁させよう」

「そりゃいいや。どうせあの男は雲取山についてこないだろうし」

またしても気楽なことを考えている母と娘を、呆れ顔の吉右衛門が教え諭す。

「それは無理というものだな。義理の間柄とはいえ、お美和はわしの娘だ。その亭主としての立場があるからこそ、市蔵のやつは吉祥堂を手に入れることができるのだよ」

あの小賢《こざか》しい男が離縁など承諾するはずがない。もしお美和が雲取山へ帰ってしまったとしても、人別帳《にんべつ》だけはそのままに、堂々と九代目を名乗るつもりなのだという。

（それこそ相手の思うツボだ。ほかに手立てはないのかしら……）

おけいは両手の人さし指をこめかみに当てて考えた。

目の前には雲十が窮屈そうにかしこまっている。本当は優しくて気の弱い男だと知っていても、山賊まがいの恐ろしげな見かけに威圧されてしまいそうだ。

その悪人面を見ているうち、ひとつ思いついたことがあってお栄に訊ねた。

「お美和さんがご隠居さまの実子でないことは、市蔵さんもご存じですよね。では、本当のお父さま――雲十さんについてはどうでしょうか」

「そりゃ知らないだろうね。あたしは誰にも話したことがないし、お美和にも絶対に口外するなって言い聞かせてきたから。ねえ、そうだろう」

母親に念を押され、お美和がフンと鼻を鳴らす。

「あの男にとって大事なのは、あたしが先代の義理の娘だってことだけで、本当の父親がどこの誰かなんて、どうでもいいことなのさ」

つまり市蔵は何も知らないのだ。これをうまく使えば、こちらが離縁を求めなくとも、向こうから申し出てくれるよう仕向けられるかもしれない。

「ご隠居さま。ここは雲十さんにひと肌脱いでいただきましょう」

「えっ。俺になにをしろって——」

突然の指名でうろたえる男をよそに、はた、と吉右衛門が自分の膝を叩いた。

「そうか。いや、よくわかった」

一度は奉公人の市蔵にしてやられたとはいえ、吉祥堂を一代で有名店にまで押し上げた才は健在である。すぐにおけいの思惑を察して立ち上がった。

「こうしてはいられない。さっそく〈とんぼ屋〉へ使いを出そう」

とんぼ屋とは、吉右衛門が昔から頼みにしている公事宿の名前である。

訴訟の代行をする公事宿へ使いを出す。それはつまり——、

（あきらめたわけじゃなかった。ご隠居さまはまだ闘うおつもりだわ）

したたかで巧妙なやり口から、かつて『アオサギ』と陰口をたたかれたほど商いに長《た》けた吉右衛門の目が、久しぶりに生き生きと輝きだした。

●

五月二十八日の朝、おけいは志乃屋の奥座敷を訪ねた。

「ご隠居さま、お疲れではありませんか」

「すこぶる元気だよ。やることが山ほどあるからね」

当分は寝込んでいる暇もないと言う吉右衛門の顔は、ひと月前とは別人かと思われるほど艶《つや》があって血色もよい。

（よかった。ご隠居さまには商いが一番の良薬なのね）

吉祥堂の暖簾をめぐる二度目の訴訟は、昨日のうちにお裁きが下っていた。

八代目を返上することになったお美和に代わり、すでに隠居していた七代目の吉右衛門が、新たな九代目店主として返り咲くことが決まったのである。訴訟に先立って、お美和と市蔵の離縁を成立させていたことが決め手になったらしい。

ただし、相手も手ぶらでは引き下がらなかった。

日本橋の店は、引き続き市蔵が店主として居座ることが決まった。

離縁の前にお美和が一筆書き、吉祥堂の店主の座を市蔵に譲っていたことが、公事の終盤になって発覚したのである。

もちろんお美和には身に覚えのない話だった。市蔵と例の〈うしろ盾〉が共謀し、でっちあげた話かと思われたが、それを証拠立てるものは何もない。またしてもニセの証文がものをいい、日本橋の店を取り戻す夢は遠のいてしまった。

今の吉右衛門は手もと不如意で、志乃屋に居候する身である。評定所の役人に嗅がせる鼻薬を賄うだけの金子もなく、日本橋の店をあきらめるしかなかった。

「理不尽だが仕方がない。日本橋の店は市蔵ではなく、〈うしろ盾〉の御仁に持っていかれたと考えていいだろう」

痛み分けとでも言うべき結果だったが、最初の敗北を考えれば、こちらが吉祥堂の本家だというお墨付きを得て、暖簾を取り戻せただけでも上出来だったと、吉右衛門は考えているようだ。しかもお美和への手切れ金として、市蔵から十両をむしり取ってやれたことも、溜飲《りゅういん》を下げた理由のひとつらしい。

また気落ちして寝込んだのではないかと心配していたおけいは、意外に落ち着いている本人を見て安堵した。

「お栄さんたちは、まだ来られないのですか」

「もうそろそろだろう。〈とんぼ屋〉の雲十さんと一緒に来るそうだ」

まだ雲十は江戸にいた。訴訟の行方を見届けるまで山には帰れないと言って、出直し神社のたね銭を使って公事宿に滞在していたのだが、今日は親子そろって雲取山へ出立《しゅったつ》することになっている。

「雲十さんもよくやってくれたよ。なかなかの役者ぶりだったそうだが」

「はい。ご隠居さまにもお見せしたいくらいでした」

おけいが思わず吹き出しそうになりながら語ったのは、吉祥堂へ乗り込んだ雲十が見せた、一世一代の名演技だった。

『あんたが市蔵さんかい。俺は雲取山の雲十といって、お美和の実の親父だ』

いきなり訪ねてきた山賊の親玉みたいな男に凄《すご》まれ、市蔵は顔色を失くした。

『二十五年ぶりに八丈島から戻ったら、娘が菓子屋の店主に出世して、大番頭の旦那までいると聞いたものでな。挨拶に寄らせてもらったのさ』

『は、八丈島で、二十五年……?』

『おうよ。人を殺しちまったからしょうがねぇ。でも、こうして娑婆《しゃば》に帰ってきたんだ。これからは義理の親子として仲よくしようぜ』

おけいの考えた台詞《せりふ》を棒読みしただけだが、肝っ玉の小さい市蔵を脅すには、この程度の小芝居で十分だった。こちらの思惑どおり、市蔵はすぐに頼みの〈うしろ盾〉と繋《つな》ぎを取り、お美和に三行半《みくだりはん》を突きつけたのである。

たとえ罪を償ってきたとしても、市蔵としては凶状持ちの身内など持ちたくない。もとよりお美和たちを疎ましく思っていた〈うしろ盾〉も、今のうちに縁を切らせておいたほうが得だと判断したようだ。

「でも、ご隠居さま」

おけいはずっと気になっていた。それほどまでに市蔵が頼りにする〈うしろ盾〉とは、いったい何者なのだろう。もしかしたら……。

「そのことだがね。調べてみたら、かなり厄介な御仁だとわかった。本来なら敵にまわしたくない相手だが、これも何かの因縁だろう」

わずかに曇った吉右衛門の眉根を見て、嫌な予感が背中を走る。

「あんたも味々堂さんの一件でかかわったはずだ。市蔵のやつをうしろから操っているのは、廻船問屋・播磨屋の隠居だよ」

やはりあの呉公が黒幕だったか——と、おけいは心の中で呻いた。

人気役者の団十郎を思わせる立派な顔立ちと、袖口に赤い山形の切れ込み模様が入った黒羽織を着た老人の姿が頭の中によみがえり、思わず身震いしてしまう。

そこへ、静かに障子を開け、小僧の慎吾が顔を出した。

「ご隠居さま、お栄さまたちがご到着です。お通ししてよろしいでしょうか」

「やっときたかい」

朝寝の癖は最後まで直らなかったな、と苦笑する吉右衛門に、慎吾が障子の向こうから小さな箱の包みを差し出した。

「それと、これが店の前に置かれていたのですが、ご隠居さま宛てになっています」

「ほう、誰からだろう」

おけいが立ち上がって受け取り、吉右衛門の前に置く。

油紙で包まれた小箱は拍子抜けするほど軽く、十字に麻縄をかけてある。縄に挟まれた紙きれには、『九代目のご店主へ。心ばかり』と書かれていた。

さっそく縄を解《ほど》きはじめた吉右衛門を残し、おけいは慎吾と一緒に店先まで出て、お栄たちを出迎えることにした。

「遅くなっちまった。こいつらが支度に手間取るものだから」

すまなそうな雲十はいつもと同じ格好だったが、そのうしろで志乃屋のおしのと挨拶を交わす母と娘は、見違えるほど様子が変わっていた。

お栄は地味な縞《しま》の木綿、お美和は紺の井桁絣《いげたがすり》に、どちらも手甲脚絆《てっこうきゃはん》をつけて草鞋をはいている。しかも目に馴染んだ厚化粧のない、いわゆる素面《すめん》で、これでは道ですれ違っても誰だかわからないだろう。

「あの、お背中のそれは……」

おけいが目を向けたのは、お美和が旅装束の上に背負った弓矢だった。

「狩りに使うものだよ。雲取山へ帰ったら、あたしがこれで獲物を仕留めて、お父つぁんとおっ母さんを養ってやるのさ」

それで合点がいった。鉄砲を捨てると決めた父親に代わって猟師になるため、お美和は霊岸島の矢場に通いつめて、弓矢の腕を磨いていたのだ。

「お世話になったお礼に、脂ののったイノシシの肉をお届けしたいけど、吉右衛門さんや志乃屋のみなさんにはシカ肉のほうがいいかねぇ」

冗談とも思えないお栄の言葉に、いえいえ、もうお気持ちだけで十分ですと、おしのが両手を振りまわして辞退している。

「ささ、奥座敷へどうぞ。ご隠居さまがお待ちですよ」

気を利かせた慎吾にうながされて、一同が店の奥へと移動をはじめる。

案内役はおけいが引き受けた。店座敷から中座敷を突っ切り、台所脇の廊下に差しかかったところで、突然、助けを求める悲鳴が聞こえた。

（ご隠居さまのお部屋だ！）

客人を置いて廊下を駆け抜け、座敷の障子を一気に開け放す。

そこには畳に身を投げ出した吉右衛門の姿があった。必死の形相で手と尻を使い、何かから逃れるように後ずさりしている。

「どうなさいました、ご隠居さ……あっ」

座敷に飛び込もうとしたおけいの足が、その場に凍りついた。

見てしまったのだ。畳に散らばった細い麻縄、油紙、空の小箱。そして、不気味にうごめく黒い生きものを――、

（ムカデだ。さっき届いた小箱に入っていたんだ）

早く助けなければと思うのに、足がすくんで動けない。

そのあいだにも、かつて見たこともないほど大きなムカデが、たくさんの赤い足をさわさわと動かし、腰を抜かして起き上がれない吉右衛門のほうへと向かってゆく。

（ああ、足が動かない。誰か……！）

もう間に合わないと思ったそのとき、おけいの耳もとでヒュンと風がうなった。

気がついたときには、七寸（約十八センチ）以上はありそうな大ムカデの頭を、一本の矢が貫いて畳に縫いとめていた。

「お怪我《けが》はありませんか、吉右衛門さん」

うしろを振り返ると、愛用の弓を構えたお美和の頼もしい姿があった。

「やれ、よかった。最後にご恩返しができたねぇ」

気楽そうなお栄の声を聞いた途端、おけいの足から強張《こわば》りが抜け、その場にへなへなと座り込んだのだった。

第三話

井戸の底から甦った妖怪へ——たね銭貸し金一分也

今年の梅雨は雨が少なかった。
降ったかと思えば半日でやみ、からりと晴れた日がしばらく続く。昨夜から降りだした本降りの雨も、明け方までには小雨となって、日が昇るころにはあがってしまった。このまま水不足にならなければいいのだが……。

「人の子がお天気の心配をしてもはじまらないよ」

簀子《すのこ》縁《えん》に出て空を見上げるおけいの背中に、うしろ戸《ど》の婆《ばば》が社殿《しゃでん》の中から話しかけた。

「雲十さんたちは、いつ向こうへ着くのかね」

「今日のはずなのですけど」

ひょっとしたら、もう懐かしい我が家へ着いているかもしれなかった。

三日前に妻子を連れて江戸を発《た》ち、田無《たなし》、箱根《はこね》ヶ《が》崎《さき》、氷川《ひかわ》などの宿場を経て、今日にも雲取山に到着することになっていた雲十が、少しでも路銀《ろぎん》を浮かすため、日が暮れたあとも街道を歩き続けようと、妻と娘に話しているのを聞いたのだ。

「十両もの金子《きんす》を手に入れたにしては、つましい家族じゃないか」

婆の言う十両とは、亭主だった市蔵からお美和が受け取った手切れ金のことで、その使いみちを任されたのが父親の雲十である。

ろくに読み書きはできずとも、雲十は堅実に生きるすべを心得ている。手に入れた十両のなかから、出直し神社で借りた〈たね銭〉の倍額にあたる六両を先に取り分け、信用のおける吉右衛門のもとへ置いてゆくと決めた。

『すみませんが、こいつを預かってもらえませんか。今から一年後、あるところへお返ししなきゃならない大事な金なんです』

もし雲取山に持ち帰ったら、お栄がこっそり酒を買って、昼間から飲んでしまうかもしれない。まとまった金など手もとにないほうが身のためなのだという。

『わかった。そういうことなら責任を持ってお預かりしよう』

今回の一件で正式に縁を切ったとはいえ、お栄の悪い癖をよく知っている吉右衛門は、ふたつ返事で引き受けてくれた。

安楽な江戸の暮らしに慣れていたお栄とお美和が、今さら山に戻ってやってゆけるのかも気になるところだが、それもお天気と同じで、こちらが心配してもはじまらない。早く山の家で落ち着きたいと言っていた、その言葉を信じるのみである。

「ところで、まだ出かけなくて大丈夫なのかい」

「はい。お掃除のあと、夕方までお暇を頂戴いたします」

おけいは今日、〈くら姫〉店主のお妙から、外出のお供を仰せつかっている。

その前に境内《けいだい》の掃除をすませようと、庭へ下りて古い掃除道具を持ち出したとき、笹藪《ささやぶ》の小道をくぐって痩せ老人が現れるのが見えた。逆立つ白鼠《しろねずみ》色の蓬髪《ほうはつ》と、物乞いのような身なりは、言わずと知れた小石川の狂骨である。

「おはようございます。ようこそお越しくださいました！」

走り寄って挨拶しても、狂骨は『ふん』と胸をそらせるだけだ。

相変わらずの偉そうな態度が自分だけでなく、どこの誰に対しても平等に示されることを知っているので、今さら腹が立ったりはしない。それよりも、老人が小脇に抱えている真新しい熊手とほうきが気になった。

「それ、もしかして……」

「おぬしが注文した品だ。受け取れ」

ひと月ばかり前、竹細工職人の徳兵衛に頼んでおいた特注の熊手とほうきが、ようやく出来上がったらしい。

「旅から戻って久しぶりに徳兵衛に逢《お》うたら、あやつめ、忙しさにかまけて、まだ道具を届けていないとぬかしおる。それでわざわざきてやったのだ」

どうだ、親切だろう。ありがたいと思え。いや、感謝の言葉など求めておらん。どうしても礼がしたいというなら、えびす堂の味噌煎餅《みそせんべい》でも持ってこい――。

そんなもの言いにも慣れてしまった。天邪鬼《あまのじやく》の狂骨は、本当は誰より情け深くて誠実な人柄を、厚かましい言葉で覆い隠してしまうのだ。

本当にえびす堂の味噌煎餅をご所望なら、明日にでも小石川の竹林へお届けすると言うおけいに、狂骨はそっけなく『今はいらん』と答えた。

「これから茜屋の別宅へ行く。揉《も》み療治《りようじ》に呼ばれたついでに、腰を据えて伏見の酒をしこたま飲んでやるつもりだ」

茜屋の別宅とは、元岩井町《もといわいちよう》にある古い家屋のことで、店主の茂兵衛が誰にわずらわされることなく袋ものの図案などを考える隠れ家として使われている。

去年の秋口に〈妖《あや》しい刀〉の一件で知り合ってからというもの、生まれつき病弱で疲れがたまりやすい茂兵衛は、たびたび狂骨老人を別宅に招き、神業ともいうべき揉み療治を受けているのだった。

「しばらく留守をしているあいだに、あの男から何度も使いがきていたようだ。悪くならんうちに行ってやらねば」

心配なのは茂兵衛の身体《からだ》なのか、それとも狂骨のためにたっぷり用意されているのであろう伏見の上酒《じょうしゅ》なのか。どちらにしても数日は竹林に戻らないつもりらしい。

「そんなことより、おぬしは早く、その熊手とほうきを使ってみよ」

使い勝手が悪いなら、今度は自分で〈十字屋〉へゆき、徳兵衛に直してもらうようにと言い残して、くるりと背中を向ける。

「あっ、あの、せっかくですから、あちらでお茶でも」

今日こそは社殿の中まで引っ張りこんで、うしろ戸の婆に引き合わせたかったのだが、狂骨は振り返りもせず笹藪へと消えてしまった。

そんなおけいを茶化すように、笹藪の奥から間延びした節まわしが聞こえてきた。


〽おまえ百（掃く）まで　わしゃ九十九まで（熊手）ともに白髪の生えるまでぇ

祝言《しゅうげん》の席でよく耳にする〈高砂《たかさご》〉の一節だ。

「あれが小石川の狂骨だね。なかなか面白い爺《じい》さまだ」

いつからそこにいたものか、うしろ戸の婆が隣でぐふふと笑みをもらした。

◉

富岡八幡宮と永代寺の門前町は、今日も多くの参拝客で賑《にぎ》わっていた。

一帯には掘割の水が縦横に流れている。水路沿いを歩いて散策するのも楽しいが、小舟に乗って堀をめぐり、目当ての茶屋へ向かうのも、深川ならではの醍醐味《だいごみ》だった。

「舟は便利でいいわ。ああ、水が冷たくて気持ちいいこと」

お妙が船縁《ふなべり》から手をのばし、潮の匂いのする水に触れる。

その錦絵《にしきえ》のごとき美貌《びぼう》に目をとめた男たちが、すれ違う舟の上で騒ぎだした。

「見ろ、すごい別嬪《べっぴん》がいるぞ」

「おーい、姐《ねえ》さぁん。おれたちと遊ばないかぁ」

いっせいに片側へ寄った男たちの舟が大きく傾き、危うく棹《さお》を使って立て直した船頭から、子供のように叱《しか》られている。

ころころと笑ってやりすごすお妙は、〈くら姫〉の休日を使った外出の途中だった。ただの物見遊山《ゆさん》ではなく、世間に知られていない菓子を売る店や、いずれ商売敵《がたき》になりそうな新しい茶屋などを見てまわり、今後の商いに生かそうというのだ。

なにぶん今をときめくお蔵茶屋の、しかも美人で知られた女店主である。よくも悪くも特別な扱いを受けてしまうことのないよう、いつもの贅《ぜい》を尽くした御殿《ごてん》女中風の装いではなく、地味な丸髷《まるまげ》に、裾《すそ》模様の控えめな友禅《ゆうぜん》を身につけるなどして、どこにでもいそうな商家のおかみさんに身をやつしてはいるのだが……。

（やっぱりお妙さまは、行く先々で注目の的なのよね）

生まれ持った美しさと華やかさを、身なりで覆い隠すには限度があるらしい。

お忍びに同行するおけいも、今日は普段の巫女《みこ》姿ではなく、通いの奉公人らしく見える格子《こうし》柄の黄八丈《きはちじょう》に着替えていた。こちらはお供の女中役がぴたりと嵌《はま》り、誰も振り向きもしなければ、気にとめることもない。

本当ならもう一人、お妙の右腕ともいうべき仙太郎《せんたろう》がここにいるはずなのだが、今回は同行していなかった。

男の身でありながら、仔細《しさい》あってお蔵茶屋のお運び娘となった仙太郎は、よその店にたとえるなら番頭のような存在である。きっと休日でも用事で忙しいのだろう。

そんなことを考えるうち、舟がゆっくりと堀端へ寄せられた。

「半時（約一時間）ほどで戻ります」

その時分に舟をつけておくよう船頭に言い残して、お妙が雁木《がんぎ》に足をかける。

先に陸へ上がっていたおけいは、向こう岸から漂ってくるニンニクの臭いに小鼻をひくひくさせた。お栄とお美和の通っていたももんじ屋がすぐ近くにあるのだが、もちろんこれから向かうのは、獣肉を食べさせる店ではない。

「ほら、もうそこに見えています」

お妙が指さす店の前では、まだ昼餉《ひるげ》には早い時刻にもかかわらず、数人の客が列に並んで順番を待っていた。いったい何を食べさせる店なのか、軒の上に掲げられた看板を読み上げて、おけいは思いきり顔をしかめた。

「どんぶり飯・播磨屋――」

気取りのない〈どんぶり飯〉の文字は好ましくても、あとに続く屋号に虫唾《むしず》が走る。

口をへの字に曲げて看板をにらむ娘に、お妙が腰を屈《かが》めて耳打ちをした。

「気がつきましたか。ここは播磨屋呉公《ごこう》さまのお店です」

今年の二月に開店してすぐ、昼餉どきと夕餉どきには長蛇の列ができるほどの人気店になったと聞かされては、ますます面白くない。

はっきり言って、おけいは播磨屋の呉公が嫌いだった。

人それぞれ考えがあるのだから、自分と合わない相手を簡単に『嫌い』と決めつけてはいけないのだと、養母に教えられたことを覚えている。けれども〈棚機《たなばた》〉の茶入《ちゃいれ》の一件で、蝸牛斎《かぎゅうさい》に仕掛けた数々の嫌がらせを認める気にはなれないし、ましてや吉右衛門のもとに届いた恐ろしい贈り物を、冗談ですませることなどできなかった。

あの特大のムカデを箱に入れて送りつけてきたのは呉公だ。吉祥堂の暖簾《のれん》をめぐる争いに首を突っ込み、市蔵の〈うしろ盾《だて》〉となって、いずれは吉祥堂を傘下に引き入れようと企《たくら》んだ挙句《あげく》、公事《くじ》に勝った吉右衛門に仕返しをしたのだ。

『まだ序の口だよ。あの御仁は自分に盾突く者を許さない。播磨屋の印にも使われているムカデを送りつけてきたのは、軽い挨拶のつもりだろう』

吉右衛門はさらりと言ってのけたが、この先どのような手を打ってくるのか、考えただけで不気味である。

「困ったことです。吉祥堂さんと志乃屋さん。どちらも〈くら姫〉にとっては欠くことのできない大事な茶菓子の仕入れ先なのに……」

呉公の店に並びながら、お妙が眉をひそめた。

二軒の菓子屋の行く末は、今後のお蔵茶屋の商いをも左右することになるだろう。この続きは帰りの舟の上で聞いてもらうから、と、話を打ち切ったところで、店の中から若い奉公人の声がかかった。

「お待たせいたしました。――お二人さまのご来店でよろしいですか」

美しい奥方の横にいるお供はどうするのかと、遠まわしに聞いてくる。

「もちろんです。席をふたつ用意してください」

うやうやしく案内されるお妙に続き、おけいも播磨屋の印がついた暖簾をくぐった。

店の中は思っていたより狭かった。四角い土間のまわりを幅の狭い板の間が取り囲み、真ん中にも縁台がふたつ置かれている。

おけいたちが案内されたのは、奥の小上がりだった。

「こちらにお掛けください。お履物《はきもの》はそのままで」

回廊のような板の間の縁に腰かけて、そっとまわりの様子をうかがう。

早めの昼餉をもくもくと食べているのは、近くの木場や荷揚げ場で働く人足たちがほとんどで、自分たちのほかに女客の姿は見当たらない。

（そりゃそうだわ。堂々と『どんぶり飯』の看板を掲げた店だもの）

汗と埃《ほこり》にまみれた客のほうも、場違いな美しい奥方が気になるらしく、口いっぱいに飯を頬《ほお》張《ば》りながら、こちらに好奇の目を向けてくる。

並みの女なら竦《すく》んでしまうところだが、どんなときでも肝の据わったお妙は毛筋ほども恐れることがない。むしろ面白そうに相手を見返している。

「奥さま、ようこそお越しくださいました」

さっきの奉公人が麦湯を持って戻ってきた。地味な身拵《みごしら》えの奥方が只者《ただもの》ではないと見抜いたのか、ていねいな言葉づかいで応対する。

「じつは当店には品書きがございません。その日に仕入れた新鮮な食材を使って、日替わりのどんぶり飯のみお出ししておりますが……」

「そのように聞いてまいりました。今日の食材は何かしら」

わざわざ供連れでどんぶり飯を食べにきたのだと知り、奉公人は安堵《あんど》した様子で、今日はアナゴの天ぷらをのせたものを用意していると答える。

「いいですね。二人分お願いします」

食事は待つほどもなく運ばれてきた。どんぶりの両端から二匹のアナゴがはみ出している姿は迫力があり、しかも香ばしい油の匂いが食欲をそそる。

「美味《おい》しそうだこと。熱いうちにいただきましょう」

お妙が箸《はし》をとったのを見て、おけいもアナゴに齧《かじ》りついた。

（わっ、美味しい。身がふっくらして甘い！）

ハカリメとも呼ばれるアナゴはまさに今が旬《しゅん》である。あまりの旨《うま》さに言葉も忘れて食べ続け、半分ほど減ったあたりで、ふぅ、とため息をつく。

人足たちの胃の腑《ふ》を満足させるだけあって、さすがにどんぶり飯は米の量が多かった。麦を二割ほどまぜてあるようだが、天ぷらの衣とタレにまみれてしまえば気にならない。かなり濃いめの味付けなのも、たくさん汗をかく人足たちにはいい塩梅《あんばい》なのだろう。

「これで三十文なのですから、流行《はや》るのも当然ですね」

有名料理屋の一人娘として育ったお妙も感心することしきりだった。もし、同じものを一等地の店で注文したら、倍の値を取られるという。

「その日に安く仕入れた食材を使いきることや、品数を増やさないことなど、無駄をなくすために工夫しているのでしょう。たとえばこのアナゴにしても――」

天ぷらの最後の一片を箸でつまみ、ゆっくりと吟味する。

「型が小さいので料理屋が仕入れることはないでしょうが、こんなふうに一尾をまるごと揚げるには、ちょうどよい大きさです」

そう締めくくると、どんぶり飯をぺろりと食べ切ってしまった。人は見かけによらないもので、お妙は頑健な胃の腑の持ち主なのである。

おけいも小柄な割にはよく食べるほうだ。少し時間をとってしまったが、米のひと粒も残さずどんぶり鉢を空にした。

この手の店では、食事を終えたらすぐに席を立つのが粋《いき》とされている。

「ありがとうございました。またのお越しをお待ちしております」

外で見送ってくれた奉公人は、最後までていねいで気持ちがよかった。

まだ帰りの舟はきていなかった。

近くを散策することにして、そのままぶらりと歩きだす。

「この先に続いているのが永代寺の門前町です」

「相変わらず賑やかですこと。久しぶりにきましたが、やはりお茶屋が増えましたね」

通りの両側に並ぶ店屋をざっと流し見て、お妙が苦笑いを浮かべた。

奥に富岡八幡宮も控える門前町の目抜きには、地元の参拝客ばかりでなく、江戸見物の客も訪れる。並み居る商売敵に競り勝つため、茶屋の前では客引きが手ぐすね引いて待ちかまえ、道行く人々をつかまえようとしていた。

「あーら、粋なお兄さまがた。うちでは可愛《かわい》い娘がお茶とお菓子をお運びいたしますよ。江戸の土産話《みやげばなし》にもなりますから、ぜひお立ち寄りくださいまし」

袖《そで》を引かれるのは、鼻の下の長い男衆ばかりでない。お供の女中を従えた美しいお店の奥方も、ネギを背負《しょ》ったカモに見えるらしい。

「おきれいなご新造さま。うちでは宇治《うじ》の抹茶をお出ししております。吉祥堂の主菓子《おもがし》をお付けして、お代はたったの三十文。どうぞご休息くださいまし」

袖を引こうとする手をやんわり振り払った奥方が、うしろを歩くお供を振り返る。

「もう十分です。引き返しましょう、おけいちゃん」

「はい、お妙さま」

本当に宇治の抹茶と吉祥堂の主菓子を三十文で客に供していたのでは、一日で店がつぶれてしまう。それくらいのことは女中役のおけいでもわかった。近ごろ強引な客引きや、ひどい茶菓子を出す店が多いと聞いてはいたが、ここまでとは……。

「数が多くなれば、いい加減な茶屋が増えるのは仕方ないこと。その一方で、真っ当な店も次々と出てくるはずです」

きた道を足早に戻りながら、お妙がつんと尖《とが》った顎《あご》を上向けた。

今のような茶屋が何十軒と店開きしたところで恐れるに足りず。これから自分の商売敵になるのは、間違いなく播磨屋の呉公だという。

（ああ、そうだった。どうして忘れていたのかしら）

おけいもようやく思い出した。去る四月の十五夜のこと、昧々堂《まいまいどう》の茶会に割り込んできた呉公が、自分の茶屋で使うための道具類を買い集め、大名物に似せた茶碗《ちゃわん》を大量に焼かせるなどして、準備を進めていると話していたではないか。

「あの話は本当だったようです。すでに茶屋をはじめるのにふさわしい蔵も見つかって、借り上げの段取りを進めていると聞きましたから」

面《つら》の皮が厚い呉公は、〈くら姫〉を真似《まね》たお蔵茶屋をはじめるつもりで、店として使えそうな蔵を物色していたらしい。

「これまで播磨屋さんが手がけてきたお店の評判は上々です。さっきの〈どんぶり飯〉の店にしても、食材が新鮮で美味しいだけではなかったでしょう」

認めたくはないが、おけいの目から見ても感心する点がいくつかあった。

まず、あれほど客が入れ替わり立ち替わりしているのに、床に塵《ちり》ひとつ落ちていなかった。奉公人たちはよく動きまわり、物腰や言葉づかいがていねいだったように思う。

「設《しつら》えや料理だけでなく、奉公人の躾《しつけ》もきちんとできているのです。これが簡単なようでいかに難しいことか、私も自分の店を持ってみて初めてわかりました」

お妙がそこまで言うのだから、播磨屋呉公は人の使い方も心得ているということだ。

自分のお蔵茶屋にムカデの紋が入った暖簾をかける呉公の姿を思い浮かべ、おけいが心の中で地団駄踏んでいるうちに、もとの船着場まで戻ってきた。

「播磨屋さんのことはこれくらいにして、舟の上で別の話を聞いてくださいな」

初めて出会ったとき以来、お妙はこんなふうに商いの悩みをおけいに打ち明ける。

幼いころから下働きとして生きてきた小娘が、お店を渡り歩くうちに身につけた知恵を信頼されているのだが、実際には相槌《あいづち》しか打てないことも多い。それでもいいとお妙が言ってくれるので、せめて最良の聞き役になれるよう努めているのである。

次の悩みは、〈くら姫〉の折敷《おしき》に添える菓子のことだった。

「来月は七夕の節句があるでしょう。うちでも七夕にちなんだ菓子を三種の折敷に添えるつもりで、段取りを組んでいたのですけど……」

抹茶の折敷は日本橋の吉祥堂、煎茶《せんちゃ》の折敷は芝浦《しばうら》の北山堂《きたやまどう》、ほうじ茶の折敷は鍋町の志乃屋に任せると決めていた。ところが吉祥堂の暖簾をめぐる公事の結末が、その段取りを大きく狂わせてしまった。

「ご本人に確かめたのですが、公事に勝って吉祥堂の暖簾を取り戻した吉右衛門さんは、いずれおしのさんを跡取りに据えることを前提に、今の志乃屋の屋号を七月から吉祥堂と改めるお考えのようです」

実子のいない吉右衛門が、かつて一緒に吉祥堂を大きくした南蛮《なんばん》菓子職人の娘であるおしのを跡取りに選んだ。そこに他人が口をはさむ余地はなく、むしろめでたい話だと祝福してやりたいが、お蔵茶屋の店主としては喜んでばかりもいられなかった。

市蔵が店主となった日本橋吉祥《にほんばしきっしょう》と、鍋町の旧店で志乃屋とともに立ち上がった吉右衛門の吉祥堂。江戸一番の人気菓子舗として知られた大きな吉祥堂が、ふたつの小さな吉祥堂に割れてしまうのだから。

「おけいちゃんも知ってのとおり、うちは抹茶の折敷に百文の高値をつけたことで、世間の耳目を集めました。それも吉祥堂さんの主菓子あってこそのものでした」

高級菓子を扱う吉祥堂の主菓子はひとつ四十文。しかも十個以上でなければ注文すらできないので、最低でも四百文の買いものになってしまう。その高価な菓子を、〈くら姫〉では抹茶と一緒に百文で味わえるとあって、今でも抹茶の折敷を目当てに来店する客があとを絶たないのである。もし吉祥堂が菓子舗としての格を落とすことになれば、お蔵茶屋としても、抹茶の折敷に百文の値をつけることができなくなってしまう。

さらに困った問題は、ふたつに割れたのが吉祥堂の店だけではなく、菓子を作る職人たちまで二手に分かれてしまったことだった。

「吉右衛門さん側についた巳之助《みのすけ》さんが、主菓子の職人頭《がしら》だったことは知っています。ひとつ気になるのは、日本橋にくらべて人手が少なく、台所の備えも十分でない鍋町の店で、これまでと同じ上菓子が作れるのかということです」

もちろん鍋町の店には、志乃屋を切り盛りしてきたおしのもいる。

ただし〈くら姫〉に出入りする常連店に名を連ねていても、今まで志乃屋が納めてきたのは、ほうじ茶に添える素朴な菓子のみだった。屋号が吉祥堂に変わったからといって、百文の折敷に見合うだけの上菓子を納めてくれるとは限らないのである。

「日本橋吉祥さんのほうにも不安はあります。巳之助さんの後釜《あとがま》として選ばれた職人頭さんは、とてもいい腕をお持ちだと聞いていますが、なにぶん店主の座についたのが、あの市蔵さんですからね」

手代《てだい》のころから店の証文書きや金勘定ばかり任されてきた市蔵は、店の大事な売り物である菓子への愛着が薄い。巳之助が店を飛び出したのも、これまで吉右衛門が金に糸目をつけずに仕入れさせていた上等の砂糖や小豆《あずき》を、値段の安いものに変えると言いだしたことに我慢できなかったからだと聞いている。

「ああ、もう、私が悩んだところでどうしようもありません」

おけいにぶちまけることで肚《はら》が決まったのか、すっきりした顔でお妙が言った。

「ほうじ茶の折敷は別の店にお任せして、おしのさんには抹茶に添える主菓子を作る気はないかと聞いてみます。もちろん日本橋吉祥さんにも声をかけます。今日は六月朔日《ついたち》ですから、そうですね……」

七日には見本を納めてもらい、どちらの店に七月の折敷を任せるか決めるという。

「抹茶の折敷は〈くら姫〉の大事な目玉ですから、生半可な品では困ります。どちらの店も百文の折敷に相応《ふさわ》しくないと判断したときは、即刻ほかの店をあたります」

もはやお妙に躊躇《ちゅうちょ》はなかった。本当は身内のように思っているおしのに任せてやりたいだろうが、商いに私情を挟むほど甘い店主ではない。

（きっと大丈夫。おしのさんには、吉右衛門さまがついているもの）

ふと一抹の不安がおけいの胸をよぎった。競争相手の日本橋吉祥には、かの播磨屋呉公がついているのだ。

●

六月二日の朝、おけいは内神田の鍋町を目指していた。

昨晩、お蔵茶屋のご用を競うことになった二軒の菓子屋について話したところ、うしろ戸の婆が大そう面白がって、志乃屋の様子を見てくるよう命じたのである。

（おしのさんに会えるのは嬉《うれ》しいけど、お邪魔ではないかしら）

七月の折敷についての提案が、昨夜のうちに〈くら姫〉から届いているはずだった。今ごろは抹茶に合わせる菓子のことで頭がいっぱいとわかっていながら、呑気《のんき》に訪ねていってよいものか。考えているうちに、もう見慣れた暖簾が見えてきた。

白い暖簾には流れるような墨文字で〈志乃屋〉と書かれている。外神田の長屋から鍋町に越してきてすぐ、味々堂の蝸牛斎がみずから筆を執って贈ったもので、店主のおしのはもちろん、おけいもこの清楚《せいそ》な暖簾が好きだった。

今月いっぱいで役目を終えさせるのはもったいないが、七月からはあの臙脂《えんじ》色に折り鶴を白く染め抜いた吉祥堂の暖簾に代わると思えば、これも仕方のないことだ。

（それにしても、いったい何を揉めているのだろう）

おけいが名残惜しく暖簾を見上げているあいだ中、大きな声が店の中から聞こえていた。客と手代が揉めているようだが、不穏な声が気になってのぞいてみると、腰の曲がった老婆が手代の平吉に詰め寄っていた。

「鍋町の志乃屋なら手に入ると教えられたんだ。ひとつでいいから売っておくれ」

「そう言われましても、ないものをお売りすることはできません」

あるはずの菓子がないと言われて老婆は納得できないらしいが、その腰の曲がり具合と、継ぎの当たった柿渋《かきしぶ》色の着物に、おけいは見覚えがあった。

「なめくじらの婆《ばば》さま！」

「おお、あんたは――」

向こうも巫女姿の小柄な娘を覚えていて、すがりつくように助けを求めてきた。

「聞いておくれ。この若いのが菓子を売ってくれないのだよ。いくらみすぼらしい婆さんだからって売り惜しみは殺生《せっしょう》や」

「惜しんでなどおりません。お求めの品がないと申し上げているだけです」

言い争いになってしまいそうな客と手代の声を聞きつけ、店主のおしのが慌てて奥の台所から走り出てきた。

「何ごとです平吉。あら、おけいさんまで」

「お邪魔しております」

ぴょこんと頭を下げたおけいを押しのけるように、手代の平吉が進み出て経緯《いきさつ》を話しはじめた。売り惜しみと言われたことで、いささか気が立っているようだ。

「大声を出して申し訳ございません。こちらのお客さまが〈七夕餅《たなばたもち》〉をお求めなのですが、うちには置いていないと申し上げても納得してくださらなくて」

「七夕餅……」

おしのは首をかしげて客の老婆に訊《たず》ねた。

「あいにく当店では扱っておりませんが、それはどのようなお餅なのですか」

今後のためにも聞かせてほしいと頼まれ、なめくじらの婆もようやく気を静めて、自分が求める餅について語った。

「大福みたいに搗《つ》いた餅じゃなく、もっとやわらかくて、なめらかだけど米の粒々がまじっていて、中にあんこが入っていましたっけ。私が生まれた西国の城下町では、七夕の節句に作ったものを舟にのせてお供えするんですけど……」

どうやって作っていたかは知らないのだと、急にしょんぼりして婆が白状した。

自分は甘いものに興味がなく、心して味わったことがない。でも妹は違った。七夕の朝に近所の菓子屋が届けてくれる七夕餅が楽しみだったらしく、看取《みと》りの近づいた今ごろになって同じものが食べたいと、子供のようにねだったのだという。

「あと数日の命だと本人も察しています。先の不幸なんて考えもせず、ただ幸せに笑っていられたころの思い出の餅を、味わってみたくなったのでしょう」

この歳《とし》になるまで共に暮らしてきた妹の、おそらくこれが最後の願いである。どうにかして望みを叶《かな》えてやりたいと、昨日からあちこちの菓子屋をまわって、七夕餅を探し続けていたのだった。

「そうでしたか。ご病気の妹さんのためにお菓子を……」

事情を聞いたおしのが感じ入った様子で、婆の日に焼けた顔を見つめた。

すでに老姉妹とは近づきになっているおけいも、ここぞとばかりに口添えする。

「ご紹介が遅れましたが、じつはこのお方が、前にご隠居さまの薬湯《やくとう》を作ってくださった麻布の薬師《くすし》さまなのです」

「まあ、こちらさまが」

ムカデに咬《か》まれて腫《は》れ上がったお妙の脚を治し、食の進まない吉右衛門に薬湯を調合してくれた、あの〈なめくじらの婆〉だと知って、義理堅いおしのは自分にできることがあれば役に立ちたいと思ったようだ。

台所にいた菓子職人の巳之助も呼んで立ち合わせ、七夕餅の見た目と味がどのようなものか、婆が覚えているかぎりのことをあらためて聞き出すと、まったく同じものが作れるかはわからないが、試してみると言ってくれた。

「ありがとうございます。考えてみれば今日はまだ六月二日。七夕の菓子を店に並べるには早いですね。さっきは売り惜しみなんて失礼なことを言いました」

神妙な顔で詫《わ》びる婆に、若い平吉も反省することしきりで、自分こそもっとていねいに説明すればよかったのだと、深く頭を下げて謝罪した。

「いいえ、やっぱり私が悪いのです。ほら、あの日本橋通町の有名な菓子屋さん。あすこに行って七夕餅をくれと言ったら、ここを教えられたもので、つい――」

日本橋通町の有名な菓子屋といえば、間違いなく日本橋吉祥のことだ。そこの澄ました手代が、『あなたさまのようなお方が菓子をお求めになるのでしたら、当店より相応しい店がございますよ』と言って、志乃屋を教えてくれたのだという。

（なんて失敬な！）

なめくじらの婆を除き、その場に居合わせた全員が心の中で罵《ののし》った。

日本橋吉祥の傲慢《ごうまん》な手代は、面倒なことを言う貧しげな身なりの老婆を追い払うため、わざわざ志乃屋へ行くよう仕向けたのだ。

「ちくしょう。あんな連中に負けてたまるか！」

いつも物静かな巳之助が、悔しそうに吐き捨てて台所へと戻っていった。

ともあれ、おしのは明日の昼までに七夕餅を仕上げると約束し、それを麻布の婆のもとへ届ける役目を、おけいが引き受けた。


志乃屋を出たとき、時刻はまだ四つ（午前十時ごろ）を過ぎたばかりだった。

（さあ、今日のうちにもうひとつ用を果たそう）

おけいはいったん神田川を渡って明神下のえびす堂へ行き、名物の味噌煎餅を買ったあと、再び内神田に戻って元岩井町へ向かった。今ごろ茜屋の別宅で伏見の上酒を楽しんでいるはずの狂骨に、熊手とほうきを届けてくれた礼を言うためだ。

茜屋の別宅に来るのは久しぶりだった。南に面した間口二間《けん》半の表店《おもてだな》は、近隣の村から移築された農家の建物だと聞いている。ここで寝泊まりする者が、夢枕《ゆめまくら》に立つ大黒さまのお化けに悩まされていた時期があるのだが、去年の秋におけいがその正体を突きとめてからというもの、一度もお化けは出ていないらしい。

「ごめんください。失礼いたし……あら？」

表戸を開けたおけいは、土間に並んだたくさんの下駄《げた》と、板座敷に座っている人々の姿に我が目を疑った。戸を開けるまで客がいることに気づかなかったのは、客同士がおしゃべりを遠慮しているだけでなく、一様に元気がないからだ。

「巫女さんも具合が悪いのかい」

「ここにお座りよ。まだ当分は待たなきゃいけないからね」

なぜか気づかってくれる客に手招きされて板座敷に上がると、奥の座敷とのあいだを仕切る屛風《びょうぶ》の陰から、蓬髪の老人が現れた。

「あっ、狂骨先生」

「おぬしか。よいところへきた。手伝え」

力強い手に腕をつかまれ、有無を言わさず奥の座敷へ引き入れられる。

目隠しの屛風の奥に敷かれた布団の上には、三十くらいの女が横になっていた。癪《しゃく》がつかえているのか、鳩尾《みぞおち》のあたりに手をやって、苦しそうに低く呻《うめ》いている。

「この患者に丸薬を飲ませてやってくれ」

狂骨が脇にあった薬籠《やくろう》の中から紙包みを取り出した。

「飲ませたらそこの隅に布団を敷け。痛みが引くまで休ませる。それから手洗い桶《おけ》の水を新しいものに替えよ」

ぼんやりするな、ほかにも仕事は山ほどあるのだと急《せ》きたてられ、わけもわからぬまま具合の悪い人々の世話をしたり、汚れた敷布を洗濯したりと、いいように使われるうち、だんだんと事情が吞《の》み込めてきた。

別宅に集まっているのは、狂骨を頼ってきた病人たちだった。

以前は近くに諒白《りょうはく》という若いが腕のよい医師がいて、貧しい人々にはわずかな薬代だけで治療を施していたのだが、残念ながら遠国へ旅立ってしまった。以来、この辺りで暮らす長屋の衆は、気安く医者にかかることができなくなって困っていたのだ。

そんな折、茜屋の別宅に出入りしている物乞いのような爺さまが、じつは小石川養生《ようじょう》所《しょ》からきている医者だとか、どこかのお大名の御典医だとか、まことしやかな噂《うわさ》が広まり、患者が集まるようになってしまったらしい。

「えらい迷惑だ。わしは美味《うま》い酒を飲みにきただけなのに」

これでは割に合わん。やってられん。もう嫌だ。小石川に帰る――。

口では文句を垂れながらも、狂骨は順番を待つ患者たちを追い返そうとはせず、ていねいに脈をみては、薬籠から薬を出してやっている。結局、夕方遅くまで診療は続き、最後の患者が帰っていくのと入れ違いに、家主である茜屋の店主が顔を出した。

「茂兵衛の旦那さま、お邪魔しております」

「おやおや、おけいさん。さては先生にこき使われていたね」

小柳町《こやなぎちょう》の本宅から様子を見にきた茂兵衛は、お供の小僧に三段の重箱と徳利《とくり》を持たせていた。今夜のうちに狂骨が小石川へ戻ると聞いて、ご馳走《ちそう》を用意してきたのだ。

「すまない。あんたもいると知っていたら……」

「いいえ、わたしはもう帰りますから」

このところ外出が続いている。一刻も早く神社に戻らなくてはならない。

「そうか。忙しいのはいいが無理はいけないよ。かく言う私もこのところ多忙で、落ち着いて揉み療治を受ける暇もなかった。そこで考えているのだが――」

相変わらず痩せて顔色の悪い茂兵衛が、おけいの耳もとで自分の思惑をささやいた。

「ここを診療所にして、狂骨先生に住んでもらうのはどうだろう」

すでに狂骨のことが知れ渡ってしまい、治療を求めてやって来る患者の数は増える一方である。小石川の竹林で世捨て人のように暮らすのもよいが、せめて月の半分なりとも元岩井町に居てくれるなら、近隣の長屋の衆は大助かりだし、自分としても、今より頻繁《ひんぱん》に揉み療治を受けられるので都合がよい。

「貧しい人たちは治療代を払えないだろうが、そこは私が――というより茜屋が肩代わりできるよう努める。お松《まつ》もそれでいいと言ってくれた」

茜屋の店主とはいえ、茂兵衛は婿養子である。店の身代にかかわる重大な取り決めは、すべて奥方のお松と相談して決めるのだが、もと奉公人だった亭主に惚《ほ》れ抜いているお松は、大概のことなら茂兵衛が思うとおりにさせてくれるのだった。

「すごくいいと思います！」

診療所と聞いて、おけいは目を輝かせた。物乞いたちと生活をともにする狂骨が、身分や金銭にとらわれないことはよく知っている。人助けもやぶさかでないはずだ。

「こら。勝手をぬかすでない」

奥の座敷に胡坐をかき、味噌煎餅を肴にして冷や酒を飲みはじめていた狂骨が、二人の話を聞きとがめた。

「その話は断ったはずだ。町医者などまっぴらだし、そもそもわしがいくつだと思うておるのだ。六十八の爺さんを働かせようなど、若い者の考えることは恐ろしいのう」

おー怖っ、おー怖っ、と大げさにわめき、くるりと背を向けてしまった。

●

三日の昼過ぎ、おけいは昨日の約束どおり志乃屋へ行ってみた。すでに大勢の客がいる売り場を避け、路地を抜けて勝手口の戸を叩《たた》くと、折よくおしのが顔を出した。

「あら、店のほうから入ってくだされぱいいのに」

「いいえ。芥子粒《けしつぶ》ほどのわたしでも、お客さまの邪魔になってはいけませんから」

軽口に微笑《ほほえ》むおしのも今年で四十歳。紺絣《こんがすり》に白い前掛けをつけた姿と、地味な顔立ちは変わらないが、初めて会った一昨年の暮れよりも若やいで見える。分をわきまえて生きることを信条としていたあのころとは違い、今は小娘のような軽やかさで、おけいを台所に引き入れて、ひと晩かけて仕上げたという七夕餅を出してきた。

「きゃあ、なんて可愛らしい！」

目にした途端、思わず歓声を上げてしまった。

それは子供でもひと口で食べてしまえそうな、丸くて白い小さな餅だった。ふたつの餅が寄り添うように笹舟《ささぶね》にのっているのも、なめくじらの婆の話にあったとおりだ。きっと天《あま》の川《がわ》を渡って出会う彦星と織姫になぞらえているのだろう。

「こんなお餅は初めて見ました。透きとおるようできれいですね」

「薬師のお婆さまは、普通の餅ではなく、もっとやわらかくて、なめらかだけど米の粒々がまじっているとおっしゃいました。それで道明寺粉《どうみょうじこ》を使ってみたのです」

道明寺粉とは、河内国《かわちのくに》の道明寺で作られる乾飯《ほしいい》を挽《ひ》いた粉のことである。神前にお供えした米のお下がりを蒸して乾かし、食べるときはお湯を注いでやわらかくしたが、それが餅の代わりとしても使われるようになったらしい。

「じつを言うと、私は道明寺粉の名前を聞いたことがあるだけで、菓子作りに使ったことは一度もなかったのです」

春先の主菓子として欠かせない椿餅《つばきもち》にも使われる道明寺粉だが、正しい手順や火の入れ方を知らない者が扱うのは至難の業だった。何度も失敗して途方に暮れていると、見かねた巳之助がこつを教えてくれたのだという。

「なにしろ吉祥堂の職人頭だった人ですからね。巳之助さんはありとあらゆるお菓子に通じています。とくに主菓子に関しては名人と言っていいでしょう」

当の名人はこちらに背を向け、もくもくと作業を続けていた。焦茶色の寒天のようなものを長四角に切り分け、二つ折りにした笹の葉に包んで根もとを縛っているのだが、いったい何という菓子だろう。

「あれは蓮根粉《れんこんこ》を練った餅です。まだここだけの話ですが、〈くら姫〉の抹茶の折敷に添えるお菓子として、うちは蓮根餅《はすねもち》をお目にかけるつもりなのです」

七月の折敷をかけた店の勝負は、職人同士の競い合いでもある。ぜひとも自分に任せてもらいたいと巳之助に頼まれ、好きなようにやらせると決めたのだという。

「蓮根餅は誰もが認める上菓子ですからね。職人にとっては腕の見せどころですし、それで勝負をかけたいのでしょうけど……」

おしのにはほかに言いたいことがあるようだったが、途中で言葉を呑み込むと、手際よく包まれてゆく蓮根餅を、ひとつつまんでおけいにくれた。

「どうぞ召し上がってみてください。いいでしょう、巳之助さん」

「――腕慣らしの試し品でよろしければ」

愛想の悪い菓子職人は、こちらを振り返ろうともしない。

さっそく半開きの扇形に整えられた笹の葉をはがし、ぷるぷるした焦茶色の餅を食べてみた。泥の中に埋まっている蓮根を使った餅なのに、泥臭いところはみじんもなく、むしろ爽《さわ》やかな風味と品のよい甘さを残して、つるりと喉を下りていった。

七夕餅を包んだ風呂敷《ふろしき》を抱えて、おけいは麻布への道を急いでいた。

鍋町から日本橋を経て城の外堀をめぐり、赤坂の溜池《ためいけ》が見える手前で南西に進む。けっして楽なお使いではない。どんなに急いでも半時以上はかかってしまうが、病人を抱えた年寄りを二日続けて鍋町まで通わせることを考えれば、自分で届けるほうが気分はよい。

それはともかく、長い道行きのあいだに片ときも頭から離れないのが、さっき味見をさせてもらった蓮根餅と、おしのの浮かない表情だった。

見た目も味もよい上品な菓子は、百文の抹茶の折敷に添えるには申し分ないように思われる。けれども判定を下すのは、あのお妙だ。人をアッと驚かせるのが大好きで、そのためにはいっさいの妥協を許さない〈くら姫〉の女店主が、上菓子を扱う老舗なら年に一度は店頭に並べるという蓮根餅を、七夕の節句菓子として選ぶだろうか。

（たぶん、お妙さまはがっかりなさる）

なぜなら抹茶の折敷を注文するのは、目も舌も肥えた常連客ばかり。店主のお妙はその期待に応えるべく、わざわざ二軒の人気店を競わせて、七夕の節句ならではの情緒を感じさせる菓子を求めたのだ。

おしのならこの程度のことは心得ているはずだった。だのに、蓮根餅を作りたいという巳之助を好きにさせているのはなぜだろう。

（やっぱり、気後れしてしまうのかしら）

吉祥堂の南蛮菓子職人の娘として生まれたとはいえ、子供のころに一家離散の憂《う》き目《め》を見たおしのは、本格的な菓子作りとは縁のない暮らしを長く続けてきた。志乃屋の名物でもある州浜《すはま》や餡玉《あんだま》など、ほうじ茶に合う素朴な菓子作りにかけては自信があっても、抹茶の折敷に添える上菓子ともなれば話は別なのだ。

片や十歳で吉祥堂の見習いとなった巳之助は、店主だった吉右衛門にその才を見出《みいだ》され、菓子作りの腕に磨きをかけ続けて、今年で三十年目だと聞いている。

二人の経験には大河のごとき隔たりがあり、根が控えめなおしのは、向こう側へ呼びかけることすらできずにいる。ここが店主としての踏ん張りどころで、自分の考えを巳之助に伝えなくてはならないとわかっていても……。


つらつら考えるうち、早くも赤坂の溜池を過ぎ、麻布谷町の寂れた一角まできていた。すでに見慣れた雑木林に分け入ろうとすると、奥から荒々しい男たちの声がした。

「おい婆ぁ、いい加減あきらめろ」

「こっちは銭まで払うと言ってるんだ」

「おとなしく明け渡したほうが身のためだぜ」

どうやら薬を買いにきた客ではなさそうである。大事な預かりものを抱えたおけいは、雑木林を抜ける手前で足を止め、木陰から様子をうかがった。

蔵の前では、なめくじらの婆と三人のゴロツキがにらみ合っていた。腰の曲がった老婆を相手に、雲十に似たヒゲ面の男たちが、脅したりすかしたりを繰り返している。

「悪いことは言わねぇ。さっさと出ていけば――」

「うるさいっ、家賃は前払いしてあるんだ。出ていく気はないよ！」

婆も負けてはいない。なかなか引き下がろうとしない相手に業を煮やし、東蔵の入口に並べていたビードロ瓶を手に取ると、男たちめがけて中身をぶちまけた。

「うわっ、なんだこりゃ」

「げえ、こいつはナメクジじゃねぇのか」

「勘弁してくれよ。気色わりぃ！」

ナメクジの焼酎漬けにまみれた男たちが、別のビードロ瓶をぶちまけられる前に慌てて逃げようとし、次々とぬかるみに足を取られて転んでゆく。

そんなドタバタを見せられたおけいは、笑いを堪《こら》えるのにひと苦労である。ところが、ほうほうの体《てい》でゴロツキたちが逃げ込んだ雑木林の中に、もうひとり別の男がひそんでいたことに気づいて、ハッと気を引き締めた。

（あれは、もしや……）

黒い半纏《はんてん》を羽織ったお店者《たなもの》風の若い男に見覚えがあった。昧々堂の手代として目をかけられていながら、主人の蝸牛斎に悪い噂が立った途端、播磨屋へ乗り換えて小番頭に取り立てられた、あの薄情な禎吉《さだきち》である。

なぜ播磨屋の小番頭がゴロツキを従えてきたのかも気になるが、今は七夕餅を届けることが先だ。禎吉たちが引き返してこないことを確かめ、おけいは蔵の前に飛び出した。

「おお、待っていたよ。遠いところをすまなかったね」

巫女姿の娘を見るなり、なめくじらの婆がビードロ瓶をうしろ手に投げ捨てる。

「いま騒いでいたのは、播磨屋さんのお使いですね」

「しつこい小蝿《こばえ》どもだよ。ふた月ほど前だったか、ヒゲ面の男たちが押しかけて、この蔵を明け渡せと迫ったのさ。もう年内の家賃は前払いしたって言ってやったら、引っ越し代とは別に、払った家賃の倍額を出すからって」

それでわかった。〈くら姫〉を真似たお蔵茶屋をはじめるため、江戸中の店蔵を見てまわっていた播磨屋の呉公が、老姉妹の住まいに目をつけたのだ。

雑木林の奥にひっそりとたたずみ、薬を求めて訪ねる客のほかには人目に触れる機会のなかった古蔵でも、自分が手をかけてやりさえすれば、〈くら姫〉にも負けない趣味人好みの茶屋に生まれ変わると踏んだのだろう。

「本当はね、私ひとりだけなら、立ち退《の》いてやってもよかった」

ふと、疲れを漂わせて婆が明かした。ここが茶屋になって、寂れた町屋敷に昔の活気が戻るのなら結構なことだ。でも、もう少しだけときが欲しいという。

「西の蔵にはかなえがいる。あの子にとって住み慣れた家がどれほど大事か、連中はわかろうともしないけど」

長く暮らした蔵の中だからこそ、どこに何があるのか身体が覚えていて、目は見えなくとも安心して動きまわることができる。今さら新しい家に移るなど考えられないし、ましてて、かなえは明日をも知れぬ病人だった。

シャラ、シャラ、シャラン。シャラ、シャラ、シャラン――

東蔵の中で、神楽鈴《かぐらすず》のごとき美しい音色が鳴り渡った。

◉

「姉と話している途中だったのでしょう。ごめんなさいね」

西の蔵座敷で布団に横たわりながら、かなえが顔をこちらに向けて詫びた。

おけいの声が聞こえるのに、なかなか自分のもとにきてくれないことに苛立《いらだ》って、つい呼び鈴を鳴らしてしまったのだという。

「いいえ、今日はかなえさまの七夕餅をお届けにきたのですから」

おけいが茶を淹《い》れながら答える。急ぎの薬を次々と頼まれ、猫の手も借りたいほど忙しい婆の手が空くまで、病人の世話を引き受けることにしたのだ。

茶の用意ができると、大事に抱えてきた重箱の中から笹の葉の舟を出して小皿に置き、その上に丸くて小さな餅をふたつ並べる。

「お待ち遠さまでした。身体を起こしても大丈夫ですか」

前に会ったときから一か月しか経《た》たないのに、かなえはひとまわりも細くなっていた。抱え起こした背中は骨と皮ばかりで、婆が小まめに身体の向きを変えてやっていなければ、今ごろはひどい床ずれになっていたことだろう。

「あ、いい匂い。笹の葉の香りですね」

「ご郷里の七夕餅についておいて婆さまからうかがったとおりに、志乃屋さんがこしらえてくださいました。どうぞ、触《ふ》ってみてください」

濡《ぬ》らした手巾《しゅきん》で手指を拭いてやってから小皿を持たせると、かなえは小刻みに震える指先で、愛《いと》おしむように餅をなでた。

「この手触り。やわらかくて、しっとりしているところは郷里のお餅と同じです」

「よかった。お味もみてくださいな」

残念ながら、申し訳程度に小さく齧《かじ》っただけで、病人は再び横になってしまった。

言葉ははっきり話せても、食べ物を飲み込む力が残されていないと察したおけいは、おしのが心を込めて作った餅がどのような姿をしているのかを話して聞かせた。

西国でよく使われる道明寺の粉を使い、丸めたこし餡を包んだことや、織姫と彦星になぞらえたふたつの餅が笹の葉の上に並んでいることなどを、かなえは床に仰臥《ぎょうが》し、顔だけこちらに向けて聞き入っていた。

目蓋《まぶた》を閉じているので眠っているようにも見えるが、ちゃんと声が聞こえている証拠に、目尻からひと粒の涙が溢《あふ》れ落ちた。

「ありがとうございましたと、志乃屋さんにお伝えください。懐かしいお餅をいただいたからでしょうか、昔の景色が次々と頭に浮かんできます」

かなえはやつれた頬に笑みさえ浮かべ、子供のころの思い出をおけいに語った。

「私の郷里では、七夕餅を竹の舟にのせて神さまにお供えしていました。両端に節を残して切った竹を縦半分に割って、そこにお餅をふたつ並べるのです」

本当は笹の葉ではなく、竹の舟に餅がのっていたわけだ。

「お下がりのお餅は近くの小川に舟ごと浮かべて流します。町の外まで流れた餅は、誰が拾って食べてもよいことになっていました」

――竹舟の七夕餅を分け合って食べた相手とは、たとえ離ればなれになったとしても、いつの日かならずめぐりあう――

そんな言い伝えもあり、薬師の姉妹が生まれた城下町では、七夕の夜に好き合った若い男女がこっそり家を抜け出して、町外れで七夕餅をひとつずつ食べたのだという。

「七夕らしい習わしですね」

かなえも若いころに誰かと餅を分け合ったのかと思ったら、あいにく越中に嫁ぐまで、一度も艶《つや》っぽい話はなかったらしい。

「私は内気でおとなしい女の児《こ》でしたもの。でも姉は違いました」

子供のころから男の児にまじって遊んでいたという姉娘は、歳ごろになっても男の友人らと連れ立って町を闊歩《かっぽ》した。はすっぱな娘だったという意味ではない。学問好きで活発すぎるところが、同じ歳ごろのお嬢さんたちと馴染《なじ》まなかったのだ。

「今は〈なめくじらの婆〉なんて呼ばれていますけど、若いころの姉は美しかった。馬の尻尾《しっぽ》のように結わえた黒髪と、若衆風の短い袴《はかま》がよく似合って……」

かなえには自慢の姉だったが、父親をはじめとする大人たちは、困ったじゃじゃ馬だと嘆いていた。いかに美人でも、藩内のはみ出し者や変わり者と称される若者らと、秘密の隠れ家に入り浸って酒まで飲むのだから、嫁ぎ先が見つかるはずがない。婿養子になってやろうというもの好きもいなかった。

「そんな姉にも、心ひそかに思う相手がいました。お城の御典医のご子息で、丹下恭一郎《たんげきょういちろう》さまというお方です」

藩主に仕える名家の跡取りながら、丹下恭一郎はひどい天邪鬼だった。権勢におもねる藩士の子息らを馬鹿にするかと思えば、嫌われ者の茶坊主などと親しくする。身分は低くとも自分が認めた者とだけ交誼《こうぎ》を結び、薬師の姉娘もその仲間に含まれていた。

「ふらりと我が家に立ち寄って、父に草木についてお訊ねになることもありました。ハイタカのような鋭い目をされていて、分別のある大人だと思ったら、小さな子供みたいな癇《かん》癪《しゃく》を起こしたりして、びっくりさせられたこともありましたっけ」

まだ子供だったかなえにも、同い歳の姉と恭一郎が互いに心を寄せていることはわかった。きっと似合いの夫婦になると思って父親に話してみると、いつになく怖い顔で、二度とその話を口にしてはいけないと釘《くぎ》を刺されてしまったという。

「うちは榛原《はいばら》の姓を名乗っていますが、もとは百姓だったと聞いています。藩主さまのお脈をとる丹下家の嫡男と、賤《いや》しい薬師の娘とでは、身分が違いすぎたのです」

そのとき父親から聞いた話によると、恭一郎にはすでに親の決めた許婚《いいなずけ》がいた。相手は他藩の御典医を務める医家の娘で、まだ年端がゆかないので親もとにいるが、あと五年もすれば嫁いでくるとのことだった。


そこまで話して、かなえが苦しそうに息を荒らげた。

「もうお休みになってください。続きはまたうかがいにまいります」

「いいえ、あと少しだけですから」

明日はどうなるかわからない。今のうちに姉が若かったころの話を聞いてもらいたいのだと言われては、好きにさせるしかなかった。

瞬《また》くうちに五年の歳月が流れ、かつてのように姉娘の仲間たちが隠れ家に集って語り合うこともなくなっていた。そんな折、ついに丹下恭一郎が隣国から嫁を迎えるという噂が、狭い城下町に流れた。

「あれは夏の暑さが和らぐころでした。恭一郎さまと親しかったご友人が訪ねてきて、明日の七夕の夜は川を下って竹舟を待てと、姉に告げたのです」

二十代の半ばに差しかかってもまだ実家を手伝っていた薬師の姉娘は、友人に言われたとおり七夕の夜に家を抜け出し、空が白みはじめる前に帰ってきた。

「父は見て見ぬふりをしていたのだと思います。でも、翌月には越中に嫁ぐことになっていた私は我慢できなくて、誰と会ってきたのか教えてくれと迫りました」

姉は最後まで相手の名を白状しなかった。ただ、その人と並んで川岸に座り、目の前を次々と流れて行く竹の舟を静かに眺めていたのだと話した。

「そのとき姉は、別れ際にもらったと言って、きれいな鈴を見せてくれました。由緒ある神社の守り鈴だそうで、三つの鈴がひとつの輪で連なっているのです」

数年後、藩のお家騒動に巻き込まれそうになった父親とともに、姉娘も故郷を捨てることを選ぶのだが、着のみ着のままに遁走《とんそう》する瀬戸際でさえ、その鈴だけは持ち出して、幾度となく居どころを替えながらも手放すことはなかったという。

「東の蔵に呼び鈴が下がっているでしょう。さっきも紐《ひも》を引いて鳴らしましたけど、あれが四十年以上前に姉が大事な方からいただいた鈴なのですよ」

このあと東蔵へ行き、珍しい三連の鈴を見てから帰ってほしいと言って、かなえは故郷の思い出を語り終えた。

◉

おけいが鍋町まで戻るあいだに日が沈んだ。

すでに板戸が閉まっている志乃屋の路地へまわり、今朝と同じように勝手口の戸を叩くと、小僧の慎吾が迎え入れてくれた。

「お帰りなさい。お使いご苦労さまでした」

台所では早くも明日の下拵《したごしら》えがはじまっていて、慎吾のほかに菓子職人の甚六が、糯米《もちごめ》をといだり小豆を洗ったり、忙しそうに立ち働いていた。

甚六は南蛮菓子職人を目指す若者である。修業半ばで手代の平吉とともに日本橋の店を飛び出してきたため、まだカステイラをうまく焼き上げることができない。今は吉右衛門と相談して試行錯誤する傍ら、仕込みなどの仕事を手伝っているのだ。

「ところで、おしのさんはお店のほうにいらっしゃるのですか」

麻布へ届けた七夕餅が病人に喜んでもらえたことを伝えたくて寄ったのだが、おけいが見渡したところ、店主のおしのだけでなく、手代の平吉や、いつもなら台所のぬしのように作業台にはりついている巳之助もいない。

「じつは、困ったことになりまして」

小豆を洗う手を止めて、甚六が小声で教えてくれる。

「当分、蓮根の粉が手に入らないかもしれないんですよ」

「手に入らない？」

それは困る。蓮根の粉がなければ蓮根餅は作れない。

「いま女将《おかみ》さんと巳之助さんが、手分けして問屋をまわっていますけど――」

なぜ突然こんなことになったかわからないと、甚六も首をひねっている。

夏は蓮根餅が好まれる時期だが、これまで蓮根の粉が品不足になったことは一度もなかった。日本橋にいたころから巳之助が懇意にしてきた問屋などは、上等の蓮根粉を用意すると昨日までは請け合っていたのに、今日の午後になって、蓮根の粉は七月末までお売りできそうにないと断りを入れてきたという。

そうこうするうち、おしのが店に戻ってきた。

「駄目です。どの問屋にも、お売りする蓮根粉はないと言われてしまいました」

続けて戻った巳之助も、憔悴《しょうすい》した顔で首尾を告げた。

「こちらも同じです。付き合いのある店はすべて当たってみたのですが……」

吉祥堂の菓子職人頭だった巳之助には、長年にわたって懇意にしてきた問屋がいくつもある。それらの店の主人に頭を下げても、七月の末までは卸せない、勘弁してくれと、逆に頭を下げられてしまったという。

蓮根の粉が足りないのではなく、売り渋られていることは察しがついた。しかしなぜ、そんな仕打ちを受けるのかがわからず、おしのたちが困惑していると、勝手口の戸を蹴破る勢いで若い男が飛び込んできた。

「女将さん、わかりました！」

手ぬぐいを肩にかけた手代の平吉が、真っ赤な顔で告げた。

「邪魔しているのは日本橋吉祥の市蔵です。うちが蓮根の粉を買えないよう、出入りの問屋に手をまわしたんですよ」

平吉は日本橋吉祥の奉公人たちが通う湯屋《ゆや》へ行き、柘榴口《ざくろぐち》の奥に隠れて、かつての仲間から話を聞き出したらしいが、のぼせる寸前まで粘った甲斐《かい》があったようだ。

「でも、どうして……」

「向こうも蓮根餅で勝負するつもりです」

湯船の中で耳打ちしてくれた奉公人によると、志乃屋が〈くら姫〉のご用をかけた勝負に蓮根餅で挑むことを、問屋を通じて市蔵が知った。そこで一計を案じ、自分の店の職人に同じものを作るよう指示すると同時に、出入りの問屋へも手をまわして、相手が蓮根粉を買えないよう仕組んだのである。

「あの人が考えそうなことです。菓子に関しては素人《しろうと》も同然だから、うちが蓮根餅を作ると知って、そっくり真似してやろうと思ったんですよ」

市蔵のやり方に我慢ならなくて日本橋吉祥を辞めた平吉が、苦々しげに吐き捨てた。

「真似はともかく、こっちの邪魔までしないでほしいよなぁ」

同じく古巣を捨てた甚六の言葉に、小僧の慎吾もうなずいている。

巳之助もげんなりした様子だったが、急に怒りがこみ上げてきたのか、きれいに拭いて作業台に並べてあった笹の葉をなぎ払うと、大きな声で悪態をついた。

「くそっ、問屋のやつら、市蔵なんぞの肩をもちやがって！」

おけいはもちろん、おしのや慎吾が驚いて首を縮めても、かまうことなく土間に散らばった笹の葉を下駄で踏みにじる。

「ちくしょう、こんちくしょう！」

物静かとばかり思っていた男の変貌に、おしのは言葉を失い、ほかの奉公人たちもなだめることを忘れて唖然《あぜん》としている、そこへ――、

「やめないか。みっともない」

静かに響く戒《いまし》めの声に、巳之助がはたと動きを止めた。

「だ、旦那さま……」

騒ぎは奥の間まで筒抜《つつぬ》けだったらしく、アオサギを思わせる水浅葱《みずあさぎ》色の羽織と着物を身につけた吉右衛門が、板敷きの台所に立ってこちらを見下ろしていた。

「おまえは何を悔しがっているのかね。問屋の衆が日本橋吉祥に味方するのは、当たり前だとは思わんのか」

「いいえ、お言葉ですが――」

吉右衛門の考えが、巳之助には理解できないようだった。

「公事に勝ったのはこっちです。七月からは〈吉祥堂〉の看板を上げて、また旦那さまが店主の座につかれるのですよ」

それにくらべて、向こうは評定所《ひょうじょうしょ》の判決に従い、〈日本橋吉祥〉と屋号を改めざるをえなかった。店主の市蔵は菓子の見分けすらつかずに金勘定ばかりしている小物だし、巳之助が抜けたあとの職人頭を任されたのは、真面目《まじめ》だけが取り柄の冴《さ》えない男である。

「こちらも南蛮菓子が作れない点では不利ですが、〈くら姫〉に抹茶の折敷用の菓子を卸すようになれば、世間の見る目も変わってきます」

この機会に、上菓子を店頭に並べてはどうかと、巳之助はうかがいを立てた。

駄菓子ばかり作っているから、問屋の連中にまで馬鹿にされる。自分だったら、どこに出しても恥ずかしくない茶席用の上菓子をこしらえてみせるという。

(巳之助さんの話は筋が通っているように聞こえる。でも……)

土間の隅で話を聞きながら、おけいは何かが違っている気がしてならなかった。

おしのも口を半開きにしているが、菓子職人として巳之助を重んじる気持ちが邪魔をするのか、声を出すには至らない。

結局、やれやれと言いたげな吉右衛門が、巳之助だけでなく、台所に顔をそろえた奉公人一同に向かって話しだした。

「おまえたちもお客さまになったつもりで考えなさい。屋号や暖簾の色が少しくらい変わっても、〈吉祥〉と名のつく日本橋の立派な店で、今までと遜色《そんしょく》のない菓子が買えるなら、それで十分だとは思わないかね。もっと言えば、誰が店主になろうと、誰がこしらえた菓子であろうと、客はどうでもいいのだよ」

実際、日本橋吉祥には今も大勢の客がつめかけて、吉右衛門や巳之助たちがいたころと変わりなく繁盛している。よほどひどい悪口を読売《よみうり》に書き立てられでもしないかぎり、客は店の事情など知ったことではないのである。

「それより自分たちの足もとを見るがいい。この志乃屋は七月から吉祥堂と屋号を改めるが、だからといって、日本橋の客がこっちにきてくれると思うかね」

そもそも吉祥堂の客は、懐《ふところ》の豊かなお大尽《だいじん》ばかりではない。江戸の内外からあらゆる暮らし向きの客が集まるのは、日本橋の有名店で高価な菓子を買うことが、自慢のタネになったり、日々の仕事に張り合いをもたらしたりするからだ。

たとえ鍋町の志乃屋が屋号を〈吉祥堂〉と改めたとしても、横丁の古ぼけた店で買った高級菓子では自慢にならないことを、客はよく知っている。問屋の店主たちも、日本橋と鍋町に分かれたふたつの吉祥堂のうち、今後どちらの店がより繁盛するのか考え抜いたうえで、日本橋に与《くみ》すると決めたのだろう。

「厳しいことを言ったが、志乃屋は新参とはいえ、いまや〈くら姫〉の常連として知られる人気店だ。節句には長い行列ができるほどの客もついている」

もしも吉祥堂の看板を上げた途端、上菓子ばかりに力を入れ、これまで店の人気を支えてきた州浜や餡玉などの素朴な菓子をおろそかにすれば、せっかく志乃屋を贔屓《ひいき》にしてくれている客が離れてしまうかもしれない。

「それだけは避けたい。おしのさんが苦心して育てたこの店を、吉祥堂のためにつぶすようなことがあれば、わしは死んだあとまで後悔する。だから、巳之助よ」

吉右衛門が台所の板敷きに膝《ひざ》をついた。

「すまないが、もうしばらく上菓子は待ってくれないか。職人頭の立場をなげうってまでわしのもとに参じてくれたおまえだ。好きなようにさせてやりたいのは山々だが、市蔵との真っ向勝負にこだわっていては大事なものを見失う。このとおり――」

「わっ、おやめくださいっ」

「だ、旦那さまのお考えはよくわかりましたから」

床に両手までつこうとする吉右衛門を、奉公人たちが総出で抑えとどめる。

真っ先に飛びついた巳之助などは、危うく土下座させるところだった老人の痩せた手をつかんだまま、唇を震わせた。

「とんでもない。まったく、とんでもないことだ。旦那さまにこんな真似をさせてしまうほど、俺は思い上がっていたのか……」

思い上がりではない。卑怯《ひきょう》なやり口で日本橋店を乗っ取った市蔵への恨みと、一日でも早く見返してやりたい気持ちが、まわりを見えにくくしていたのだろう。

騒然としていた台所が、急に静かになった。

巳之助の荒い息づかいと、竈《かまど》でたぎる湯の音だけが響くなか、いつの間にか板の間に上がっていたおしのが、吉右衛門の前であらたまった。

「ご隠居さま……いいえ、旦那さま。志乃屋へのお心づかいに深く感謝いたします。ですが、この先も〈くら姫〉の出入り菓子屋としてご用を果たすためには、どうしても巳之助さんの主菓子が欠かせないのです」

かつて日本橋の店で腕を振るった職人頭が、吉右衛門のあとを追って志乃屋に移ったことは、お蔵茶屋の女店主も知っている。至高の技を持った職人を抱えておきながら、半年経っても主菓子を店に並べようとしない志乃屋の慎重な商いに、せっかちなお妙は心の中でやきもきしていたのではないか。七月の抹茶の折敷をかけて日本橋吉祥と競わせるのは、こちらの背中を押すためかもしれないという。

「お妙さまの本心はわかりません。ただ、来月から吉祥堂を名乗るこの店の実力だけでなく、私の器量も試されているように思います」

当分のあいだは吉右衛門が九代目の店主を務めるが、いずれおしのを養女に迎え、吉祥堂の十代目に据えるつもりでいることは、当人も奉公人たちも承知している。

今回の勝負に命運を懸けているのは巳之助だけではない。遠からず老舗の看板を背負って立つ者として、おしのも負けるわけにはいかないのである。

「それで、あんたはどうしたいのかね」

どこか嬉しそうな表情で吉右衛門が訊ねた。

「巳之助さんには申し訳ないのですが、やはり蓮根餅ではお妙さまのお気に召さないだろうと思います。お妙さまは伝統の菓子を重んじるのと同じくらい、あるいはそれ以上に、人をアッと言わせたり、喜ばせたりするのがお好きですから」

すでに肚が決まっていたのか、おしのの口調はいつになくきっぱりしていた。

日本橋が伝統菓子で勝負するなら、こちらは新しい菓子で挑む。客が七夕らしい物語を思い描くようなものが望ましいが、いかんせん期日が迫っている。今日はもう六月三日。見本を届ける七日までに、お妙が目を輝かせて喜ぶものに仕上げなくてはならない。

「聞いてのとおりだ。力を貸してやってくれるか」

吉右衛門の言葉に、今度は巳之助が板の間に両手をついた。

「私が間違っていました。女将さんの考えを知ろうともせず、ひとりで先走っていたとはお恥ずかしい。もちろんどんな菓子でも作らせていただきます」

ほかの者たちもうしろに並び、何でも言いつけてくれるよう申し出ている。

一時はどうなることかと冷や冷やしながら見守っていたおけいも、安堵の胸をなでおろした。こっそり帰ることすらできずにいたが、これで用を果たすことができそうだ。

「すみませんが、少しよろしいでしょうか」

「えっ。まあ、おけいさん？」

いつからそこに居たのかと驚いているおしのに、土間の隅っこから進み出て、麻布の薬師に預かってきた七夕餅の代金を渡す。

「それで、ご病気の妹さんは、お餅を気に入ってくださいましたか」

「はい。とても」

本当は申しわけ程度に齧っただけだが、やわらかくてしっとりした手触りが、故郷の餅と同じだと言って喜んだことは本当だった。

本物の七夕餅が、笹の葉の舟ではなく竹の舟にのっていたことや、神前に供えたあとは城下町の川に浮かべて流す風習があったこと。そして、流れついた餅を分け合って食べた男女は、たとえ遠く離れても、いつか必ずめぐりあうのだという、七夕らしい言い伝えを話すうち、おしのの小さな瞳が星のごとく輝きだした。

「おけいさん、お願いです。今のお話をもう一度、詳しく聞かせてください！」

◉

白いヘビと、黒いムカデがにらみ合っていた。

前にも似た夢をみたことがあるが、そのときと大きく違うのは、おけい自身が白いヘビになっているということだ。

（ああ、怖い。気色悪い。どうしよう……）

白ヘビになったおけいは、大きなムカデににらまれたまま逃げられずにいた。

動かせるのは尾の先だけで、床に打ちつけるたびに、びぃん、びぃん、びぉぉーん、と、琵琶《びわ》そっくりの音が鳴るが、そんなものを大ムカデは恐れてくれない。もう駄目だと観念して目を閉じようとしたとき、遠くで涼やかな音が鳴った。

シャラ、シャラ、シャラン。シャラ、シャラ、シャラン――

神楽鈴のごとき音色が、みるみる大きくなってゆく。音のするほうへ顔を向けた白ヘビのおけいは、思いがけない光景に我が目を疑った。

こちらにやって来るのは、見たこともない巨大なナメクジだった。

一斗樽《いっとだる》を転がしたくらいの大きさはあるだろうか。信じられない速さでこちらへ向かってくるナメクジの、地面を這《は》った跡に残る銀色の筋が、なぜかビードロを砕いたかのような光の粒となって天に昇り、清らかな鈴の音をたてるのである。

前を見ると、大ムカデが苦しそうにもがいていた。もしかしたら鈴の音が苦手なのかと思った刹那《せつな》、身をよじって逃げ出そうとする大ムカデにはじきとばされ、白へビのおけいは『きゃあっ！』と悲鳴を上げて宙に舞った。

気がついたとき、仰向《あおむ》けに倒れているおけいを、さっきのナメクジが見下ろしていた。


「起きなさい。もう夜が明けるよ」

目を開けると、ナメクジではなく、うしろ戸の婆に見下ろされていた。

すでに唐戸《からと》が開け放され、少し冷たい黎明《れいめい》の風が、社殿の中に吹き込んでくる。

（また夢だったのか。ひどくうなされていたのかしら）

身を起こしたおけいは、手早く夜具を片づけて、簀子縁に座って白みはじめた空を眺めている婆に、見たばかりの夢について話した。

「そりゃまたずいぶん面白い夢だ」

かっかっかっ、と、婆は乾いた声でひとしきり笑ったあと、夢の中でもムカデに苛《いじ》められてしょぼくれているおけいに、〈三すくみ〉について教えてくれた。

「おまえも聞いたことがあるだろう。ヘビはナメクジを、ナメクジはカエルを、カエルはヘビを怖がるというが、ところによって組み合わせも違ってね」

たとえば西国のある地方では、ムカデがヘビを苦しめ、ナメクジがムカデを追い払うことになっているというから、夢の中での出来事に当てはまる。

けれどもおけいには、ひとつ気になることがあった。近ごろどうして夢の中に白ヘビが出てくるようになったのだろう。

「そのことだけどね。おまえには話していなかったが、このお社《やしろ》には古い守り神がいて、たまに白いヘビの姿となって現れるのだよ」

「お社の守り神……」

おけいが出直し神社にきて二年近くになるが、白ヘビに守られていたとは、いまの今まで知らなかった。

実際、守り神が人前に姿を現すことはめったになく、それが夢に出てくるようになった理由は婆にもわからないという。だがこれで、西国から出てきた麻布の薬師が、ムカデの咬み傷に効く薬を〈ナメクジ膏《こう》〉と呼んでいることには納得がいった。

「ところでおまえ、袂《たもと》に何を隠しているのかね」

うしろ戸の婆に問われ、おけいは白衣の袂から取り出した木の実を渡した。

隠すつもりは毛頭なく、昨日、薬師の蔵を立ち去るとき、雑木林の外まで送ってくれたなめくじらの婆がくれたものを仕舞い込んで、そのまま忘れていたのだ。

「これはハンノキの実じゃないか」

「はい。お蔵のまわりの林は、すべてハンノキだそうです」

その昔、故郷を逃れて江戸にたどり着いた薬師の父親が、居を定めたふたつの蔵の前にハンノキを植えた。家の名前にもゆかりがあるというその木は、まわりの建屋が湿気にやられて倒壊するたび、使いみちのないぬかるんだ空き地に植えられていったらしい。

ハンノキは布地を染めるときの染料として使われるため、年に一度は決まった染物屋が木の皮と実を買いに来るそうだが、取り残されていた去年の実を、婆が小枝ごと折って、おけいにくれたのだった。

『今日は七夕餅を届けてくれて本当にありがとうよ。志乃屋さんとあんたには、いずれきちんと礼をするつもりだけど、今はこんなもので勘弁しておくれ。妹を看取って蔵を明け渡したら、私も暇になるだろうから』

『でも、あの蔵がなければ、お仕事に差し支えるのではないですか』

心配するおけいに、なめくじらの婆はあきらめ顔で言った。

『もういいんだよ。どのみち去年のうちに買いつけた薬草が底をつく。〈当帰《とうき》〉がなければナメクジ膏は作れないからね』

例年なら妹の世話を人に頼み、産地をめぐり歩いて薬草を買いつけるのだが、今年は妹の病状が重くて家を空けることが叶わなかった。直接こちらへ送ってくれるよう生産者に手紙を書いても、当帰が不作のため融通できないと断られたらしい。

もちろん薬の材料は江戸の薬種屋《やくしゅや》へ行けばいくらでも買える。しかし、すべての薬草を店で賄っていては、今の倍以上の値でナメクジ膏を売ることになってしまう。

『この歳になって客に値上げの言い訳をするのはいやだよ。それに、妹が逝ったあとは、母のお墓がある故郷の城下町に戻るのもいいかと思ってね』

だから播磨屋に蔵を明け渡すこともやぶさかではないというが、おけいとしては、あの呉公が喜びそうな結末を迎えることが口惜しかった。まだまだ気力も体力もあると思っていた婆が弱気になっているのも心配で、志乃屋へ立ち寄るまでの道中は、何かよい手立てがないか考えながら歩いたのだった。

「それで、よい手立てとやらは浮かんだのかい」

「はい、婆さま。もしお許しをいただけるのでしたら」

おけいは簀子縁に両手をつくと、今朝のうちに小石川の狂骨老人のもとを訪ねてもよいか、うかがいを立てた。

ひと月ほど前、狂骨はしばらく竹林を留守にしたが、あれは薬草の買いつけに出ていたからだ。もし買ってきた薬草の中に、麻布の薬師が必要としている当帰があるなら、少しだけでも融通してもらえないか頼んでみるつもりだった。

「立て続けに外出ばかりして申し訳ございませんが」

「かまわないよ。そうだ、せっかくだから――」

麻布の薬師にもらった小さな丸っこい実が三粒ついた小枝を、蝶々髷《ちょうちょうまげ》に結ったおけいの元結《もとゆい》に挿して言った。

「ハンノキは変わった木で、赤くて細長い実のような花と、松笠《まつかさ》みたいな丸くて茶色い実をつけるから、〈キツネのかんざし〉なんて呼ばれたりもする。今日はこれを挿して小石川へ出かけるといい。そしてね――」

婆が皺《しわ》に埋もれた左目を、いたずらな童女のようにきらめかせた。

「聞かせたい話があるならいつでも来いと、天邪鬼の爺さまに言っておやり」

◘

早朝には晴れていた空が、いつの間にか黒雲に覆われていた。

おけいは雨粒が落ちはじめた竹林に分け入り、物乞いたちの小屋が立ち並ぶ一帯を通り過ぎて、古い堂宇の扉を叩いた。

「誰じゃ。いや、誰でもよい。早く入りなさい」

予想外の応《いら》えに戸惑いつつ扉を開けると、中は以前にもまして散らかっていた。

堂宇のぬしはどこかと探せば、足の踏み場もないほど床一面に積まれた木箱の隙間《すきま》を、忙しそうに行き来する蓬髪《ほうはつ》が見える。

「狂骨先生。今日はお願いがあって――」

「よいところへきた。近ごろ雨漏りがひどくてな。せっかく乾かした薬草が濡れる前に、取り入れて箱に詰めるのだ」

ろくに顔も見ないまま、用があるならそのあとで聞いてやると言われては、素直に従うしかない。床に落ちていた晒《さら》しの布で頬かむりし、老人が頭上に渡した縄から下ろす草木の束を受け取って、薬草の名が書かれた箱に詰めていった。

「これは甘草《かんぞう》の茎と根。こっちは麻黄《まおう》だ」

枯草のようなものもあるが、ほとんどが木の皮や根っこである。

「柴胡《さいこ》、厚朴《こうぼく》、朮《じゅつ》……おぬし文字は読めるな。くれぐれも箱を間違えるなよ」

狂骨は人づかいが荒い。しかも、あれこれと指図しておけいを働かせながら、泣きごとまじりの文句を垂れ流す。

「去年までは慎吾がいたからよかったのだ。賢いうえに気が利いて、子供の割に力もあったからな。今でもあの子がここにいたら、年寄りにこんな力仕事をさせなかっただろう。三年間も衣食の世話をし、論語ばかりか医術の基礎まで教えてやったというのに、本人が望んだからといって菓子職人の見習いに出してやるとは――」

ああ、わしはなんていい人なのだ。まるで神だ。ホトケだ。ほれ、おぬしも黙ってないで拝まんかい、などと、忙しく働いているおけいに賛辞の言葉を強要する。知らない者なら呆《あき》れただろうが、老人の真の人柄を知る者として、これしきの饒舌《じょうぜつ》は聞き流せた。

それから半時ほどが経ち、頭上に吊《つ》るされていた薬草のほとんどが木箱の中に収まったが、まだ目当てのものとはお目にかかれていない。

「あの、こちらに当帰という薬草はないのですか」

不安になったおけいは、思い切って訊ねた。

「当帰はまだ仕入れ先から届いておらん。昨年から不作が続いて、今年の分も確保するのが骨だったが……まさかおぬし、薬を頼まれてきたのか」

「いいえ、お薬が欲しいのではありません」

そこでようやく麻布に住む薬師の窮地を伝えた。ムカデの咬み傷によく効くナメクジ膏を作ることから〈なめくじらの婆〉と呼ばれていることや、盲目の妹が重い病で寝ついたため、薬草の買いつけに行けなかったことなどを話すと、狂骨は堂宇の隅に積み上げられた木箱の中からひとつを選んで抜き出した。

「去年の残りだ。大して残ってはおらんが、これでよければ持ってゆけ」

「ありがとうございます、先生」

頬かむりの布を外して箱を受け取る。すると、今日初めてまともに向き合った老人が、おけいの蝶々髷を見て『むう』と唸《うな》った。

「おぬしが髪に挿しているのはハンノキの実ではないか」

「そうです。薬師の婆さまにいただいたのですが、これもお薬になるのですか」

元結から抜いて差し出した髪飾りの小枝を、狂骨の節くれだった指が受け取り、乾いた茶色い実を愛《いと》おしそうになでた。

「薬として用いることはないが、わしにとっては思い出深いものだ」

まだ若いころ、郷里の城下町で親しくしていた薬師の家のまわりに、同じ木がたくさん植えられていたという。

そこでおけいも、麻布の薬師が住まう町屋敷にハンノキの林があることを話した。建物が朽ちて空き地ができるたび、家の名前の由来にもなっているハンノキを父親が植えて増やしてきたのだと、姉妹のどちらかが言った気がする。

「待て。いま家の名前と言ったか」

急に狂骨が顔色を変えた。

「その麻布の薬師とは何者なのだ。まさか生まれたときから〈なめくじらの婆〉と呼ばれていたわけではあるまい」

名を教えろと詰め寄られ、おけいは返事に窮した。思えばこれまで、薬師の婆に本名を訊ねたことは一度もなかったのだ。

「わ、わかりません。けど妹さんのお名前は〈かなえ〉です。姓はたしか榛原とか」

「榛原かなえ。では、その姉というのは……」

一瞬、遠い目をした狂骨だったが、大股で外へ向かいながら声を張り上げた。

「麻布へ行く。ついてこい！」

「はいっ」

おけいは毬《まり》が弾むように、小雨のそぼ降る竹林へ飛び出した。


お城の西側をまわるのは久しぶりだった。

小石川の竹林から麻布へ行くには、伝通院《でんづういん》の脇を抜け、牛込御門前、麴町、赤坂などを通って南へ下るのが近道である。ただし楽な道中ではない。若者でも息をきらしてしまいそうなほどの早足で歩き続ける老人に、おけいは赤坂溜池のあたりで声をかけた。

「そんなに、お急ぎになって、大丈夫ですか」

「わしにかまうな。ここからはおぬしが先に行け」

何かが狂骨を駆り立てているようだった。おけいが歩きながら薬師姉妹について詳しい話を聞かせたときも、わずかに歩調を緩めただけである。

結局、二人が足を止めたのは、麻布谷町の寂れた町屋敷の前に着いたときだった。

「水の臭いだ。このあたりの余分な水が地面の下に溜まっている」

数軒分の建屋が腐って崩れ落ち、その跡地が雑木林となっているありさまを見渡して、狂骨がしきりに鼻を鳴らした。

「これでは新しい家を建てたところで、数年で柱が朽ちてしまう。だから薬師の父親は、ハンノキだけを植えたのだ」

さっきまで小雨が降っていたせいか、いつもより水が溜まった林の地面はまるで田んぼだった。しかし雪駄《せった》履きの狂骨は頓着《とんちゃく》しない。泥水の上をアメンボウのごとくすいすい歩きながら、うしろに続く娘に話しかける。

「おぬしは、ハンノキを〈榛の木〉と書くことを知っているか」

「いいえ。初めてうかがいました」

ほかにも狂骨は、ハンノキが湿気の多い土地を好んで育つことや、樹皮と実が染めものに使われること。それらの知識を授けてくれたのが、同郷の榛原という薬師だったことなどを、なかば独り言のように話した。

そのころになると、薬師の姉妹と狂骨老人のあいだに、見えない縁の糸が張られていることが、おけいにもわかってきた。彼らを引き合わせることで何がはじまるのか――。

最後の水たまりを飛び越えたとき、行く手で荒々しい怒鳴り声が上がった。

「おいこら、くそババア」

「いつまで強情張るつもりだ」

「こそこそ隠れてないで出てきやがれ」

いつぞやと同じ、播磨屋の差し向けたゴロツキたちだった。懲りずに立ち退きを迫りにきたのだろうが、いま西の蔵の中では、かなえが最期のときを過ごしている。

（いけない。早く帰ってもらわないと――）

走りだしたおけいより、もっと早く動いたのは狂骨だった。泥を蹴立て、老人とは思えぬ速さで林を抜けると、蔵の前で騒いでいる三人の男たちを怒鳴りつけた。

「こらーっ、うぬらは何をしておる。蔵に病人がいると知ってのうえか！」

カミナリ声とはまさにこのことである。

一瞬、びくっと首をすくめたゴロツキたちだったが、振り返った先に立っているのが粗末な身なりの瘦せ老人と知って、すぐに威勢を取り戻した。

「こいつ、汚ねえジジイだな」

「老いぼれの出る幕じゃねえぞ」

「痛い目をみたくなけりゃ引っ込んでな」

物乞いのような姿を見くびった男たちは、再び蔵に向かって大声でわめきながら、手にしていた木刀で扉を叩きはじめた。

「ナメクジばばぁ、早く出てきやがれーっ」

ガーン、ガーン、ガーン！

耳をふさぎたくなる騒がしい音が林に響き渡った、その直後、ゴロツキのひとりが木刀を振り上げたまま『ギャッ』と悲鳴を上げた。

いつの間に動いたものか、背後に立った狂骨が、手首をつかんで捩《ね》じ上げている。

「ひっ、痛《い》てててて……」

男がたまらず手放した木刀を空いた手で受け止めると、目にもとまらぬ速さでほかの男たちの手首を打ち据え、二本の木刀が地面に転がったのを見届けて、ひとり目の男の背中を思い切り蹴飛ばした。

「ほれほれ、まだやるつもりか。いくらでも相手になるぞ」

よもや自分たちが痛い目をみるとは考えてもみなかったのだろう。恐れをなした男たちは、木刀の先を突きつけてくる老人の前から、われ先に逃げ出した。

「おーい、忘れものだぞぉ」

狂骨の投げた木刀が一直線に宙を飛び、逃げるゴロツキではなく、あたりで一番大きいハンノキに当たる。こつーん。気味のよい音が響くとともに、幹のうしろ側から別の男が姿を見せ、さも憎らしそうにこちらをにらんで立ち去った。

（播磨屋の禎吉さんだ。また見張っていたんだわ）

おそらく隠居の呉公は、この麻布の蔵がよほど気に入ったのだ。一刻も早く自分のものにして好みの茶屋に仕立てようと、禎吉を急《せ》かせているのだろう。

ともかく、播磨屋の手先たちがいなくなって、あたりにもとの静けさが戻った。

林の中で鳴きはじめた小鳥の声にまじり、かすかに扉の軋《きし》む音がする。

「おや、急に静かになったじゃないか」

西蔵の扉を細く開けて、シミだらけの顔がこちらをのぞいた。

「薬師の婆さま！」

「おけいさんもいたのかい。あいつらは帰ったようだね」

連れの老人が追い払ってくれたことを話すと、なめくじらの婆は扉の隙間から外へ出て、灰色の空を眩《まぶ》しそうに見上げた。

その日が赤く腫れているのを見たおけいは、ハッと息を呑んだ。

「もしや、かなえさまが……」

「逝ってしまったよ。うるさい連中がやって来る少し前だった」

別れのときはやすらかに訪れた。口もとには笑みさえ浮かべ、楽しい夢でも見ているかのように旅立ったという。

「あんたのお蔭《かげ》だね。あの子は最期まで七夕餅の話をしていたから、身軽になって真っ先に、懐かしい楢山《ならやま》の城下町へ帰ったことだろう」

その言葉に、少し離れて立っていた狂骨が、うっ、と声をもらす。

「そちらの方にもお礼を言いますよ。ゴロツキたちを叱ってくださった声は、蔵の中まで聞こえていました。どこのどなたか存じませんが――」

「──わしだ」

えっ、と、小首を傾《かし》げる老婆の前に、蓬髪の老爺《ろうや》が進み出た。

「わからんのも無理はない。わしだ。丹下恭一郎だ」

「たん、げ……」

目の前のみすぼらしい老人が何を言っているのか、なめくじらの婆はなかなか呑み込めない様子だった。しかし、乱れた蓬髪の隙間からのぞくハイタカのような眼差《まなざ》しと見つめ合ううち、日焼けした黒い顔に驚きの色が広がった。

「ま、まさか、恭一郎さま……」

「そうだ。そなたは、美鈴《みすず》であろう」

清楚で美しい名前を呼びながら一歩前へ踏み出した狂骨だったが、なぜだか婆のほうは一歩うしろへ下がり、背中に当たった蔵の扉の中へと身を滑らせた。

「あ、待て、美鈴」

「いけません。お引き取りください」

わずかにすかした扉の内側から、取り乱した声だけが聞こえてくる。

「どうしたのだ。開けてくれ。かなえが亡くなったのだろう」

間に合わなかったのは残念だが、せめて線香の一本でもあげさせてほしいと頼んでも、婆は頑《かたく》なに扉を開けようとはしなかった。

狂骨とて強情なことでは負けていない。扉の隙間に向かって『美鈴、美鈴』と、しつこいくらい呼び続けるうち、中から震える声が聞こえてきた。

「駄目です。会えません。醜いお婆さんになった私を見られたくはないのです」

「なんと、それしきのこと」

狂骨は呆れたようだったが、扉の向こうで怒りを含んだ声が上がった。

「それしきではありません。顔は汚いシミだらけになりました」

「わしにだってシミくらいある。皺もホクロも増えた」

なだめようとする狂骨に、今度は拗《す》ねた調子で婆が言う。

「髪もすっかり薄くなって、もう髷も結えません」

「わしの髪は、汚らしい色になった」

狂骨が今さらのように、白鼠色の蓬髪を手櫛《てぐし》で整える。

「真っすぐだった背中が、弓のように曲がってしまいました」

「わしは痩せた。よく骸骨《がいこつ》のようだと言われるぞ」

何やらいい感じではないか。このまま婆の心を解きほぐしていけばよい。

「今年になって、前歯が二本抜け落ちてしまいました」

「わしは、ううむ、わしは……」

丈夫そうな歯がそろっている狂骨に、おけいがすかさず耳打ちする。

「わしは天邪鬼で、横柄になった。――らしい」

情けなさそうな相手の顔を思い浮かべたのか、蔵の中から忍び笑いが聞こえ、やがて扉が小さな軋みをたてて開いた。

「あなたは昔から天邪鬼で、誰に対しても横柄でした。どうぞ。お入りになって、かなえの顔を見てやってください」

●

小雨がやんだ簀子縁で、おけいはうしろ戸の婆と並んで座していた。

今日の出来事を話しながら、夜空を見上げているのである。

「それで、薬師の蔵の明け渡しはどうなったのかね」

「今月末に立ち退くことで話がつきました」

あれからおけいは、堀江町の播磨屋まで使いに走った。なめくじらの婆――つまり美鈴に頼まれて、今月いっぱいで立ち退いてもよいと伝えに行ったのだ。

隠居の呉公は留守だったが、代わりに出てきた小番頭の禎吉が、その場で大まかな取り決めをした。先《せん》から言っていたとおり、立ち退いてさえもらえるなら、前払いした半年分の家賃の倍額を支払うと約束しただけでなく、ぜひとも明日の葬儀に参列させていただきたいとまで言ったのだから白々しい。

「裏で手荒い真似をしても、播磨屋は世間に名の知れた大店《おおだな》だからね。ここらで体裁を繕っておきたいのだろう。引っ越し代でも、香典でも、向こうがくれるものは遠慮なく貰《もら》っておけと、明日、美鈴さんに言っておやり」

「はい。そういたします」

今夜はかなえの通夜で、明日には葬儀が執り行われる。故郷を逃れてきた事情があり、江戸には親戚《しんせき》も近しい知り合いもいないという美鈴を手伝うため、おけいは明日も麻布へ行くことになっていた。

「狂骨先生はどうしたかね。美鈴さんに付き添っているのかい」

「いいえ、それが……」

僧侶が枕経《まくらきょう》を上げて帰ったあと、今夜はここに残って夜伽《よとぎ》すると狂骨が言った。もちろんおけいもそうするつもりだったが、二人とも今夜のところは引き上げてくれないかと、美鈴に頼まれたのである。

ひと晩かなえと二人だけで過ごしたい。ゆっくり考えたいこともある。そう言って頭まで下げられてしまっては、蔵にとどまることはできなかった。

「狂骨先生とお会いになったことで、まだ動転してらっしゃるのでしょうか」

じつのところ、おけいには年寄りの気持ちがよくわからなかった。

老いて『ババア』と呼ばれる身にも、若く美しい娘時代があったことは承知している。

だからといって、齢《よわい》六十八になった婆さまが、四十年以上も昔に憎からず思っていた爺さまと再会したことで、心が乱れたりするのだろうか。

「老人は年相応に心が枯れて、色にも恋にも惑わされない。そう思うのかね」

「……はい」

違うと言えない正直な娘に、うしろ戸の婆が目を細めた。

「年寄りだって、若いおまえと同じだよ」

見た目が老いさらばえて醜くなったとしても、人の心に変わりはない。たとえ六十になろうと、七十、八十を過ぎようと、美女が歩けばジジイは振り向き、たくましい若者に優しくされてババアは胸をときめかせる。

かく言う自分も、若くて美しい男が参拝に訪れたときは気持ちが華やぐ。それは十代の娘だったころと何も変わっていないのだと、しわくちゃの顔が白状した。

「年寄り同士でも同じことだ。好いたお方に寄り添いたいのが本音なのだよ。それが気持ち悪いとおまえは思うかね。滑稽《こっけい》だと笑うかね」

「…………」

おけいは唖然とした。もし婆の言ったことが本当なら、いつか七十歳になった自分も、十八歳の今と同じ気持ちで、誰かにときめくということなのだ。

（どうしよう。人に知れたら恥ずかしいわ。町中の噂になってしまうかも）

恋する老婆になったつもりで赤面し、イヤイヤと首を横に振ってしまう。そんな気の早い娘を、うしろ戸の婆が片手を上げて制した。

「お待ち。お客さまのようだ」

ハッ、と我に返って、夜の闇に包まれた境内に目を走らせる。

時刻はとうに四つ（午後十時ごろ）を過ぎていた。こんな夜更けに訪れるのはキツネかタヌキに違いないと思ったら、笹藪《ささやぶ》の小道のほうから痩せた人影が歩いてくる。

「よかった。まだ起きておったか」

星明かりの下に現れたのは、小石川へ帰ったはずの狂骨だった。

「無性に昔の話がしたくなってな。おぬしの言ったことを思い出した」

それはさっき、通夜の焼香をすませて別々の帰路につくときのことだ。うしろ戸の婆から預かっていた言葉を、狂骨に伝えていたのである。

『聞かせたい話があるならいつでも来いと、うちの婆さまが申しておりました』

まさか今夜のうちに訪ねてくるとは思わなかったが、客人を見た婆は満面の笑みを浮かべて立ち上がった。

「お入り。中でゆっくり聞かせてもらおう」

社殿の中では、うしろ戸の婆が祭壇を背にして座っていた。その正面に狂骨、ふたりの斜向《はすむ》かいの席におけいがつく。つまり、いつもの儀式がはじまろうとしているのだ。

「まずは名前と素性だね。それからあんたの人生を語っておくれ」

狂骨は折り目正しく床の上で正座をしていた。蓬髪の隙間からのぞく鋭い目が、値踏みするかのように、婆の皺深い顔をじっと眺めている。

「どうしたのかね。すべて話す覚悟でここにいるのだろう」

「左様。ただし、あまりに昔のことゆえ、思い出すのに暇がかかっておる」

冗談なのか、本気なのか。いつもは饒舌な老爺が、髪と同じ白鼠色の口髭《くちひげ》と、長く伸びた顎鬚《あごひげ》をしごきながら、ゆっくり時間をさかのぼっていった。

「わしは狂骨。もとの名は丹下恭一郎。今から七十年近く前、西国の楢山藩という小さな国の城下町で、医者の家に生まれた」

丹下家は五百年以上も続く医家の末裔《まつえい》であるとともに、楢山藩主に仕える古参の藩士でもあった。父親は御典医として忙しく、母親は一人息子が十三歳で元服するのを見届けて亡くなった。かまってくれる家族はいなくとも、恭一郎は真面目に藩校で学び、武家の嗜《たしな》みとして剣術の稽古に励む。そのつもりだったのだが……。

「わしは賢い子供だったゆえ、藩校で教える程度のことはとうに書物で学んでいた。退屈過ぎて鼻をほじってばかりいたら、もう来なくていいと師範に言われた」

藩校を追い出されてからは、それまで以上に剣術に力を入れた。

ただし、小藩の城下町はあらゆる意味で世間が狭い。道場の中に身分の上下はないというのは建前で、実際は要職を務める家の子が幅をきかせる。幼少のうちはともかく、元服するころになると、相手によって手心を加えるものだが、向こう気の強い恭一郎だけは、誰と立ち合うときもおかまいなしだった。

「所詮やつらは空威張《から》りのへっぽこだ。なにが悲しゅうて負けてやらねばならんのだと、子供なりに突っ撥《ぱ》ねたのさ」

剣道場も破門になってしまった恭一郎は、丹下家に伝わる医学書を読むことで、医者になるための基礎を身につけると決めた。

だからといって、屋敷に引きこもっていたわけではない。読書に飽いたときは、本草《ほんぞう》の図書を片手に野山へ分け入った。役立つ草を探して歩くことは勉強になるし、足腰の鍛錬にもなる。それに別の楽しみもあった。薬草を採りにくる同じ歳ごろの娘と、たびたび顔を合わせるようになっていたのだ。

「背筋が真っすぐ伸びた娘で、いつも男のような短袴《たんこ》をつけていた。だが顔立ちは女らしくて美しい。馬の尻尾のように揺れる黒髪を見るたび胸が騒いだ」

初めは会釈する程度だったが、そのうち言葉を交わすようになって互いの素性も知れた。娘の名は美鈴。城下町の外れに暮らす榛原亮軒《はいばらりょうけん》という薬師の長女で、若死にした母親に代わって妹の面倒をみながら、家の仕事を手伝っているという。

「かなり風変わりな娘だったが、わしのようなはみ出し者ではなかった」

美鈴には対等に付き合う男友達が大勢いた。下級藩士の子らに、商家の次男坊、職人の三男坊、農村に住む百姓の倅《せがれ》など、生まれも育ちもさまざまな若者たちである。

彼らは秘密の隠れ家を持っていて、月に一度か二度は集まって飲み食いをした。楢山藩には打ち捨てられた山城《やまじろ》があり、その山の中腹で見つけたというボロ屋敷に恭一郎も連れていかれ、いつの間にか仲間に加えられていた。

「最初は騒いで憂さを晴らしたいのかと思った。だが存外に真面目な話もする。みな藩の行く末や、世の在り方について真剣に考えていたのだ」

仲間から年嵩《としかさ》の者が抜けると、誰かが代わりを連れてくる。父親の助手として城に上がるようになっていた恭一郎も、ひとりだけ新顔を仲間に入れた。

「城内で知り合った見習い茶坊主に、隠れ家で茶会をしてみないかと声をかけた。茶坊主は風流をかたちにするのが仕事だ。やつが仲間に加わってからは、城山の傾いた隠れ家で、花見や月見の会を催して楽しんだ」


茶坊主と聞いて、おけいはある人物の顔を思い浮かべた。

本当はもう少し前から気がついていたのだ。西国の小藩で出会い、やがて迫りくる嵐に巻き込まれて人生を大きく変えられてしまうのが、小石川の狂骨と、宗牛と呼ばれていた昧々堂の蝸牛斎であることを。

そして、なめくじらの婆の運命までも、彼らと深くかかわっていたのである。


十年の年月が流れ、かつての仲間たちが隠れ家に集うこともなくなった。

お城出入りの医者として忙しい日々をおくる恭一郎は、たびたび仕事の合間を縫って、市井《しせい》の薬師である榛原亮軒を訪ねた。薬草について教えを請うのが一番の目的だが、娘の美鈴に会えることも密《ひそ》かな楽しみだった。

「あやつは二十五にもなって、まだ嫁にもいかず父親を手伝っていた。母親代わりに育てた妹のかなえを、先に嫁がせるのだと言っていたが……」

美鈴の気持ちは知っていた。恭一郎も出会ったころから同じ思いを抱き続けてきたが、それは叶うことのない夢だった。

「わしには親同士の決めた許婚《いいなずけ》がいた。先方が十五になったら嫁いでくる約束で、いよいよその日が迫っていたのだ」

祝言を三日後に控えた七夕の晩、恭一郎は城下町を流れる小川のほとりに座っていた。あの茶坊主の宗牛が、町外れの川岸に美鈴が来るからおまえも行けと、手紙に書いて寄越《よこ》したのだ。会って何を話せばよいのかわからなかったが、馬の尻尾のような束ね髪を揺らして歩く人影が見えると、もう目が離せなくなっていた。

「わしは美鈴と並んで川岸に座り、流れてくる竹舟を待つことにした」

川上の神社前から流される竹の舟には、七夕餅と呼ばれる餅菓子がふたつのっていて、町の外まで流れたものは、誰が食べてもよいことになっている。

――ふたつの七夕餅を分け合って食べた男と女は、どれほど遠く離れても、いつの日かかならずめぐりあう――。

そんな言い伝えもあることから、七夕の夕べに流れつく竹舟を待つ若い男女で町外れの川岸は賑わうのだが、その晩はとうに夜中を過ぎていた。

「あたりには、わしらのほかに誰もいなかった。こんな時刻に流れてくる竹舟もなかろうと思っていたら、川上に漂う小さな明かりが見えた」

明かりはひとつではなかった。三つ、四つと数を増やして、自分たちのほうへ近づいてくる。それは蠟燭《ろうそく》を灯《とも》した竹舟の群れだった。いくつもの明かりが揺らめきながら流れてくるさまは、天の川を映したようで、この世のものとは思えない美しさである。

「わしらは袴が濡れるのもかまわず川に入った。拾い上げた竹舟の中には、蠟燭のほかに小さな七夕餅がふたつ入っていた」

美鈴に迷いはなかった。餅をひとつ自分の口に入れて飲み下すと、残りのひとつを懐紙《かいし》に包み、どうすることもできずにいる恭一郎の手に押しつけた。

『どうぞ。食べるなり捨てるなり、お好きなように』

『あっ、待て、美鈴！』

ひとり城下町へ帰ってゆこうとする娘を呼び止め、何年も前から渡しそびれていた品を思い切って渡す。それは領内からいくつも山を越えた天川《てんかわ》という村で、弁財天をお祀《まつ》りする古い神社の守り鈴だった。

「三つの鈴が連なった珍しい品だ。ある特別な祭祀《さいし》の年に作られたと聞いたが、天川村の知り合いが所有していたものを譲り受けた」

にこりともせず鈴を受け取ると、美鈴は二度と振り返ることなく去っていった。

七夕餅を食べたのか、食べなかったのか——。狂骨は肝心な話をすっ飛ばした。これでは神さまにすべてを打ち明けるという決まりに反するのではないかと、おけいは心配したが、うしろ戸の婆は黙って話の続きをうながした。

ふたりが会って話したのは、その七夕の夜が最後となった。

恭一郎と婚約者が祝言を挙げた三年後に、美鈴は領内から消えてしまったのだ。

国家老の柳井権太夫に呼び出された町の薬師が、その日のうちに娘を連れて行方をくらましたと人づてに聞いたのは、しばらく後のことである。

「柳井というのは権力を好む男でな。藩主の高須典清公が心《しん》の臓を患っておられると知れたときから、次の藩主が跡目を継いだのちのことを考えていたのだ」

江戸の上屋敷《かみやしき》で暮らす継嗣《けいし》の典正公には、まだ世継ぎの君がいない。そこに目をつけた国家老の柳井は、自分の身内から側室を差し出す段取りを進めると同時に、典正公の正妻である富姫を、子を産めない身体にしてしまおうと企んだのである。

そのような薬はないものか——と、軽い世間話のように訊ねられた薬師の榛原亮軒は、すぐに国家老の真意を悟って、国を捨てる決心をしたと思われる。

「嫌な噂を耳にするたび、わしは典医の仕事が煩わしくなった。しかし、後世に引き継ぐべき丹下家の医術と家族のことを考えると、簡単に国を捨てることはできなかった」

波乱の気配を孕《はら》んだまま二年が過ぎ、ついに藩主の典清公がみまかった。

次の藩主となった典正公は、自分を都合よく操ろうとする老獪《ろうかい》な国家老より、側近くにはべっていた茶頭《さどう》の濱屋宗仁に信頼をおき、側用人《そばようにん》として重く用いた。

国家老の柳井権太夫と、側用人の濱屋宗仁——。もはや野心を隠そうともしない二人の男の熾烈《しれつ》な権力争いがはじまったのだ。

国家老が満を持して秘蔵っ子の〈ねこ御前〉を側室に差し出すと、側用人の一族からも行き届いた娘がお目見えして〈お伽羅の方〉と呼ばれた。ふたりの美姫《びき》は若い藩主の心を左と右から鷲《わし》づかみにし、やがて七日違いで子を産むことになる。

幸か不幸か、ねこ御前の〈菊丸君〉と、お伽羅の方の〈祐丸君〉は、どちらも玉のような男子で、どちらも健やかに成長していった。

「長く御典医を務めたわしの父親は、先代の典清公がみまかった際に城から退いていた。当人は欲のない男だったが、国家老の柳井権太夫と懇意にしていたことから、跡を継いだわしまでも、城内では国家老派と見なされるようになった」

典医として幼い若君たちのお脈を診《み》ていた恭一郎は、誰にも知られず屋敷まで来るよう国家老の呼び出しを受けたとき、悪寒が走ったという。

屋敷の奥で待っていた国家老は、若い典医を前に声を低めて言った。

『お伽羅の方さまの祐丸君は、近ごろ癇《かん》の虫が騒いでおられるそうだな。ここによい薬がある。明日にでも飲ませて差し上げてはどうか』

祐丸君が癇虫《かんむし》で騒いだことなど一度もない。

相手の思惑を察した恭一郎は、畳の上の薬袋を押し戻した。

『癇の虫でしたら、丹下の家にもよい薬が伝わっております。さっそく戻って調合いたしますゆえ、これにて失礼いたします』

帰り道を急ぎながらも、恭一郎は頭の中でせわしく考えた。これはつまり美鈴の父親と同じ立場に追い込まれたということだ。榛原亮軒は翌朝を待たず娘を連れて遁走《とんそう》したが、はたして自分は間に合うのか……。

焦る気持ちのまま走りだした目の前に、数人の侍が立ちふさがった。

『やはり、きたか』

国家老の差し向けた刺客に違いなかった。邪悪なはかりごとを知られたからには、生かして帰すはずがないのである。

相手は長刀を構えた男が四人。立ち向かっても敵《かな》わないとみた恭一郎は、『うがーっ』と狼《おおかみ》のように吠《ほ》えて相手が怯《ひる》んだ隙に、近くの竹藪《たけやぶ》へ駆け込んだ。

「わしは逃げた。月の明るい晩のことで、走っても、走っても、刺客は背中を追ってくる。勝手に足が向かったのは、かつて仲間と集った城山の隠れ家だった」

武家地の外れに黒々とそびえる城山は、自分たちが手入れをしながら通っていたころより荒れていた。秋草が生い茂る山道を駆け上り、わずかに追っ手を引き離して中腹まで来ると、隠れ家だった古屋敷がとうに朽ちていたことがわかった。

どのみち追っ手の足音は、すぐそこまで迫っている。

焦った恭一郎は裏へまわり、ヤエムグラの蔓延《はびこ》る茂みに分け入ろうとして、石組みで丸く囲われた古井戸を見つけた。戦国乱世の時代、籠城《ろうじょう》に備えて掘られた井戸があると聞いてはいたが、それまで探してみようとも思わなかったのだ。

「さすがに迷った。井戸の中に隠れるという手はあるが、どれくらい深いのかもわからんし、水が溜まっていたら溺《おぼ》れ死ぬことになる」

飛び込むか。やめておこうか。迷っているあいだにも、追っ手が隠れ家の跡を見つけ、残骸を踏み荒らす音がする。

えい、ままよ——と、肚を括《くく》って井戸に身を投じたのだった。

地の底で目を覚ましたとき、すでに夜は明けていた。

足もとに厚く積もった枯葉のお蔭か、うしろ頭のたんこぶを除けば怪我《けが》らしい怪我はしていない。井戸の水が涸《か》れていたことも幸運だったと言うべきだろう。ただ残念なのは、追っ手がいなくなっても、自力で地上に戻るすべがないことだった。

妻や家人たちが気がかりで、井戸の内壁をよじ登ろうと幾度も試みたが、爪がはがれて指先が血だらけになっても、伸ばした手が地上に届くことはない。

二日目が過ぎ、三日目も虚《むな》しく暮れようとするころ、飲まず食わずのまま死を考えはじめていた恭一郎は、丸く切り取られた夕空の中に、懐かしい友のまぼろしを見た。

『おるのか。そこにおるのだな？』

聞き覚えのある声がして、天から一本の縄が下りてくるのを見たとき、気がふれたかのように喉を引き攣《つ》らせて笑ったという。

「わしを引き上げてくれたのは茶坊主の宗牛だった。ここらに隠れているのではないかと見当をつけ、国家老の郎党がいなくなるのを待って探しにきたと言った」

探しにきたのはいい。しかし、なぜ自分が国家老に追われていることを知っているのか不審に思った。何といっても宗牛は、もと茶坊主だった側用人・濱屋宗仁の愛弟子《まなでし》である。城内で国家老派と見なされている自分の危機をどこで聞いたのか――。

哀然《あいぜん》として、宗仁が痛ましい事実を打ち明けた。

恭一郎が城山の井戸に飛び込んだその夜のうちに、国家老の郎党たちが、丹下家の屋敷を襲っていたのである。

「妻も、高齢の父も、長年仕えてくれた家人も、医術を学びにきた弟子たちまでも、情け容赦なく斬られた。しかもきゃつらは屋敷に火を放っていった」

家族が皆殺しにされ、丹下家が代々守ってきた貴重な医学の書までもが焼き尽くされたと知ったとき、身体から魂の一部が抜けてゆくのを感じたという。

しかも嘆く暇さえ残されてはいなかった。悪知恵のまわる国家老は、乱心した恭一郎が家族を斬り捨てて逃亡したと手配書に書かせ、領内にばらまいたのである。

「正直、もうどうでもよかった。殺されてもいいと思ったが、かつての仲間たちが領内から逃がしてくれた」

助けた命を無駄にするなと言われて仕方なしに生きた。何のために生きるのかもわからないまま、生きて、生きて、物乞いも憐《あわ》れむ姿で放浪しながら、行き倒れの世話をしたり看取ったりしているうち、次第に死ぬのが馬鹿らしくなった。

自分は生きている。よい酒を飲めば美味いと感じる。目の前の病人を癒《いや》してやれる腕もあり、まだ知らない医術や良薬について学ぶ機会もあるだろう。そう考えたとき、初めて井戸の底からよみがえったことに感謝できたという。

「もう、話すことはあまりない。日本中を歩きまわったわしは、五十代の半ばになって、初めて江戸にきた。宗牛のやつが脱藩し、江戸で骨董《こっとう》を商っていると風の噂に聞いても、会いに行こうとは思わなかった。あちらも小石川に住み着いた〈狂骨〉がわしのことだと気づいたようだが、やはり知らぬふりをしていた」

いずれは会うときがくる——。互いにそんな気分で、たまに様子をうかがう程度にとどめてきたのだった。

「なるほど。なぜあんたが狂骨と名乗っているのか、これでわかった」

思いのほか長かった昔話を聞き終え、うしろ戸の婆が満足げにうなずいた。

〈狂骨〉とは、井戸に落ちて亡くなった者が成仏できず、白骨となって井戸から上がってくる妖怪のことだと、傍らにいるおけいにも教えてくれる。

「それで、狂骨先生は神さまに何をお願いするか決めたかね。話を聞かせてくれた参拝客を手ぶらで帰すわけにはいかないのだよ」

神さまの前で言揚《ことあ》げして、縁起のよいたね銭《せん》を授けてもらうよう勧められ、狂骨は腰のあたりを片手でぼりぼり掻《か》きながら言った。

「いやはや、この歳で願いごととは、尻《しり》がこそばゆいのう」

なぜかひとりでにやけている。それを見たおけいは、西国の小藩から江戸までたどり着いた、もうひとりの老人の言葉を思い出した。

「先生、のんびりかまえている場合ではありませんよ。かなえさまが逝ってしまわれたら、自分は故郷の城下町に帰るつもりだと、美鈴さまがおっしゃっていました」

本当は、まだそうすると決めたわけではなさそうだったが、天邪鬼の老爺を焚《た》きつけるにはよい口実である。

「な、なに。美鈴が楢山へ帰るだと」

「はい。だって麻布の蔵は、今月末の明け渡しが決まりましたので」

おけい自身が播磨屋の本店へ出向いて仮証文を交わしたのだから間違いない。もう江戸に美鈴の住む家はなくなってしまう。

む、むむ……と、ひとしきり唸った狂骨が、救いを求めるような上目づかいで、斜め向かいに座る小柄な娘にうかがいを立てる。

「おぬし、なんぞよい考えがあるのか。あるのだな？」

ないわけではない。当人たちだけでなく、もっと大勢の人たちにも喜んでもらえそうな名案を思いついたのだが、その前に大事な儀式が残っている。

「さあ、神さまの前で言揚げするのだよ」

おごそかな婆の声に、狂骨が偽りのない心を明かした。

「あの夜、わしは美鈴に渡された七夕餅を食べた。今になってめぐりあえたのが神の導きなら、残りの人生は同じ舟で川を下りたい」

それを聞いて婆が立ち上がった。貧乏神の鎮座する祭壇に古色蒼然《こしよくそうぜん》とした琵琶を置き、短い祝詞《のりと》を読み上げると、次はたね銭を振り出すのだ。

（さあ、神さまはいくら授けてくださるか）

何度立ち会っても、この瞬間だけはどきどきする。たね銭の額に決まりはなく、お守り代わりの小銭を授かる者が大半だが、ときには金子銀子が床に散らばることもある。

婆が頭上で揺すった琵琶の穴から飛び出したのは、きらりと光る一分金《いちぶきん》だった。

「あんたのたね銭だ。持ってお帰り」

どう使うのかは本人次第。ただし一年後の倍返しを忘れないよう念が押される。

「夜分に手間を取らせた。では、これにて――」

擦り切れた単衣《ひとえ》の懐にたね銭を入れ、狂骨が立ち上がった。

日本中の山野を歩いて鍛えた足は呆れるほどに頑健だ。出直し神社の少し歪《ゆが》んだ階段を飛ぶように下り、星明かりを頼りに真夜中の境内を歩いていった。

〽おまえ百まで　わしゃ九十九まで　ともに白髪の生えるまで

老爺の影が笹藪の中に消えるのを見届け、婆がうたうように口ずさんだ。

◉

翌朝、おけいは自分の熊手とほうきを使って境内の掃除をしていた。

数日前から聞こえはじめていた蟬《せみ》の声が、耳をふさぎたくなるほど大きく騒がしくなったのは、本格的な夏が訪れた証《あか》しだろう。

今日の午後はかなえの葬儀に参列することになっている。その前にいくつかの用を果たすべく、朝のうちに小柳町の茜屋を目指した。

間口が六間（約十一メートル）もある店の前までくると、埃っぽい道に水を撒《ま》こうとしている小僧と目が合った。自分たちの店主が信仰する一風変わった神社のことも、若草色の袴をつけた小柄な巫女のことも、茜屋の奉公人たちはよく心得ている。おけいはさっそく奥の客間に通され、折よく店にいた茂兵衛と会うことができた。

「それはよい考えだと思う。いや、よくぞ思いついてくれた」

お針子の身分から大店の娘婿《むすめむこ》に取り立てられただけあって、茂兵衛は目下の者の考えを軽んじたりはしない。この日もいきなり押しかけてきた娘の話を最後まで聞くと、大いに感心して、次の段取りを決めにかかった。

「前に相談した診療所のことを思い出してくれたとは嬉しいよ。こういう話は一気呵成《いっきかせい》に進めるほうがいい。葬儀が終わって落ち着いたら、短い時間でいいからお会いしたいと、あちらさまに伝えておくれ」

「承知いたしました。ありがとうございます」

ひとつ大きな用事をすませたおけいは、茜屋を出た足で今度は鍋町へ向かった。


店を開けたばかりの志乃屋には、早くも売れ筋の菓子を求める客が詰めかけていた。手代の平吉と小僧の慎吾は、暖簾の下で客を迎えたり見送ったりと忙しそうだが、どちらの顔も生き生きと輝いている。

おけいがいつものように勝手口へまわると、今朝は南蛮菓子職人の甚六が戸を開けて、台所に迎え入れてくれた。

「まあ、そうでしたか。薬師さまの妹さんがお亡くなりに……」

午後から葬儀だと聞いて、おしのが気の毒そうに眉をひそめた。

今日も台所では、主菓子職人の巳之助が、こちらに背を向けてもくもくと働いている。その背中越しに作業台を見て、おけいは驚きの声を上げた。

「あっ、竹の舟だ！」

作業台の上には、薬師の姉妹や狂骨の話に出てきた竹舟がずらりと並んでいた。

七夕餅の風習にいたく感銘を受けたおしのが、竹細工屋に頼んで作らせたらしいが、急ぎの注文を引き受けてくれたのは、あの小石川の竹林に出入りしている十徳——十字屋の徳兵衛なのだという。

「慎吾がまだ狂骨先生のところにいたとき、十徳さんもなにくれとなく心にかけてくれたそうで、今回もこちらの無理を聞いてくださったのです」

青竹を削った舟の上には、道明寺粉の餅がふたつのっていた。かなえのもとに届けた餅はふたつとも白かったが、今回は白と薄紅の餅がひとつずつである。しかも白いほうには黒豆がひと粒ちょこんと置かれ、薄紅の餅にはごく淡い紅色の羽衣《はごろも》のようなものが、ふわりと巻かれている。

「白い餅は黒豆の烏帽子《えぼし》をかぶった彦星さま。薄紅の餅は寒天の羽衣をつけた織姫さまのつもりですが、いかがでしょうか」

いかがもなにも、竹の舟も含めて、これほど七夕にふさわしい菓子を見るのは初めてだった。ここまで手間ひまかけて作ったということは、もしや……。

「ええ、そうです。〈くら姫〉の抹茶の折敷に合わせるお菓子として、志乃屋はこの七夕餅で勝負することに決めました」

おけいは思わずぴょんと跳び上がってしまった。懐かしい故郷の餅が、江戸の人気茶屋でお披露目《ひろめ》されると知れば、かなえも草葉の陰で喜んでくれるだろう。

餅の味見もさせてもらった。彦星は舌触りのなめらかなこし餡入りで、大きな粒の黒豆も品のよい甘さである。織姫のほうは餅そのものに紫蘇《しそ》の風味付けがしてあり、赤紫蘇で色をつけた寒天の羽衣と一緒に口に入れると、さわやかな甘みが口いっぱいに広がった。どちらもまだ暑さの残る七月にふさわしいと思われる。

「そんなふうに言ってもらえたら、手間をかけた甲斐があるってもんだ」

こちらを向いた巳之助が、糸のように細い目を和ませた。

「おかみさんから話を聞いたときは、俺が命をかけている菓子作りと、女子供のままごと遊びを一緒にされちゃ堪《たま》らない、なんて、つい思っちまったりしたけど」

いざやってみると夢中になった。自分が考えてもみなかったことを、おしのが菓子作りにとり入れようとする。今回活躍した赤紫蘇の砂糖漬けも、いつか使えるのではないかと閃《ひらめ》いたおしのが、こっそり作り置きしていたものらしい。

「旦那さまにも褒めていただいた。ただし〈七夕餅〉のままではお蔵茶屋で供される菓子に相応《ふさわ》しくないとおっしゃって……」

「お知恵を絞って〈ふたつ星《ぼし》〉と命名してくださったのですよ」

顔を見合わせて微笑む壮年の男女を前に、おけいも満面の笑みを浮かべた。

主菓子職人としての腕と意気込みには並々ならぬものがありながら、頭の固いところが玉に瑕《きず》の巳之助と、これまで本格的な修業をしてこなかった分、一流の菓子職人とは違う考え方ができるおしの――。二人の持ち味が生かされることで、まだ誰も見たことのない新しい菓子が、これから次々と生み出されるに違いない。

再び店主として立つことになった吉右衛門も、確かな手ごたえを感じているのだろう。

今朝は店を開ける前に、一同の前で次のような訓示があったという。

『江戸一番の有名菓子舗としての実績は日本橋に置いてきた。わしらは一から出直しだ。この鍋町で新しい吉祥堂を作り上げてゆこう』

心をひとつにした店は強い。その先駆けとなる〈ふたつ星〉が、日本橋吉祥との勝負に勝つことを祈りつつ、おけいは麻布へ向かった。

◉

六月七日の晩。元岩井町にある茜屋の別宅に、狂骨老人がやって来た。

日が暮れるころにお越し願いたいと、茂兵衛が小石川に使いを出したのである。

「お待ちしておりました、先生」

「なんじゃ、おぬしもきておったのか」

上がり口で出迎えたおけいを見て、狂骨がフンと鼻を鳴らした。

いつもの往診なら、揉み療治をすませたあとで伏見の上酒をしこたま飲み、酒中《しゅちゅう》の仙《せん》を気取ってご満悦になるのだが、今夜は不穏な気配を嗅ぎ取ったのか、油断のない目つきで家の奥をうかがおうとする。

奥の間に揉み療治の用意はなく、代わりに酒宴の支度が整っていた。

四人分の膳《ぜん》が用意されていることに気づいて踵《きびす》を返しそうになる狂骨の両腕を、茂兵衛とおけいが左右からつかみ、まあまあとなだめながら上座へ運んで座らせる。

「本日は折り入って、先生にお願いがございます」

そらきた、と言わんばかりに狂骨が、いきなり頭を下げた茂兵衛を一瞥《いちべつ》した。

「診療所の件なら断る。町医者など真っ平だと何度言わせるのだ。どうせこの場に町名主《まちなぬし》でも呼んで、わしをねちねち説き伏せる魂胆であろう」

「ねちねちとは人聞きの悪い」

茂兵衛が余裕の笑みを浮かべて話を続ける。

「もう診療所のことで先生をわずらわせることはございませんのでご安心ください。ありがたいことに、自分が患者を診てもよいと言ってくださるお方が見つかりまして」

「何だと?」

酒だけは飲むつもりで、銚子《ちょうし》を持ち上げていた狂骨の手が止まる。

「馬鹿を申すな。どこの誰にこのわしの代わりが務まるのだ。こんなに腕のよい、心がけの立派な医者がほかにおると言うのか」

頼まれているあいだは嫌だと言い続け、用無しになると機嫌を損ねてごねるのだから、本当にたちの悪い天邪鬼だ。でも、そこが狙い目でもある。

「滅相もない。狂骨先生を越える方がいらっしゃるとは思いませんし、新しい先生ご自身も荷が重いとお認めになったうえで、診療所を待ちわびる町衆のために尽力すると言ってくださいました。じつは今、この場にお呼びしているのです」

挨拶だけでもしたいと言うので、一席設けたことを初めて明かすと、狂骨が席を蹴って立ち上がった。

「もうよい。わしは帰る！」

「お待ちください」

引きとめたのは茂兵衛でもおけいでもない。酒も飲まずに出ていこうとする背中に声をかけたのは、二階の座敷に控えていたもう一人の先生である。

「ご挨拶くらいよろしいでしょう、恭一郎さま」

ゆっくり階段を下りてくる姿を見て、狂骨がぽかんと口を開けた。

「美鈴。なぜそなたが――」

こんなところにいるのか訊ねようとして、茂兵衛の言った『新しい先生』が誰のことだったか気づいたようだ。

一方、階下まで下りてきた美鈴は、拗《す》ねた子供のように口を尖らせる狂骨をなだめてもとの席につかせると、自分は膝をついて頭を下げた。

「一昨日は、かなえの葬儀にご参列いただき、ありがとうございました」

「う、うむ。そなたもご苦労であった」

なんとか威厳を保とうとする狂骨に、美鈴が今回の経緯をかいつまんで話した。

おけいの取り持ちで茜屋の茂兵衛と会ったこと。元岩井町の別宅に住み込んで患者を診てくれないかと頼まれたこと。麻布の蔵は今月末で明け渡すことになったので、茂兵衛の申し出を受けるつもりでいることなど——。

「かなえが死んだら楢山に帰ろうかと思っていました。けれど、もうあの西国の城下町に私が会いたかった人はいません。今さら帰って何になるでしょう」

自分の生きる場所は江戸にしかない。この茜屋の別宅で、命の続くかぎり患者のために尽くしたいと思うが、あいにく自分は一介の薬師である。

「薬師は薬を作るのが仕事です。患者を診るのはお医者さまの仕事。ですから、もしここに立派なお医者さまがいて、私にそのお手伝いができるなら……」

美鈴が上目づかいに相手の表情をさぐる。

そこまで言わせておきながら、狂骨はいつまで待っても返事をしなかった。自分こそが立派な医者だと、つい先刻まで自慢していたはずなのに、困ったような、半分照れたような顔をして、貧乏ゆすりを繰り返すばかりだ。

あまりのじれったさに、おけいは耐え切れなくなった。

「先生、こんなときこそ御酒《ごしゅ》の力を借りましょう！」

大きな湯飲み茶碗を渡し、特上の下り酒を注ぐ。

惜しげもなく何杯も注ぎ入れた結果、はっきりした返事を美鈴が聞けたのは、二人きりになった翌朝の別宅で、狂骨が目を覚ましてからのことだったという。

●

七夕らしい星空が広がっている。

神社に帰りついたおけいは、簀子縁で天の川を見上げている婆の隣に座した。

「よい宴《うたげ》だったようだね」

「はい。今もまだ続いているかもしれません」

今宵《こよい》は狂骨と美鈴の祝言が、〈くら姫〉の店蔵を借りて行われた。

仲人を買って出た昧々堂の蝸牛斎と、後見人となる茜屋の茂兵衛が示し合わせ、長い別離の果てに再びめぐりあった二人のための祝宴を開いたのだ。

白髪頭の新郎新婦は、どちらも古風な狩衣《かりぎぬ》と袴を身にまとっていた。

松が描かれた屛風《びょうぶ》を背にして並んだ姿は、〈高砂〉の翁《おきな》と嫗《おうな》そのもので、それぞれの手もとにある熊手とほうきがこんなかたちで役に立つとは、贈り物をした十字屋の徳兵衛も思わなかっただろう。

婚礼にかかる費用のすべてを茜屋が引き受けたなかで、衣装代だけは狂骨が賄った。懐からおもむろに一分金を取り出し、これで好みの衣装を調達せよと美鈴に言ったそうだが、金子の出どころは秘密である。

「それで、祝言曲は誰がうたったのかね」

「蝸牛斎さまです。本当は高砂をおうたいになる段取りだったのですが、直前に考え直されたとかで……」

高齢の新郎新婦のために慌ただしく祝言を挙げたが、まだかなえの満中陰《まんちゅういん》をすませていない。めでたさを前面に押し出すより、狂骨と美鈴にふさわしい曲として、宮中の乞巧奠《きっこうでん》でも朗詠されるという『二星《じせい》』が選ばれた。

〽二星たまたま逢《あ》へり　いまだ別緒依々《べつしょいい》の恨《うらみ》を叙《の》べざるに
五更まさに明けなむとす　頻《しきり》に涼風颯々《りょうふうさつさつ》の声に驚く

朗々と詠《よ》みあげられる難しい言葉の意味がわからなかったおけいに、それが一年ぶりで天の川を渡って再会し、またすぐ夜が明けて別れなくてはならない織女星と牽牛星の切ないさだめを詠んだものだと、うしろ戸の婆が教えてくれた。

「ところでおまえ、宴を途中で抜けてきたのかい」

「はい。蝸牛斎さまのお声を聞きながら出てきました」

振る舞いのご馳走は辞退したが、最後に供されるはずの茶菓子だけは、婆への土産としてもらってきた。おしのと巳之助が丹精込めた、あの〈ふたつ星〉である。

青竹の舟にのった美しい餅は、七月のお蔵茶屋で抹茶に添える菓子としてお目見えするや否や、かつてないほどの評判を呼んでいた。志乃屋から屋号を改めた鍋町の吉祥堂も、幸先《さいさき》のよい船出となったようだ。

すべてが望ましい方へと向かってゆくなか、ひとつ残念なことがあった。

「あの噂は本当だったのかい」

「はい。さっき宴の席で、麻布から来られた方が教えてくださいました」

美鈴が明け渡した東西ふたつの蔵は、すんなり播磨屋の手に渡った。〈くら姫〉に引けを取らない人気茶屋にしようと待ちかねていた呉公は、蔵の手直しをはじめるにあたって、邪魔になるハンノキをすべて伐《き》り倒してしまったという。

「美鈴さまは寂しそうでした。あれはお父さまが一本ずつ増やしてこられた大切な木だと常々言っておられましたから」

「そうさね。播磨屋の呉公も早まった真似をしたものだ」

いったい何を早まったというのか、首をかしげるおけいに、うしろ戸の婆はぐふふと含み笑いをもらしただけで、今度は何も教えてくれなかった。

後になって知れたことだが、あの麻布の低地では、ハンノキが余分な水の気を吸い上げることで、かろうじて人の住める状態が保たれていた。その大事なハンノキの林を伐った結果、地下から水が溢れ出し、蔵のまわりを沼に変えてしまった。しかも蔵の中に大量のナメクジまで出没するようになると、もう茶屋どころの話ではない。呉公が麻布の蔵から手を引くのは、七夕からわずかひと月後のことである。


夜が更けるにつれ、夜空を流れる天の川がより明るく輝きだした。

「もう織姫さまと彦星さまは、お会いできたでしょうか」

「そうさね。ようやく会えたと思っても、いずれ別れのときがくる」

うしろ戸の婆の声が聞こえたのだろうか。

天上で瞬く星々の群れから小さな星がふたつ、短い尾をひいて流れた。

本書は、ハルキ文庫のために書き下ろされた作品です。

時代小説文庫
さ 23-8

ふたつ星《ぼし》 出直《でなお》し神社《じんじゃ》たね銭貸《せんが》し

著者 櫻部由美子《さくらべゆみこ》
2025年1月18日第一刷発行

発行者 角川春樹

発行所 株式会社 角川春樹事務所
〒102-0074 東京都千代田区九段南2-1-30 イタリア文化会館

電話 03(3263)5247[編集] 03(3263)5881[営業]

印刷・製本 中央精版印刷株式会社

フォーマット・デザイン&シンボルマーク 芦澤泰偉

ISBN978-4-7584-4687-7 C0193

http://www.kadokawaharuki.co.jp/[営業]
fanmail@kadokawaharuki.co.jp[編集] ご意見・ご感想をお寄せください。